宮沢賢治　デクノボーの叡知

今福龍太

新潮選書

まえがき

宮沢賢治は一八九六年に花巻に生まれ、一九三三年に同じ地で亡くなりました。三七年の生涯のなかで、生前に刊行した本は詩集『春と修羅』と童話集『注文の多い料理店』の二冊だけ。どちらもほぼ自費出版といってよく、発行部数はそれぞれ一〇〇〇部でしたが、人の手に渡って読まれたのはさらにその一部にすぎませんでした。だから、当時宮沢賢治の作品を知っていた人はほんとうに限られていたといえます。

けれど彼の生きた時代から一世紀が経ち、いまや私たちの誰もが宮沢賢治を知り、子供から大人までその作品に親しんでいます。「宮沢賢治」を私たちは広く「共有」している、と言ってもいいでしょう。誰もが賢治について語ることができます。好きな童話や詩を大切に胸に収め、必要なときには取り出して愛でることも自由です。研究者による評伝や評論もたくさん書かれてきました。もう、人々の知らない賢治はどこにもいない、と言っても誇張ではないかもしれません。

私は本書で、賢治をそのような私たちの馴染みの所有物であることから解放したいと思いました。賢治が誰にも知られていなかったあの時代の、彼の未完成の手稿（本文でも述べるように、賢治の手書き原稿はほとんどすべて未完の草稿でした）の示していた躍動する揺らぎと未知の可能性を、もういちど、こんどは私たちの現代社会というアクチュアリティにおいて、照らし出してみたいと思ったのです。

だから、もう一つの「宮沢賢治論」を書くことで彼の人物と作品を囲い込むことは私の念頭にはありませんでした。むしろ私が考えていたのは、賢治作品を読むことで、現代を生きる人々が忘れていることをいかに再発見できるか、ということでした。賢治のテクストを媒介にして、私たちがいかに自己を問い直し、自己を解放し、自己中心的な（さらには人間中心的な）所有観念や独我論的思考から脱してゆけるか、という試みでした。

その意味で、私が向き合っていたのは宮沢賢治という一個の人格ではなく、あくまで賢治によって書かれ、残されたテクストそのものです。あるいは賢治によれば、彼が火山や海や風や石や動物たちから聴き取った物語そのものです。そんな、固定化されない、無限とも思える流動を抱えた声のゆらめきにまっすぐ向き合い、それを人間の「ことば」という方法によって媒介しようとするときの、とてつもなくラディカルな言語意識の冒険・挑戦について考えることでした。

この、賢治による、ことばの臨界においてはじめて可能となった物語や詩の叙述行為は、必然的に、そこで探求される主題そのものにおいても、私たちの日常意識の臨界においてはじめて感知しうる、極限の道理、隠された智慧に触れることになりました。それはもはや、書き手によっても、あるいは人間によっても「所有」することのできない、現世の彼方に淡く明滅する真理でした。賢治の「詩」や「童話」がめざそうとした地平は、この向こう側にある真理が微塵《みじん》のようにきらめく世界であり、それを私は、賢治が夢想した〈デクノボー〉という希望のことばに託すことにしました。〈デクノボー〉だけが指向することのできる、叡知の世界です。

この叡知の可能性を私は信じたく思いますが、同時にそれは、逆説的にも、「誰のものでもない希望」と言い換えることもできるものでした。〈デクノボー〉に託された叡知とは、「われわれ」によって私有化できない希望です。人間が囲い込むことのできない希望。世俗を生きる賢《さか》しさとしての「人間の知恵」の外部にあって、〈デクノボー〉だけがその存在をかすかに関知できるにすぎない、理性や意識の外側に広がる無時間領域の、誰のものでもない希望です。

誰によっても「占有」できない、すなわち「無主の（独占的所有者のいない）希望」。けれどそれこそが、賢治とともに私たちが希求すべき世界の可能性だと、この本で私は説こうとしました。そしてなによりそれは、他人に希望や夢を求めたり押しつけたりしない、賢治のつつましい倫理学のありように倣ったものでもありました。そもそもほんとうの叡知とは「他なるもの」を判別して意味づけ、支配する知ではなく、他なるものを受けとめ、ともに悦びともに苦しむ共感の知のことにほかならないからです。

賢治は何事にも独り超然とすることはできず、修羅（終わりない現世の雑事や煩悶）と格闘し、それに打ちひしがれつつ、そのなかでほんとうに小さな、「誰のものでもない希望」の種火を、世界の彼方についに発見した、そんな慎ましい見者でした。賢治のテクストのなかに、常識的・日常的な思考や倫理ではとらえがたい、深遠な「希望」への手がかりが潜んでいます。そしてさらに言っておかねばなりません。この「誰のものでもない希望」「無主の希望」とは、賢治が到達しようとした地点であると同時に、読者にとっての「宮沢賢治」とそのテクストそのもののあり方でもあった、と。賢治とは、無主の希望をめぐる神話宇宙そのものであり、その点では私たちの手には届かない、永遠の夢なのです。

あらためて私は思います。宮沢賢治は小宇宙《ミクロコスモス》である、と。花巻という地球上の一点に定住し、樺太方面と東京方面とにかすかに振れながらも、岩手という花崗岩に根ざした小さくも聖なる拠点を守りぬき、そこからイーハトーブという幻想世界（＝平行世界）へと鏡を伝って少女アリスのように彷徨い出ていった詩人。その意識の限界のなさによって、賢治の生涯は一つのミクロコスモスを形作っています。花巻から盛岡、さらに北へ青森、北海道、サハリン、幻のベーリング……。あるいは、太平洋の海を越えてアメリカの平原へ。さらにはインドの沙羅双樹の茂る林間へ。賢治とは、極小世界のなかに全宇宙を内蔵させた、それ自体が永遠に夢幻回転する想像力の複合天体です。それは極小であることによって、極大の宇宙をかたちづくることができるのです。

けれどそのうえで付け加えておくべきでしょう。宮沢賢治は宇宙の半分、と。全宇宙、とことばで指し示すとき、すでにその宇宙の縁からこぼれ落ちるものがあります。ことばという宇宙が世界の半分しか語ることができないことを認めれば、私たちは、語りえない、言語では知覚しえない、もう半分の巨大な暗黒宇宙を、たしかにどこかに持っているのです。宇宙の果てにか、あるいは自分自身の身体内部の微細な襞の奥にか。そしてこのもう半分の宇宙の存在を予感できることで、私たちの知は謙虚さを守り、無限や永遠を希求することも可能となるのです。

宮沢賢治は宇宙の半分。半分であるからこそ無限となりうる宇宙。それは光と影のはざまに生れる薄明領域である「半影」の原理によって、すべてを照らすために半分が闇に包まれている、天体の不思議な摂理のことでもあるでしょうか。

賢治はミクロコスモスを持った人です。それがマクロコスモスをそのままで示してしまう奇蹟に近づいた人です。けれど、それでも賢治は宇宙の半分。残りの半分は謎。私たちはそれを「未知」などと名づけるのですが、そう名づける瞬間に立ち止まり、名づけてしまえば消えてゆくその微かな心象に、目と耳を向けてみましょう。そして、ことばも入り込めない影の半分があるからこそ、宇宙が宇宙でありうることのかけがえのない真理を、深くかみしめてみるのです。

宮沢賢治　デクノボーの叡知　目次

本文中に引用した宮沢賢治のテキストは、特別な記載がない限り、ちくま文庫『宮沢賢治全集』1〜10（1985〜1995年刊、本文中では『全集』と表記）に拠った。

宮沢賢治　デクノボーの叡知

序―人は火山礫とともに生きてきた

月は水銀　後夜《ごや》の喪主
火山礫は夜の沈澱

――宮沢賢治「東岩手火山」

青年時代、火山は不思議なエネルギーに満ちた大地の塊として、山に登る私の意識を畏《おそ》れとともに魅了する存在でした。その巨大な質量《マッス》、荒々しい山腹の造形、風に流れる白い噴煙、ふと漂う硫黄の臭気、切れ落ちた火口に堆積する黒々とした砂礫《されき》、異様な色に染まった火口原湖の表面を揺らすさざ波……。そんなダイナミックな景観とともに、山麓には溶岩流によってふさがれた美しい湖沼群が点在し、谷沿いにはかならずといっていいほど豊かな水量の温泉が湧いていました。火山に登ることは、通常の登山を遥かに超える、深い身体的・精神的な昂揚感を私に与えてくれました。生き生きと呼吸する火山という別種の「身体」に触れることで、私は人間という小さな存在の意味を測り直していたのでしょうか？　そこには、火山を忌避する気持ちなど微塵もありませんでした。畏れの裏側には深い敬意すらあり、それはほとんど、人間を凌駕する存在への帰依の心といってもよかったかもしれません。心が弱くなったときなど、私はいつも火山を目指しました。それは、「わたし」という意識の原郷ですらあるような気持ちがしていたのです。

けれどいまや、火山の爆発、あるいは地震や津波のような地殻変動をもたらす大地の揺れが人間の生活空間にもたらす破壊的な作用によって、壮大な自然力の突然の出現はまったく違う意味を持つようになってしまいました。火山列島・地震列島に先史時代から暮らしてきたはずの私たち列島人の意識に、自然の力を前にしていま去来しているものは何なのでしょうか？　一つの火山の爆発をめぐる出来事から、私はそのことを深く考えるようになったのです。

二〇一四年九月二七日の午前一一時五二分、木曽御嶽《おんたけ》山で水蒸気爆発による大規模な噴火が発生しました。その結果、修験道や御嶽講の聖地としても知られてきたこの霊山で、日本国内の噴火災害としては戦後最悪の犠牲者が出てしまいました。メディアでは連日、「災害」の犠牲者を悼み、識者が火山の噴火予知の仕組みについて議論し、火山への登山自体を危険視する意見まで表明されたりもしました。けれども「災害」という視点を超えたところで今回の出来事を深く受けとめ、人間と自然とのあいだに築かれてきた長い関係性の歴史をもとに考えようとする手がかりは、ほとんど示されなかったと言ってもいいでしょう。私はこの出来事が、人間から火山の存在をさらに遠ざけ、火山を地震や津波などとおなじように人間生活に災害をもたらすものとしてだけ捉えられてしまうことを、とても心配しているのです。

御嶽山は有史以前、一〇万年ほど前からこれまで数回のマグマ噴火をくりかえしてきました。山頂付近にいくつかある池や湖は、かつての噴火口の名残です。しかしこれは有史以前の出来事であり、記録に残っているものではないため、御嶽山は長いあいだ火山学者によって「死火山」とみなされてきました。ところが近年の一九七九年に南西側斜面で突如水蒸気爆発が起り、有史以来の噴火活動がはじめて確認されることになったのです。この時の噴火が、火山学における「活火山」「休火山」「死火山」という分類概念を見直す契機となり、結果として「死火山」および「休火山」というカテゴリーはその後使われなくなりました。数万年周期の火山活動もたしかに存在することを科学界が認めたのです。御嶽山はそれ以後も、一九九一年と二〇〇七年に小規模な噴火を起こしており、この三五年ほどのあいだに、有史以前に中断していた火山活動が再び活発化していることが地質学的な視点からもはっきりと解ってきたのです。

御嶽山の噴火をめぐる今回の報道に接していて、私はある生還者がふと漏らしたという証言に特別の関心を惹かれました。それは噴火の現場から命からがら下山してきた登山者の言葉として報道されたものでしたが、空から落ちてきた噴石のなかには軽自動車ぐらいのものまであった、というのです。これを聞いて、私は噴石そのものの大きさに驚くというよりは、それを「軽自動車ぐらい」と喩える感覚に注意を惹かれました。噴石のなかには五〇〇キロを超える重さの巨大なものもあったといわれているので、たしかにこのような比喩は事実として間違いないのでしょう。ですが、噴石を軽自動車に喩える感覚をひとまず受けとめたうえで、私には何か少し唐突な感覚がいつまでも残りました。空から突如降ってきた、この世のものとも思われぬ巨大な岩塊にたいし、私たちはそれを自動車に喩えることで何を了解しようとしているのでしょうか？

この時の私のとまどいのような感覚の理由は、宮沢賢治の、火山地帯を舞台にした傑作童話「グスコーブドリの伝記」（一九三二年発表）の次のような一節を読んだときの鮮やかな記憶が脳裏にあったからかもしれません。


ある日ブドリが老技師とならんで仕事をして居りますと、俄《には》かにサンムトリといふ南の方の海岸にある火山が、むくむく器械に感じ出して来ました。老技師が叫びました。

「ブドリ君。サンムトリは、今朝まで何もなかつたね。」

「はい、いままでサンムトリのはたらいたのを見たことがありません。」

「あゝ、これはもう噴火が近い。今朝の地震が刺戟《しげき》したのだ。この山の北十キロのところにはサンムトリの市がある。今度爆発すれば、多分山は三分の一、北側をはねとばして、牛や卓子《テーブル》ぐらゐの岩は熱い灰や瓦斯《がす》といつしよに、どしどしサンムトリ市に落ちてくる。……」


（「グスコーブドリの伝記」『全集　8』二五五—二五六頁）

主人公のグスコーブドリと火山局の老技師のあいだでは、火山の噴石は「牛や卓子《テーブル》ぐらいの岩」と形容されています。この印象的な表現、とりわけ「牛」という喩えを、私は非常に生々しい感覚とともに記憶のどこかに刻み込んでいたのかもしれません。成牛の体重がおよそ七〇〇キログラムぐらいだとすると、大きな噴石を「軽自動車ぐらい」の大きさと捉える現代人の感覚は非常に精確だというべきでしょう。一般的な軽自動車の重量もやはり七〇〇キロから九〇〇キログらいだからです。かつては、「牛」ほどに大きな噴石、と比喩的に捉えたものを、今のわれわれは「軽自動車」のように大きかった、という。しかしこれを単に、時代の移り行きにともなう生活習慣の変化によって生じる連想の違いである、と捉えてしまっていいのでしょうか。この変化の裏には、もっと本質的な、火山や噴火という「実在」をめぐる人間の認識や感情の大きな断絶があるのではないでしょうか。そのことをここで考えてみたいのです。

結論から言えば、賢治の説話的な想像力において、牛になぞらえられる火山礫や噴石は人間にとっての異物や他者ではないのです。それを「軽自動車」と名指してしまうことは、火山の生成物である噴石を、人間の身体的な経験や感覚や感情の領域からはっきりと分離してしまうことになります。軽自動車は現代生活における物質的な道具であり、商品であるに過ぎませんが、「牛」とはいうまでもなく人間が家の空間のなかで繁殖、成育させながら生業を支えるためにさまざまに利用してきた動物であり、人間とのあいだに社会的「共棲」の関係を持った、いとおしい生命体でした。賢治が、当時の岩手における一農民の心性をふまえて、噴石を牛にたとえたのであれば、そこには、火山の生成物たる噴石にたいする、より深い、慈愛に満ちた、親密な関係性の認識がたしかにあったはずなのです。それはけっして、人間にただ危害を加えるだけの異物としては認識されていませんでした。このことの意味を、私たちはあらためて問い直してみる必要があるのです。

賢治のさまざまな説話や詩において、故郷岩手県をモデルにして生み出された架空の舞台「イーハトーブ」が、途方もない活火山圏として想定されていたことを、私たちはまず思いださねばなりません。たとえば「グスコーブドリの伝記」には、イーハトーブ全域における活火山の遍在を語る、このような描写があります。

もうブドリにはイーハトーブの三百幾つの火山と、その働き工合《ぐあひ》は掌《てのひら》の中にあるやうにわかつて来ました。じつにイーハトーブには七十幾つの火山が毎日煙をあげたり、熔岩を流したりしてゐるのでしたし、五十幾つかの休火山は、いろいろな瓦斯を噴いたり、熱い湯を出したりしてゐました。そして残りの百六七十の死火山のうちにもいつまた何をはじめるかわからないものもあるのでした。

（同書、二五五頁）

宮沢賢治は、まちがいなく、火山の存在をイーハトーブという大地の基本的な条件として設定しています。たしかに賢治の故郷である岩手県には、岩手山、栗駒山、秋田駒ヶ岳といった現在でも噴火活動を行っている顕著なカルデラをもつ山々が多数あり、もともと活火山が多い地帯でした。とりわけ、独立峰で美しいコニーデ型の山容を持った岩手山は、賢治が少年期から何度も登っていた山ですが、数万年前から七〇〇〇年前に大きなカルデラ噴火を何度も起こし、三二〇〇年前には西側で水蒸気爆発があったことが地形から解っています。さらに一六八六年（貞享三年）には東の岩手側でマグマ噴火が起って一帯にたくさんの灰を降らせ、一七三二年（享保一七年）の最後のマグマ噴火では北東側山麓に「焼走り」と土地の人々が呼ぶ四キロメートルもの長さにおよぶ輝石安山岩でできた熔岩流が形成されました（これが賢治の詩「鎔岩流」において「焼石のひろがり」として描写されている舞台です）。

賢治が生きていた時代にも岩手山は噴火活動を見せました。現時点で最後の水蒸気爆発である一九一九年の大地獄谷の噴火は、二三歳の賢治に火山という存在の荒々しい感触を与えたにちがいありません。その三年後の一九二二年夏、彼は生徒たちを引率して噴火の痕跡も生々しい岩手山に登っています（詩「東岩手火山」はそのとき書かれました）。けれど、同時代の噴火の直接的な経験以上に、賢治の火山への感性は過去の人々の経験によって蓄積されてきた集合的・歴史的な記憶によってつくられていると言った方がいいでしょう。彼が生まれ育った岩手の風土には、過去の火山噴火のさまざまな痕跡がはっきりと残されていました。日常のあらゆる風景のなかに、土地の民の噴火への記憶が刻み込まれた土地に生きること。それは、火山の存在を、自らの生活と生命の根源にとらえるような視線をかならず育みます。実際、火山活動が生み出す熔岩や灰などの噴出物は、地表にさまざまな恩恵をもたらしてきました。それらは複雑な地形をつくりだし、堰《せ》き止められた湖や湧水や地熱によって土地はさらに肥沃なものとなり、さらに温泉や希少鉱物を地表に露出させます。岩手のみならず、日本列島に住みついた人間は、長い歴史・先史の時代にわたり、まさに火山の活動によって、生きるための基本的な幸を環境として与えられてきたといっても過言ではないのです。そうした関係性を深く理解していたからこそ、賢治の作品には、火山や噴石、熔岩への特別の関心と、そうしたものと人々との豊かな繋がりが、とりわけ印象深く描かれることになったのでした。それらはどこか、人間の同胞として受けとめられていたのです。「牛」という比喩が生まれた理由もそこにありました。

賢治の生前唯一の詩集『春と修羅』（一九二四年刊）に収録された詩＝心象スケッチのなかには「岩手山」や「東岩手火山」、また「鎔岩流」と題された作品があります。とくに「東岩手火山」は、まさに岩手山の噴火口をめぐる登山から直接生まれた作品で、噴火の非常にリアルな物理的エネルギーと鉱物学的なリアリティを想像しながら、賢治が岩手火山そのものと対話しているような長編詩になっています。賢治が一五、六歳のときに作った短歌のなかにも岩手山は登場します。「風さむき岩手のやまにわれらいま校歌をうたふ先生もうたふ」。これはほほ笑ましい、遠足登山のときの情景でしょうか。あるいは、「いたゞきの焼石を這ふ雲ありてわれらいま立つ西火口原」。これは熔岩のはざまの道をたどって山頂に立ったときの感慨ですが、純粋な目をした少年賢治のハアハアいう息づかいまで聞こえてくるようです。そして、次の短歌は賢治特有の幻視的なイマジネーションが早くも現われたものとして、よく言及される作品です。

うしろよりにらむものありうしろよりわれらをにらむ青きものあり

（『全集　3』一三頁）

ここでいう「青きもの」とは、岩手山そのものではなく、おそらく噴火口のカルデラにぽっかりとある火口湖の、空を映す青い透明な水面を詠んだものでしょう。それを、彼自身の背後から彼を「にらむ」ものとしてとらえている賢治は、岩手火山の頂上部に展開する地獄のような苛烈でかつ豊饒な世界に、修羅か鬼神のような形象をすでに探り当てていると見ることができるかもしれません。現代を生きる私たちが、いまだに火山を前にしてどこか畏怖をおぼえ、そこに古い人間の信仰の心や聖なる感覚を呼び覚まされるとしたら、それは賢治のこうした感覚ととても近いところにある感覚だといえるでしょう。

いわゆる「童話」のなかにも、岩手山麓を舞台にして、そこでの火山の存在を物語的想像力の中心に置いたと思われる作品は数多くみられます。たとえば「狼森《オイノもり》と笊森《ざるもり》、盗森《ぬすともり》」は、火山礫である黒坂森のまん中の大きな岩が、山麓にある三つの森の由来を語る傑作童話です。

この森がいつごろどうしてできたのか、どうしてこんな奇体な名前がついたのか、それをいちばんはじめから、すつかり知つてゐるものは、おれ一人だと黒坂森のまんなかの巨《おほ》きな巖《いは》が、ある日、威張つてこのおはなしをわたくしに聞かせました。

ずうつと昔、岩手山が、何べんも噴火しました。その灰でそこらはすつかり埋《うづ》まりました。このまつ黒な巨きな巖も、やつぱり山からはね飛ばされて、今のところに落ちて来たのださうです。

（「狼森と笊森、盗森」『全集　8』二九頁）

つまり、岩手山麓の森々が形成されてくる起源に、火山弾である一つの大きな巌《いわ》があり、この巌こそが土地の誕生と変転の歴史をすべて目撃してきた、というわけです。賢治には特異な思想がありました。それは、この世界には、人間によっていまだ代弁されていない、純粋にリアルな実在物がそのままのかたちでそこにあり、それはその実在物（賢治の場合、それは巌であったり風であったり、野生に棲息するさまざまな獣であったりします）じたいによって語らせるほかない、という厳格で深遠なリアリズムです。さらに本論のなかで考察してゆきますが、賢治のすべての物語は、人間が見ることも聞くこともできない実在物の内在的なリアリティの世界に、物語という仮構をつうじて可能なかぎり接近しようとする稀有の試みだったのです。賢治の描く物語が、擬人化された動物やモノによる寓話のような形をとりつつ、さらにそれを超越した不思議なリアリティと深い真実に触れているように感じられるのは、そのためなのです。

黒坂森にある火山弾の大きな黒い巌が語るのは、岩手山麓の豊かな自然の形成過程であり、そこに農具を持って入植してきた人間たちの物語でした。人間と自然とが交感し、入植者が森に向かって居住や耕作の是非を問い、森がそれに許しを出し、さまざまな交渉を重ねながら生きられてきた土地の歴史の、一つの凝縮された姿です。狼と人間の交渉の物語も、まさに賢治が生きていた時代に絶滅したといわれている狼という存在が、山や森と人間とのあいだの危うく壊れやすい関係のなかにいたことを、自然破壊を告発するのとは異なった語り口で、説得力を持って伝えています。そして、これらすべての、自然と人間の綾《あや》なす豊かでデリケートな関係を見守っていたのが、最後に「いや〳〵、それはならん。」と言っておごそかにすべてに裁定を下す「岩手山」なのです。宇宙のすべてを、その始原の時から見つめつづけているのは火山であり、そこから吹き出した大きな火山弾が、森にどっしり構えた巌として、森羅万象の由来を語る役を与えられたのです。生前の賢治は実際、その古い巌の傍らを何度通り過ぎ、その静かなつぶやきのような声にいくたび耳を澄ませたことでしょうか……。

　御嶽山の噴火によるほとんどすべての犠牲者が、落下した火山礫に当たったために命を落とすことになった、という報告を聞いて、火山噴石の威力のすさまじさに私たちは身震いしました。けれども私のいまの驚きは、その事実を踏まえたうえで、火山弾という存在に、人間の意識を媒介にしては語ることのできない、別種の真実を語らせようとした賢治童話の小品「気のいい火山弾」という物語が与えてくれる衝撃の方です。いま考えたとき、一〇〇年も前に、賢治は何と予言的な作品を書いていたのだろうか、と驚嘆してしまうのです。

「気のいい火山弾」は、岩手山麓を舞台に、「ベゴ」（ベゴとは牛をさす東北一帯の方言です）というあだ名を持った稜《かど》のない丸くて大きな黒い石を主人公にした物語です。心やさしく、怒るということのないベゴ石は、まわりの稜のある火山弾たちから徹底的にからかわれ、いじわるされています。自分たちはしっかり稜があるのに、お前さんだけまるいのは、まっ赤に燃えて空をのぼったときに臆病になってくるくるからだがまわったからだろう、とか、今度あたらしい法律が出来て、まるいものはみんな卵のようにパチンと割ってしまうそうだよ、とか、まわりの石たちは言いたい放題なのです。ところが丸いベゴ石は、何を言われてもいつもにこにこして、まわりの苔などとつきあいながら、時々「戯《ざ》れ歌」など歌って一人この世界にある幸せを楽しんでいるのです。ベゴ石は、賢治童話にしばしば現われる、いわゆる「デクノボー」のタイプなのです。いうまでもなく賢治的なデクノボーは、単に思慮のない存在というのではありません。V章で詳しく考察するように、デクノボーとは、生きることの悲しみと慈愛とを、ともに全面的に引き受け、俗知としての賢《さか》しさに染まることなく超然としている、「知ある無知」の存在といってもいい、賢治の理想自我でした。

そんなある日、立派な身なりをして標本採集に来た火山学者たちがベゴ石をみつけてこう叫びます。「あ、あった、あった。すてきだ。実にいゝ標本だね。火山弾の典型だ。」「こんな立派な火山弾は、大英博物館にだってないぜ。」火山学者たちはこんな感嘆のことばを叫び、ベゴ石を大切な標本としてわらの筵《むしろ》に包んで研究室に持ち帰ることにします。そこには「東京帝国大学校地質学教室行」という仰々しい札までつけられるのです。ベゴ石ばかりが立派な人たちによってちやほやされ、丁寧に扱われて、自分たちは見向きもされないのでトンガリ石たちは嫉妬してしまい、押し黙ってため息をつくばかりです。ベゴ石はさぞかし誇らしく、いつも馬鹿にされているトンガリ石たちに一矢を報いて、気持ちがいいはずだ、と読者は思うのですが、賢治の物語る結末はそうしたナイーヴな思いこみをすっかりひっくり返すほどの驚くべきものです。なんとベゴ石という「気のいい火山弾」は、仲の良かった地面の苔たちに別れを告げてから、こう言うのです。

「みなさん。ながながお世話でした。苔さん。さよなら。さっきの歌を、あとで一ぺんでも、うたって下さい。私の行くところは、こゝのやうに明るい楽しいところではありません。けれども、私共は、みんな、自分でできることをしなければなりません。さよなら。みなさん。」

（「気のいい火山弾」『全集　5』一三一―一三二頁）

これは喜びであるどころか、深い嘆きです。誇らしさなど微塵もない、自らの生きるリアルな場を奪われるときの深い悲嘆です。むろんこのベゴ石は、勇ましい火山弾の英雄などではありません。だからといって噴火のあとの無為の生をただやり過ごしている、誰も気付かないただの石っころというわけでもありません。賢治はこの石をベゴ、すなわち「牛」と呼び、農民たちの長い経験のなかで牛を媒介にして感じとられてきた慈愛の感情を、まっすぐに火山弾へとさし向けています。深い愛情です。深い共感であり、さらにいえば深い共苦（コンパッション）の感情です。噴火や、地震や、日照りや旱魃とともに生きてきた、東北人たちの悲嘆と痛苦の経験が清水に濾過されるようにしてあらわれる、とても純粋な愛の発露です。

ベゴ石の語りは、火山弾こそが、人間の知りえぬ、あるいは知ろうとしてこなかった真実を語ることができるという賢治の野生への信仰が生み出したものです。実在物がそこに存在していることの真の意味、それは火山とその分身である火山弾の声をつうじてしか知りえない、もっとも深遠な秘密なのだと賢治は考えているのです。

賢治と同時代を生きたアメリカ人作家＝環境倫理学者のアルド・レオポルドは、遺著となったノンフィクションの名著『サンド・カウンティの暦』*A Sand County Almanac*（邦訳『野生のうたが聞こえる』講談社学術文庫、一九九七）において、ウィスコンシンの野生の土地に生きる場を与えられてきた一人の人間として、大地が自らを育んできたことを知ることから生まれる環境への倫理的態度について、誰よりも徹底したラディカルな立場を表明しました。オオカミという、人間の生活環境にたいして害をあたえる捕食獣を撲滅する仕事に従事していたレオポルドは、あるとき子供を連れたオオカミの家族を撃ち殺そうとして銃を構えます。そのとき、オオカミたちは彼の存在などに目もくれず、川岸の草地に転がって無防備にじゃれ合っていました。すきを見てレオポルドは冷静に銃を何発も撃ちます。それが彼の当然の仕事だったからです。母オオカミが銃弾に倒れ、小さな子供たちはあたりへ散って逃げていきました。レオポルドが斃れた母オオカミに近づいた瞬間、オオカミと目が合いました。その「烈しく燃える緑の炎」のような瞳が彼になにかを語り、少しずつ炎は消えていきました。その瞬間、レオポルドは、彼自身の知覚の限界において、オオカミとのいわれなき類縁関係のようなものを感じたのです。母オオカミの最後の声を人間に向けて伝えなければならない。彼はそう直感しました。この啓示的な経験から、レオポルドは彼のそれまでの仕事の論理、すなわち捕食獣は絶滅させねばならないという人間中心主義的な論理をまったく逆転させるような、あたらしい環境倫理のありかたを深く考え抜く者へと転生したのです。

『サンド・カウンティの暦』のなかの「山が考えるように考える」と題された一節で、レオポルドは次のように書いています。原文で引いてみましょう。

Only the mountain has lived long enough to listen objectively to the howl of a wolf.
(Aldo Leopold, *A Sand County Almanac, and Sketches Here and There*. Oxford University Press, 1949, p.129)

そうです。「山だけが、オオカミたちの遠吠えを客観的に聴くことができるほど長生きをしてきた」のです。レオポルドがオオカミと目を合わせた瞬間、彼は、すべてを目撃してきたものが、オオカミと人間とがともに生かされてきた「山」であることを知りました。人間はみずからの共同性の境界を広げ、そこに土や水や森や山や獣たちを含めなければならない。そのなかで、有機体と非有機体とが一体となって世界の倫理と美とがつくられていることを謙虚に認めなければならない。これがレオポルドの思想の根幹です。日本列島を考えるならば、その歓喜と悲嘆の共同体のなかに、いうまでもなく火山も含まれることは疑いない真実なのです。

「山だけが、火山弾の嘆きを客観的に聴くことができるほど長生きしてきた」。レオポルドの深い言葉を、いま私たちは賢治をつうじて、このように言い換えることも可能なのではないでしょうか。賢治は、べゴ石と目を合わせ、その丸く黒い筋のある顔貌のなかに、人間の知りえぬ実在世界における真実の声を聞きとったのです。牛の、最後の涙と笑いとをともによく知っていた賢治の、透徹した目と耳の物語です。

御嶽山の噴火の経験は、噴石という人間に害を及ぼす危険物から身を守り、火山自体の活動をどのように監視、また制御できるのか、という議論だけを加速させているように見えます。火山国である日本で、人間はいかにして火山災害から身を守ればよいか、という観点から見れば、噴石も火山性ガスも火砕流もすっかり悪者扱いされ、異物化されてしまうのは必然です。しかし賢治は、ひとつの土地が数万年にわたって噴火をくりかえしてきた経験、そしてそれに基づく環境と人間とのあいだの集合的な相互浸透と照応の関係を、できるかぎり深く受けとめようとしました。山の、森の、大きな黒い噴石の声を聞きとり、人間がいまだ知覚しえない実在物との関係性をより深く知ろうとしました。「気のいい火山弾」のような童話ともみえるお話は、そうした深いリアリズムにもとづく共同性の倫理を探究した哲学的な物語でもあるのです。ひとつの土地において火山の噴火する野生の状況があり、熔岩や灰のはざまに清水が湧き、そこに少しずつ植物が生えて豊かな森が生まれる。そこに人間が入植し、牛や馬を飼いながら農業や牧畜が営まれ、やがて文明が開かれてゆく。人間はどんどん力を得て自然を支配してゆき、自然のもつ根源的な生命力と森羅万象への共感の能力を忘れてしまう。けれど火山は、つねにふたたび噴火し、人間に忘れていたこの連続性を思い出させようとしてきました。いまも、そしてこれからも永遠に。

火山弾を牛にみたてるような共感覚は、人間と野生とのあいだに成り立っていた《共感／共苦》の関係にたいする想像力をいまにつなぎとめる、とても大切な叡知です。宮沢賢治は、この言語化しえない叡知を、詩や童話と呼ばれる言語活動をつうじて言葉の世界に可能なかぎり誘《いざな》おうとした、孤独な詩人＝思想家でした。個人の命のはるか先にある、ずっと重要な場所に、集団の連鎖する生命が烈しく燃える緑の炎として灯っていることを深く信じていました。
「グスコーブドリの伝記」の最後のシーン、カルボナード火山島の爆発を人為的に誘発させ、火山灰による二酸化炭素を空に充満させることでイーハトーブの町を温室効果により温めて冷害から守ろうとしたブドリは、ひとり爆発の衝撃に巻き込まれて命を落とします。この物語を普通に読めば、農民の幸福のために、自己犠牲の精神に殉じた一人の単独の英雄として、ブドリは称賛されることでしょう。けれどもこれはけっして、一人の個人としての英雄の自己犠牲の物語ではないのです。ブドリの死とひきかえに火山の噴火は起り、イーハトーブの青い空が緑色に濁り、気候はぐんぐんと暖かくなり、その年の秋の作柄はいつもとおなじほど充分なものとなりました。たしかにブドリは冷害の危機に瀕した町を、命を賭して救ったのです。ところが賢治は、この物語をこう結んでいます。

そしてちやうど、このお話のはじまりのやうになる筈《はず》の、たくさんのブドリのお父さんやお母さんは、たくさんのブドリやネリといつしよに、その冬を暖いたべものと、明るい薪《たきぎ》で楽しく暮すことができたのでした。

（「グスコーブドリの伝記」『全集　8』二七〇—二七一頁）

すでにブドリは死んでいないはずなのに、ふたたび別のブドリがもうここには生まれ、妹のネリや両親たちと以前とおなじように生活をはじめています。彼の家はやがて飢饉にあい、両親は家を捨て、兄妹は生き別れ、ブドリは孤児となってさ迷い、火山局員となってふたたび他人のために自らの身を捨てることでしょう。ブドリの英雄物語だと思っていた読者は、無数のブドリたちの連綿たる繰り返しのイメージのなかで、美しい自己犠牲と救済の物語を見失ってしまいます。では詩人は悲劇の連鎖を描いたのでしょうか？

いいえ、それもちがうでしょう。むしろこの万物の連鎖こそ、賢治の信じる救いのヴィジョンなのです。個人の生命の喪失は、それじたいを人間主義的な視点から見れば、深く痛ましい出来事です。ですが、ともすれば人間中心主義的な価値観に流れてゆく危険性を持つヒューマニズムを超えたところに、賢治の考える真の智慧と愛の大地は存在していました。ブドリは無数のブドリと永遠の生命連鎖を共有し、そこにはすべての人間と動物たち、森と山と水と大地が、共感と共苦の世界をともに生きているのです。そのように信じれば、私たちは火山を災害の根源として敵視することなど、もうできようはずはありません。

岩手山の最後のカルデラ噴火の一万年後、北東斜面の熔岩流の三〇〇年後、そして賢治が岩手火山に登頂したおよそ一〇〇年後のいま、私はある衝迫に駆られるようにして、この本を書きました。それは、数万年前にこの大地に贈りとどけられた黒い大きな噴石の傍らに私たちひとりひとりが座り込み、人間を生かしている森羅万象への共感と共苦の歌を歌いあうためです。

I——太平洋にタイタンは要らない　〈海〉について

水よわたくしの胸いっぱいの
やり場所のないかなしさを
はるかなマヂェランの星雲へとゞけてくれ

——宮沢賢治「薤露青《かいろせい》」

「初めての海」とタイタニック号

海は私たちに、自然と相対《あいたい》するときの、もっとも根源的な謙虚さの感情を教えてくれる唯一無二の存在です。海は、一個の生命体としての人間がいかに小さなものであるかを教え、人間のスケールをはるかに凌駕するものが持つ奥深い息吹《いぶき》への深い敬虔《けいけん》の情をかきたてます。そしてこの、つつしみうやまう心持ちの底には、「畏《おそ》れ」があります。「畏れ」こそ、海が私たちにもたらすおそらくもっとも深い情動ですが、そのとき、私たちはどこかで、海というものを自分自身の内にも抱えていることを直感しています。だからこの深い畏れの感情は、自分の外部にあるものにたいするだけではなく、自己内部にある得体のしれない深淵、おのれの裡《うち》なる謎にたいする感情でもあるといっていいでしょう。

　事実、私たちの身体に流れる血液は、ナトリウム、塩素、カリウム、カルシウム、マグネシウムなど、多くの成分を海水とほぼおなじ比率で共有しています。地球上の最初の生命体は、海中をかすかに動く小さな単細胞生物だったと考えられていますが、それから三五億年がたっても、進化の先端にあるとされる私たち人類の身体は、いまだに体内に塩辛い海の水をたっぷりと抱えているのです。海水と同じ成分の、約五リットルの血液の循環によって維持される私たちの個としての生命。海という外部に広がる大いなる神秘は、また、自己の内奥にある謎でもあったのです。それは、謎であると同時に、生命のもつ深い道理の帰結でもありました。この事実こそ、私たち人間が自己の存在のもっとも深い部分に宿しているはずの、究極の「倫理的な態度」を決定づける根拠であるとはいえないでしょうか。

　そんなふうに考えたとき、生まれて初めて海を見るという経験は、誰にとっても特別の生命記憶をよびさます体験であったはずです。とりわけ、生まれながらにして海辺で育ったのではない者が、長じて海を初めて見たときの感慨は、言葉として知っていただけの「海」が、物理的で肉体的ですらある生命体として初めて自分の傍らに出現するという意味で、世界感覚のおおきな変容すら呼び起こすことがあります。そしておののきと共にそこに感じる、いわれのない懐かしさの感覚。おそろしいほど巨大な海が、同時に自分の内部のどこかで波打っていたことの発見。そのような啓示的な発見をたえず意識しながら、世界と人々の幸福を願いつづけた一人の途方もない直感力をもった詩人・作家こそ、宮沢賢治でした。

賢治が初めて海を見たときの情景は、彼自身がきちんと文字に残しています。それは盛岡中学校の四年生となってまもない五月、彼が一五歳のときでした。修学旅行で盛岡から一関―石巻―松島―塩釜―仙台―平泉とめぐる旅の途上、初めて海を体験したときの感興を賢治は故郷花巻の父親に手紙で知らせているのです。それによると、一九一二年五月二八日の朝一〇時頃、彼は石巻から船で海に出て景勝地松島を回ったようです。そのときの手紙に「初めての海」という言葉が登場しています。

船は海に出で巨濤は幾度か甲板を洗ひ申し候　白く塗られし小き船はその度ごとに傾きて約三十分の後にはあちこちに嘔げる音聞こえ来り小生の胃も又健全ならず且つ初めての海にて候ひしかばその一人に入り申し候　（……）松島は小生の脳中に何等の印象をも与へ申さず……

（『全集　9』一九頁）

松島湾を行く遊覧船の上から初めて見る海は、賢治にまだそれほどの強い印象を残してはいなかったようです。慣れない揺れる船の上で気分が悪くなったことだけがここでは微笑《ほほえ》ましく報告されています。その日の午後、賢治は引率の先生の許可を取り、仙台で夜に一行と合流することを約して、塩釜から一人で伯母（父の姉ヤギ）に会いに近所の小さな漁村（現在の宮城郡七ヶ浜町菖蒲田）に歩いて行きました。一時間ほど歩くと「再び海を見」、そこには「黒き屋根の漁夫町」があり、「波の音は高く候ひき」と書かれています。その漁村にある一軒の宿屋で静養していた伯母と無事会えた賢治は、思いがけない訪問者に喜んだ伯母に引き止められ、夕食をご馳走になったばかりか、尽きぬ話につきあううちにそこで一泊することになりました。寂れた海辺の宿で一晩過ごすことで、ようやく海は、潮の香や、波や烈風の音とともに、賢治の体内にしっかりとその存在を刻み込んだようです。手紙にはこうあります。

海は次第に暗くなり潮の香は烈しく漁村の夕にたゞよひ濤の音風の音は一語一語の話の間にも入り来りて夜となりその夜は遂に泊められ申し候

（同書、一九―二〇頁）

伯母との会話の一語一語のあいだに海の波音が忍び込んでくるという感興は、賢治ならではの鋭いものです。波や海鳴りの神秘的な重低音が、畏れとともに、自らの体内を振動させる大いなるワタツミ神の音声《おんじょう》のようにして、人間の言葉の隙間に入り込んでくるのです。このとき、海はたしかに賢治の畏怖の感覚をよびだし、それとともに彼の心のなかの震えと共振したのです。彼が海なるものと一体化した瞬間でした。

ここで「海」とだけ書かれているものは、地理的に言えば「太平洋」にほかなりませんでした。

この頃の賢治が、どの程度精確な世界地図を頭に描いていたかはわかりませんが、すでに中学四年生、鉱物採集に熱中し、学校の教科書など見向きもせずに難解な科学書や哲学書に読みふけっていたことを考えれば、自分が初めて見た海が太平洋と呼ばれる地球最大の海であり、水平線の彼方にはアメリカがあるという感覚を、賢治ははっきりと持っていたにちがいありません。

さらにもう一つの重大な事実があります。賢治が修学旅行で初めて海を見たのとまったく同じ年、賢治の手紙が書かれたわずか一ヶ月半ほど前の一九一二年四月一四日に、イギリス・サウサンプトン港からニューヨークに向けて北大西洋を処女航海していた豪華客船タイタニック号が、濃い海霧の夜、氷山に衝突して沈没していたのです。一五〇〇人にものぼる犠牲者を出したこの出来事は、当時史上最大の海難事故として、ただちに全世界に報道されました。それから一ヶ月と少しして、初めての海である太平洋を見たとき、賢治もあるいは、この出来事に心をはせる瞬間があったでしょうか？　もちろん、豪華客船が沈んだ海は「大西洋」と呼ばれる海であり、それが賢治の暮らす小世界、すなわち岩手県（＝イーハトーブ）が接している海「太平洋」からは大陸一つ隔てたはるか遠くの別の大海であることをよく知りながらも……。

塩釜ちかくの寂しい漁村に一夜を明かした賢治が聞いたあの海と風の咆哮のなかに、タイタニックの溺死者たちの苦悶の叫び声がこだましてはいなかったのか？　そのことがなぜか私はとても気にかかります。そしてそのような問いをたててみる理由も、賢治が書いた物語のなかに、タイタニック号の事件に言及しているとても示唆的な箇所があるからなのです。

「パシフィック」の謎

「銀河鉄道の夜」の印象的な挿話に、銀河鉄道に乗り込んで来た見知らぬ青年と彼に連れられた髪を濡らした小さな姉弟《きょうだい》が、ジョバンニやカムパネルラと言葉をかわす場面があります。

俄《には》かにそこに、つやつやした黒い髪の六つばかりの男の子が赤いジャケツのぼたんもかけずひどくびっくりしたやうな顔をしてがたがたふるへてはだしで立ってゐました。隣りには黒い洋服をきちんと着たせいの高い青年が一ぱいに風に吹かれてゐるけやきの木のやうな姿勢で、男の子の手をしっかりひいて立ってゐました。

「あら、こゝどこでせう。まあ、きれいだわ。」青年のうしろにもひとり十二ばかりの眼の茶いろな可愛らしい女の子が黒い外套《ぐわいたう》を着て青年の腕にすがって不思議さうに窓の外を見てゐるのでした。

「ああ、こゝはランカシャイヤだ。いや、コンネクテカット州だ。いや、ああ、ぼくたちはそらへ来たのだ。わたしたちは天へ行くのです。ごらんなさい。あのしるしは天上のしるしです。もうなんにもこはいことありません。わたくしたちは神さまに召されてゐるのです。」黒服の青年はよろこびにかゞやいてその女の子に云ひました。

(……)

「あなた方はどちらからいらっしゃったのですか。どうなすったのですか。」さっきの燈台看守がやっと少しわかったやうに青年にたづねました。青年はかすかにわらひました。

「いえ、氷山にぶっつかって船が沈みましてね、わたしたちはこちらのお父さんが急な用で二ヶ月前一足さきに本国へお帰りになったのであとから発《た》ったのです。私は大学へはひってゐて、家庭教師にやとはれてゐたのです。ところがちゃうど十二日目、今日か昨日のあたりです、船が氷山にぶっつかって一ぺんに傾きもう沈みかけました。月のあかりはどこかぼんやりありましたが、霧が非常に深かったのです。

（「銀河鉄道の夜」『全集　7』二七〇—二七三頁）

逃げ惑う人々を押しのけたりせず、救命ボートを他人に譲っているうちに海に投げ出されてしまった三人は、暗く冷たい海の渦のなかでもがいていましたが、やがてぼうっとしたかとおもうと、この鉄道に乗っていたというのです。彼らはあきらかに、氷山にぶつかって沈んだ船の犠牲者たちであり、すでに天上へと昇る途上の、自己犠牲の精神によって神に祝福された死者たちでした。ジョバンニもカムパネルラも、忘れていた体内深くにある記憶をよびさまされたように感じ、哀しさで目頭が熱くなります。青年の話を聞いたジョバンニの頭のなかに去来した思いを、「銀河鉄道の夜」はつぎのように描写しています。

（あゝ、その大きな海はパシフィックといふのではなかったらうか。その氷山の流れる北のはての海で、小さな船に乗って、風や凍りつく潮水や、烈《はげ》しい寒さとたたかって、たれかが一生けんめいはたらいてゐる。ぼくはそのひとにほんたうに気の毒でそしてすまないやうな気がする。ぼくはそのひとのさいはひのためにいったいどうしたらいゝのだらう。）ジョバンニは首を垂れて、すっかりふさぎ込んでしまひました。

（同書、二七四頁）

この一節に不意にあらわれる「パシフィック」という言葉に、私は立ち止まらざるを得ません。パシフィックという大きな海。それは「太平洋」のことにほかならないからです。ですがいうまでもなく、この挿話がタイタニック号の事故を暗示しているとすれば、その出来事が起こった大きな海とは「大西洋」すなわち「アトランティック」と呼ばれていなければいけないはずです。いったい賢治は、なぜここで、誰にでも分かる地理の混同をあえて物語に組み込んだのでしょうか？　この悲劇の海が「パシフィック」である必要が、どこにあったのでしょうか？

この謎にたいし、三つほどの解釈の可能性を示唆しておきましょう。まず第一に、「銀河鉄道の夜」のテクストの複雑な成立過程において「第二次稿」（ないし「初期形二」）と呼ばれている草稿のなかでは、このジョバンニの独白の部分がつぎのように書かれていたことがヒントになるかもしれません。「あゝ、あの大きなパシフィックの海をよこぎらうとして、この人たちは波に沈んだのだ。そして私のお父さんは、その氷山の流れる北のはての海で、小さな船に乗って、風や凍りつく潮水や、烈《はげ》しい寒さとたたかって、僕に厚い上着を着せようとしたのだ。それを心配しながらおっかさんはあの小さな丘の家《うち》で牛乳を待っていらっしゃる。僕は帰らなけぁいけない。」（『全集　7』四八二頁）。

そう、賢治による初期の原稿では、この「パシフィック」の海は、遠くに出かけていて長いあいだ不在とされているジョバンニの父親が、家族のためにラッコの毛皮などを一生懸命収穫しているはずの海として描かれているのです。その意味で、これはジョバンニの家族的な視点から想像された独白であることになります。ジョバンニは太平洋のどこかで今もひとり漁をする父親のことを思いだし、夢の銀河鉄道から降りて現世に、すなわち彼の病気の母が待つ家に帰るべき時間が近づいていることを悟っているのかもしれません。ところがその後、草稿からはそうした個人的な理由は消えていきます。第三次稿ではすでに最終稿と同じように、北のはての海では「たれかが一生けんめいはたらいてゐる」と書き直されています。とすれば、父親という個人に由来するイメージを振りきって、より普遍的な人間存在の悲哀へと問いをさらに深化させた賢治のなかで、ただひとつ「パシフィック」という語だけが抹消されずに残った、と想像されるのです。

けれどももう一歩踏み込んで、「アトランティック」であるべきものを「パシフィック」とした賢治のより能動的な理由についても考えてみましょう。少し抽象的な言い方をすれば、賢治はここで、大西洋的な関係性とも言うべき事柄を、太平洋的な関係性へと意図的にずらそうとしたのかもしれません。タイタニック号事件とは、世界史における、見事に大西洋的な関係性を象徴する出来事でした。タイタニック号は、当時の西欧技術の粋を集めて建造された、他に類を見ない大型の豪華客船であり、「不沈船」とも呼ばれて西欧文明の偉大さを誇示する象徴となった船でした。ギリシャ神話の巨人タイタンに由来するその名も、まさに古い時代を凌駕する巨大な力によってあらたな文明が起こされてゆくことを誇示する名前であり、より強く、より速く、より洗練されて美しい、という西洋的価値が称揚されてゆくひとつの理念がそこに投影されていました。そしてこれこそ、ヨーロッパと北米を結ぶ「大西洋」という関係性が、近代の成長原理の柱としてイメージしてきた価値だったのです。賢治は、あるいは、そうした文明の「大西洋」的な関係性に代わる別の可能性を、「太平洋」的な未知の関係性へと拓《ひら》こうとしたのではないでしょうか。いうまでもなく、賢治は、壮大な地球感覚・宇宙感覚を持って、東北が太平洋に突き出た岬でもあることを誰よりも深く自覚していました。とすれば、「銀河鉄道の夜」のこの挿話が喚起する自己犠牲をめぐる倫理的な課題を、「パシフィック」の問題として、つまり彼自身の海の問題として引き受けるのだという賢治の決意が、ここに示されたのだとはいえないでしょうか。

さらにもう一つの解釈は「パシフィック」の語源にあります。この言葉が生まれた経緯をかんたんにたどり直しておきましょう。それは、ポルトガルの探検家・航海者フェルディナンド・マゼランが、スペイン王の信任を得て西廻り（モルッカ諸島経由）での世界周航をめざす旅の途上の一五二〇年一一月、時化《しけ》と食料難による苦闘の末に南米最南端の海峡（現在のマゼラン海峡）をぬけて、人類史上初めて、それまで「南海《マール・デル・スール》」として想像されていた大洋に出たことにはじまります。マゼランは、このあと大洋を西に横断してフィリピン群島に達し、ここで命を落とすことになりましたが、その間の航海は静穏な天候に恵まれたようで、ほとんど時化にも遭遇することがありませんでした。静かで穏やかな海に印象づけられたマゼランは、この未知の海を“Mare《マーレ・》 Pacificum《パシフィクム》”（穏やかな海）とラテン語で名づけました。すなわち、現在の「パシフィック・オーシャン」のいわれはここにあります。

やがてこのラテン語を漢訳した一七世紀頃の中国の地図に「寧海」（静かな海）として登場し、清朝の地図にはじめて「太平海」があらわれ、その後日本では明治維新以後に「太平洋」となって定着したようです。この太平はつまり泰平のこと、すなわち世の中が平和に治まり穏やかなことを意味する言葉でした。

たしかにマゼランにとっても、植民地時代の西欧列強によるさまざまな勢力争いや貿易をめぐる利権争いに彩られた「大西洋」は、歴史的にも「騒乱の海」といって差し支えない騒がしい海でした。それに比べれば、新たに見いだした太平洋は「平穏な海」としてのまっさらな姿を、そのときは見せていたのでしょう。「平穏な海」とは、たんに気象に恵まれたというだけでなく、マゼランのような西欧人にとって、騒乱の大西洋的な世界に別れを告げたいという、新しい世界に向けての「希望」をはらんだ命名であったといってもいいかもしれません。

賢治のなかに「パシフィック」という海が、「平和」（このことばは、当時は新しい翻訳語で、賢治はたった一度、ある詩のなかで「平和街道のはんの並木」と使っているだけです）への人類の祈りとして意識されていた可能性はないでしょうか？　平和と名づけられた海。文明の過剰な競争や開発にさらされていない、平穏な海。それは現実としても、比喩としても、賢治にとっての世界への根源的な「希求」として、意味を持っていたはずです。「銀河鉄道の夜」の夢の天空世界が、この希求としての「パシフィック」の海に浮かんでいたと考えることはできないでしょうか？

マゼランが命名した「平和《パシフィック》」に込められた近代の夢は、その後の歴史のなかで裏切られていきました。平和と名づけられた海の悲惨な顛末を、とりわけその二〇世紀における悲劇を、いまここであらためて語る必要はないでしょう。騒乱の海としての太平洋とは、そこで行われた戦争を直接示すだけではありません。太平洋戦争の後も、この海は、アメリカやフランスによる核実験の場となり、文明国の放射性物質や化学兵器を移送・廃棄する場となり、島の住民の頭越しに貴重な資源が乱獲されてゆく搾取の場となりました。その基本的な構図は今も変わりません。

だからこそ、タイタニック号事件を暗示しながら、大西洋を太平洋に置き換えようとした賢治の意図的な「幻想地理学」には意味があるのではないでしょうか。それは、戦乱の海が訪れる予兆を感じながらも、賢治が込めた深い希求、希望の修辞学でした。そしてその希望は、賢治自身が初めて見た海、そしてその後も見つづけた海である現実の「太平洋」の像のなかに、いつも投影されているような気がするのです。

「太平洋」をめぐる幻想地理学

明治二九年に生まれた賢治の時代には、「太平洋」という単語自体は日本語に導入されてから半世紀にも満たない、かならずしもまだこなれているとはいえない若い言葉でした。そのこともあってか、賢治のすべての創作のなかで、「太平洋」という単語が現れるのはわずか三つの作品においてだけです。ですがそのどれも、とても示唆的なかたちで登場します。一つ一つを、かんたんに見ていきましょう。

最初は、詩集『春と修羅』(一九二四)につづく第二詩集として刊行が計画されていたものの未刊に終わった「春と修羅　第二集」に収録されている「峠」という詩です。この作品は一九二五年一月九日、一人で釜石の叔父・磯吉を訪ねた帰途に、仙人峠（八八七メートル）から釜石鉱山と太平洋を見渡したときの情景を詠んだものと考えられています。この少し前、賢治の「銀河鉄道」のモデルともなった「岩手軽便鉄道」が花巻―釜石間で開通したのですが、険路である峠越えの部分だけは線路がつながらず、人々は峠を徒歩で越えていました。その軽便鉄道の花巻側の終着駅が仙人峠にあったのです。峠からは、重畳《ちょうじょう》たる北上の山並みの彼方に釜石の町と太平洋が望めました。「峠」の全篇を引いてみましょう。

あんまり眩ゆく山がまはりをうねるので
ここらはまるで何か光機の焦点のやう
蒼穹《あをぞら》ばかり、
いよいよ暗く陥ち込んでゐる、
（鉄鉱床のダイナマイトだ
　いまのあやしい呟きは！）
冷たい風が、
せはしく西から襲ふので
白樺はみな、
ねぢれた枝を東のそらの海の光へ伸ばし
雪と露岩のけはしい二色の起伏のはてで

二十世紀の太平洋が、
青くなまめきけむってゐる
黒い岬のこっちには
釜石湾の一つぶ華奢なエメラルド
……そこでは叔父のこどもらが
みなすくすくと育ってゐた……
あたらしい風が翔ければ
白樺の木は鋼のやうにりんりん鳴らす

（「峠」『全集 1』四五〇―四五一頁）

釜石を中心とする三陸の海岸地帯は、明治一三年に操業を開始した釜石製鉄所を始めとして、新時代の日本の重工業の拠点となった地域です。農を人間の生存の基本に考えていた賢治にとっても、この近代社会の新たな動向は無視できないものでした。事実、釜石の視察を通じて、賢治は溶鉱炉の熾熱《しねつ》が夜の町を赤々と照らす光景に、深く感情移入してもいます。もっとも賢治の場合、産業革命の息吹に観念的に捕らえられていたというよりは、鉄鉱石という鉱物の放つ壮大なエネルギーにたいして鉱物学的なイマジネーションをかきたてられていた、といった方があたっているでしょう。そして、この「峠」という詩においても、製鉄産業の壮観以上に、冬の峠道から一望するエメラルドの海が「二十世紀の太平洋」という壮大な想像力を背後に宿した言葉づかいによって描写されていることに、より注意を払わねばならないでしょう。「青くなまめきけむってゐる」と形容された太平洋。二〇世紀の太平洋の、その後の転変をどこかで予感するように、賢治はその海の艶《なまめ》き、優美さ、清新さとともに、そのどこかくすみ、けむった神秘のヴェールに囚われているようにも思えます。山の白樺の木々も、冬の烈しい季節風にあおられて、東側の海の方に向けて枝をなびかせています。白樺の枝はりんりんと鋼《はがね》のように鳴っていますが、その音は、鉄鋼産業の興隆への期待というよりは、むしろ無垢の太平洋が経験するであろう二〇世紀的未来の幸福を祈るエールのように聞こえます。

つぎに「風野又三郎」を見てみましょう。これは童話「風の又三郎」の先駆形として残された草稿ですが、そのなかで、鼠色のマントをひるがえしてやって来た風童（＝風の精）としての又三郎が、小学校の子供たちに、風というものが悪戯もするけれども、よりよいこともするのだという例を挙げながら、上空の大気のメカニズムについて語る部分です。賢治の気象学的な想像力は、日本の上空の気象現象を北極圏をおおう低気圧《サイクルホール》から派生する大きな運動として説明するもので、そのことを分かりやすく解説する又三郎の話のスケールの大きさに、子供たちは夢中になってしまうのです。

「僕だっていたづらはするけれど、いゝことはもっと沢山するんだよ、そら数へてごらん、僕は松の花でも楊《やなぎ》の花でも草棉の毛でも運んで行くだらう。稲の花粉だってやっぱり僕らが運ぶんだよ。それから僕が通ると草木はみんな丈夫になるよ。悪い空気も持って行っていゝ空気も運んで来る。東京の浅草のまるで濁った寒天のやうな空気をうまく太平洋の方へさらって行って日本アルプスのいゝ空気だって代りに持って行ってやるんだ。」

（……）

「僕の通って来たのはベーリング海峡から太平洋を渡って北海道へかかったんだ。（……）南の方から来てぶっつかるやつはあるし、ぶっつかったときは霧ができたり雨をちらしたり負ければあと戻りをしなけぁいけないし丁度力が同じだとしばらくとまったりこの前のサイクルホールになったりするし勝ったってよっぽど手間取るんだからそらぁ実際気がいらいらするんだよ。喧嘩《けんくわ》だってずゐぶんするよ。けれども決して卑怯《ひけふ》はしない。」

（「風野又三郎」『全集　5』三五九、三六八―三六九頁）

このような壮大な北半球の気象学的想像力を持って物語を書いた者が、この時代にほかにいたとは思えません。「太平洋」という語は、そのような文脈のなかで、タスカロラ海床、グリーンランド、アラスカ、ベーリング海峡といった地名とともに登場します。風の精の通り道としての太平洋。ここから考えても、賢治にとっての「太平洋」がすでに故郷の海の限定された地理学からはるかに飛躍したところに想像されていることがわかるでしょう。いや、飛躍というよりは、むしろ彼が初めて見た三陸の海は、このような自在な地球的イマジネーションによって、すべての海洋世界を接続する場に引き出されているのです。これもまた、賢治の幻想地理学の、精密な世界把握力の例とはいえないでしょうか。

もう一つの例、童話に分類されている「或る農学生の日誌」に登場する「太平洋」にも触れておきましょう。これは、賢治自身の分身でもある、一人の素朴な農学校生徒の意識をかりて、学校での地質や土性の測量実習の様子、あるいは北海道への修学旅行の記録や、旱魃との苦闘などが記された架空の日誌風の物語です。そのなかの、一九二五年五月一八日から一九日にかけての修学旅行記のなかにこうあります。

汽車は闇《やみ》のなかをどんどん北へ走って行く。盛岡《もりをか》の上のそらがまだぼうっと明るく濁って見える。黒い藪《やぶ》だの松林だのぐんぐん窓を通って行く。北上山地の上のへりが時々かすかに見える。

さあいよいよぼくらも岩手県をはなれるのだ。

（……）

いま汽車は青森県の海岸を走ってゐる。海は針をたくさん並べたやうに光ってゐるし木のいっぱい生えた三角な島もある。いま見てゐるこの白い海が太平洋なのだ。その向ふにアメリカがほんたうにあるのだ。ぼくは何だか変な気がする。

海が岬《みさき》で見えなくなった。松林だ。また見える。次は浅虫だ。石を載せた屋根も見える。何て愉快だらう。

（「或る農学生の日誌」『全集　7』四八頁）

この日誌はとても地味な内容で、とりたてて賢治の高邁な思想が書き込まれている、というわけではありません。ですが「太平洋」にたいする主人公の思い入れは特別のものに思えます。青森の海岸で初めて目にする白い海、太平洋。「その向ふにアメリカがほんたうにあるのだ」と畳みかける部分からみて、主人公の心は海そのものではなく、その海の向こう側にある未知の世界「アメリカ」にまで飛翔しようとしています。そしてこの「アメリカ」は、私たちの通念のなかにある文明国アメリカのことではなく、もしかすると「銀河鉄道の夜」においても印象的に描写されている、ジョバンニたちの汽車を追いかけるように現われて狩りをしながら楽しそうに踊る「インデアン」の棲むアメリカのことかもしれません。民俗芸能や農民の踊りが、自然界の豊かな模倣《ミメーシス》の形式として、農業労働の現場に芸術的な核心をもたらすことを「農民芸術概論」などで説いた賢治の理想が、こうした「インデアン」の姿には投影されているとも考えられるからです。「太平洋」とその海の彼方のアメリカをみつめる賢治の視線は、そのような想像力、そのような思想的信念へもみちびかれうるのです。

海の原理と山の原理

しかも賢治にとっての太平洋の水の満ち引きの長大な歴史は、故郷花巻の北上川の流れと、はるかな地質学的時間を超えてつながっていました。

賢治が「イギリス海岸」と名づけた、花巻市内を流れる北上川西岸の青白い凝灰質の泥岩が露出する川岸は、二百数十万年前の第三紀鮮新世《プリオシン》の終わり頃には海の渚だったのでした。賢治はこの地質学的事実をよく知っており、「その頃今の北上の平原にあたる処《ところ》は、細長い入海か鹹湖《かんこ》で、その水は割合浅く、何万年の永い間には処々水面から顔を出したり又引っ込んだり、火山灰や粘土が上に積ったり又それが削られたりしてゐたのです」、と「イギリス海岸」で書いています。いわば賢治は、北上河畔のイギリス海岸を通じて、おもいがけなく太古の海と出遭い、花巻にいながらにして海洋的な想像力を刺戟されていたことになります。海は、まさに彼の生きる小宇宙の内部にも存在していたのです。「イギリス海岸」にはこうあります。

この百万年昔の海の渚《なぎさ》に、今日は北上川が流れてゐます。昔、巨《おほ》きな波をあげたり、じっと寂《しづ》まったり、誰《たれ》も誰も見てゐない所でいろいろに変ったその巨きな鹹水《かんすゐ》の継承者は、今日は波にちらちら火を点じ、ぴたぴた昔の渚をうちながら夜昼南へ流れるのです。

（「イギリス海岸」『全集　6』三三五頁）

「鹹水《かんすゐ》」とは塩水のことです。つまり「巨きな鹹水」とは海のことであり、北上川は「海の継承者」であるというのが賢治の深い直観でした。さらにこのイギリス海岸の古い泥岩の地層のなかの炭化した木の根株のまわりから、「私」は生徒たちと一緒に、化石化した「くるみの実」を四〇ばかり拾ったことが「イギリス海岸」の挿話でも触れられていますが、現実にも、賢治はここで第三紀の地層と思われる場所からクルミの実の化石を採集しているのです。第三紀鮮新世《プリオシン》に生きていたバタグルミの化石を日本で初めて発見し、学会で発表したのは賢治でした（現在では新たな地質学的知見が加わり、賢治が発見したのは第四紀更新世の頃のオオバタグルミだったと考えられています)。

くるみの楕円形の核果《かくか》、そのゴッゴッとした複雑な襞模様のなかに、賢治は百数十万年という途方もない時間を透視しました。まだ列島に人類などまったく現われていない世界。そこにも海は打ち寄せ、浅瀬が顔を出し、草や木が生い茂り、クルミの木が果実を実らせ、そこに西の方の火山が赤黒い舌を吐いて火山礫が降り積もり、木々は押しつぶされ、土中に埋められて、ついにいま賢治によって百数十万年前のクルミの実が再発見されたのです。このような、ヒトの種的記憶をもはるかに超える、悲劇でも喜劇でもない、ありのままの長大な生命倫理のなかで、海の原理と山の原理、渚の原理と火山の原理は、いまこの瞬間において触れ合っているのでした。

時を凝縮するクルミの化石は、「銀河鉄道の夜」の夢の天の川の河畔でも、こんなかたちで掘り出されています。

「行ってみよう。」二人は、まるで一度に叫んで、そっちの方へ走りました。その白い岩になった処《ところ》の入口に、

「プリオシン海岸」といふ、瀬戸物のつるつるした標札が立って、向ふの渚には、ところどころ、細い鉄の欄干も植ゑられ、木製のきれいなベンチも置いてありました。

「おや、変なものがあるよ。」カムパネルラが、不思議さうに立ちどまって、岩から黒い細長いさきの尖《とが》ったくるみの実のやうなものをひろひました。

「くるみの実だよ。そら、沢山ある。流れて来たんぢゃない。岩の中に入ってるんだ。」

「大きいね、このくるみ、倍あるね。こいつはすこしもいたんでない。」

「早くあすこへ行って見よう。きっと何か掘ってるから。」

二人は、ぎざぎざの黒いくるみの実を持ちながら、またさっきの方へ近よって行きました。左手の渚《なぎさ》には、波がやさしい稲妻のやうに燃えて寄せ、右手の崖《がけ》には、いちめん銀や貝殻でこさへたやうなすすきの穂がゆれたのです。


（「銀河鉄道の夜」『全集　7』、二五七―二五八頁）


賢治が夢想した「銀河鉄道」が、壮大な時間と空間の結節点であることは云うまでもありません。そこでは、異なった場所、時間、生命体、無生物ですら、おのれの「歴史的」「地理的」に限界づけられた存在を破って、すべてがめくるめく時空間において出逢い、相互浸透するユートピアを指向していました。この、北上川でもあり、太平洋でもあり、さらには賢治の天空的想像力においては「天の川」でもある川の渚に打ち寄せる波。クルミの実をこぼす樹木。崖で揺れるすすきの穂。そのはざまで稲妻や銀や貝殻が静かに始原の騒音をたて、赤々ときらめいています。これは「海」と「山」の時を超えた触れ合い、ほとんど交合といってもいいような聖なる光景です。賢治世界が、その幻想地理学が、どこにおいても海と山の同時的・即時的な接触と重なり合い、そのはるかな時間をおいた共存と相互変容の相において生きられていたことの証拠です。

プリオシンの海岸は、パシフィコの幸を願う賢治が、時の結晶としてのクルミを自らの心にいだく、人類にとってのサンクチュアリにほかなりませんでした。

マゼラン星雲と銀河鉄道

最後に、「銀河鉄道の夜」の原イメージを提供していると思われる詩「薤露青《かいろせい》」(一九二四年七月一七日執筆)に触れておきましょう。

薤露とは、薤《ニラ》の細長い緑の葉にたまった露のこと。それは命のはかなさの喩えとして使われてきましたが、これに賢治が「青」という色彩表現を加えたとき、それは賢治にとって死んだ妹とし子(戸籍名トシ)の姿を写しだす地球大の水の滴《しずく》の澄みきった青さのことになりました。海として天に浮かぶ水球(=地球)そのものでもあるのでしょうか。しかもその聖なる水滴は、北上川と天の川が重なるイメージのなかで南(南十字)の方角へと流れてゆくという幻想とともに喚起された言葉でした。詩の冒頭を引いてみます。

みをつくしの列をなつかしくうかべ
薤露青の聖らかな空明のなかを
たえずさびしく湧き鳴りながら
よもすがら南十字へながれる水よ
岸のまっくろなくるみばやしのなかでは
いま膨大なわかちがたい夜の呼吸から

銀の分子が析出される
……みをつくしの影はうつくしく水にうつり
プリオシンコーストに反射して崩れてくる波は
ときどきかすかな燐光をなげる……
橋板や空がいきなりいままた明るくなるのは
この旱天のどこからかくるいなびかりらしい
水よわたくしの胸いっぱいの
やり場所のないかなしさを
はるかなマヂェランの星雲へとゞけてくれ
そこには赤いいさり火がゆらぎ
蝎がうす雲の上を這ふ
(……)

(「薤露青」『全集　1』三八八―三八九頁)

澪標《みおつくし》とは、川の河口の浅瀬や水路に立てられた標識のことです。それは船の航行の安全のための標識のことでしたが、ここでは、はるかな時間と空間を渡ってゆく記憶の「水脈《みお》」のありかを指し示す道標《みちしるべ》のことだと解すべきでしょう。その天の川に立つ澪標が、「プリオシンコースト」すなわち第三紀鮮新世《プリオシン》の聖なる海岸を打つ波のかたわらで、影を揺らめかせているのです。「銀河鉄道の夜」の原風景です。

「銀河鉄道の夜」の冒頭、まだ夢の鉄道旅行に出る前の、少年たちの現実界の時間のなかで、ジョバンニやカムパネルラの学校の先生は「天の川」について解説しています。そこで先生は、大きな乳の流れ、その青白く光る星雲のなかに太陽や地球も浮かんでいるのだとすれば「私どもも天の川の水のなかに棲《す》んでゐるわけです」と、教えています。これは、物語ののちの展開への一つの伏線にちがいありません。

天の川の水。それは賢治の夢、賢治の幻想、賢治の倫理的思想のもっとも高貴な結晶体でした。そして「薤露青」のなかで賢治は「水よわたくしの胸いっぱいの／やり場所のないかなしさを／はるかなマヂェランの星雲へとゞけてくれ」と書きつけたのでした。妹の死への悲嘆をのりこえ、人間の、さらに生命すべての存在のなかに組み込まれた悲嘆をのりこえて、幸福と平穏を祈りつづけた賢治の、永遠の海（＝天空）への希求です。そう、賢治宇宙においては、かつて海だった北上川の平行世界としてイメージされた天の川の水こそ、最も親しく、かつ高貴な存在として、賢治の夢と憧憬を天と地と海をつないで媒介する至上の物質なのです。

ここに、あのマゼランが登場することに、すなわち「太平洋」の命名者の名が不意に現われることに私は慄然とし、賢治の直覚のなかの「海」の豊かさと鋭さに、ほとんど畏れに似た感情をいだきます。マゼラン星雲とは銀河系の近くにある二つの伴銀河、大マゼラン雲と小マゼラン雲の総称であり、マゼランの艦隊が太平洋を「発見」したのちに、南半球からでもよく観察できるこれら二つの小銀河を目印にして自船の位置を確認しながら西へと航行したことで、のちにこれらの星雲にマゼランの名がつけられたのでした。

マゼラン星雲は賢治の無意識のなかで、あの幻想地理学としての「パシフィック」と結ばれていました。そう考えたとき、賢治が、大西洋《アトランティック》の氷海で沈みかけるタイタニック号を、あえて太平洋《パシフィック》の海へと曳航した理由が、私の実感のなかで少しずつ了解されてくるのです。賢治にとって、溺死者を救い出す、という行為は、人間の歴史と記憶を救い出すことと同義だったのではないでしょうか。だからこそ、「銀河鉄道の夜」の物語の最後、ふたたび現世の町へと戻った場面で、川で溺れかけたザネリを救おうとして逆にひとり水のなかに消えてしまったカムパネルラの悲劇を、ジョバンニの思いをつうじて賢治は救済しようとしたにちがいありません。


ジョバンニはそのカムパネルラはもうあの銀河のはづれにしかゐないといふやうな気がしてしかたなかったのです。

（「銀河鉄道の夜」『全集　7』、二九七頁）


銀河の水滴のなかにいだかれていった友。汀《みぎわ》を打つ「パシフィック」の海にさらわれていった友。「平和《パシフィック》」と名づけられた海の逆説をすでに深く予感しながら、賢治は「太平洋」という実体を、だれもできなかったようなやりかたで、未来の夢へとつなげようとしました。

太平洋。パシフィック・オーシャン。平和という名を忘れ去り、戦争にあけくれ、いまや地球上でもっとも汚された「放射能の海」となった太平洋。核時代の想像力は、この汚されかけた海から、タイタンならぬ奇形怪獣ゴジラまでを出現させています。海の彼方のアメリカで踊りを踊っていた、あの朗らかな「インデアン」たちはどこに行ってしまったのでしょう。アメリカ政府はインディアンのテリトリーでウランの採掘をつづけ、一方で放射性廃棄物をインディアン保留地の近くで最終処分するためのさまざまに狡獪《こうかい》な計画をいまだに放棄していません。

賢治の太平洋をめぐる幻想地理学が私にうながす究極の倫理の声をかりて、ここに、あまりにもまっとうでありながら、もはや誰もまじめに考えようとはしない事柄を書きつけておきましょう。最初に見た海が、自らの内部にもあったことを忘れてはいけません。そして、初めて海を見た日のことを覚えておいてください。なぜならその日こそ、海の律動と、あなたの裡なる震えとが同期した、かけがえのない瞬間なのですから。海を汚すことは、人間自身がおのれを破壊することにほかならないのです。そして、海が見えなくなってしまう里をつくるべきではありません。海を視線から遮断し、ワタツミの大いなる息吹を感じることができなくなってしまった生とは、いつわりの生です。プリオシンの海岸は、人間にいつまでも、時間の凝縮としてのクルミの実の雨を慈愛とともに降らせつづけねばならないのです。

海は見るためにそこにあります。そしてすぐ傍らに感じるために。自らの裡なる海と鼓動を交わすために。私たちを抱く海を信じ、海のはるか彼方を思い、人々と自然の平穏＝融和《パシフィック》を祈るためにそこにあるのです。そこに、前のめりになって文明を推し進める巨人《タイタン》は要りません。

Ⅱ—模倣《ミメーシス》の悦び　〈動物〉について

もう熊をうてばいゝか
何をうてばいゝかわからず
うるんで赤いまなこして
怨霊のやうにあるきまはる

——宮沢賢治「地主」

森の掟を体現する「熊」

野生の熊に出くわしたことがあるでしょうか？　私は二度ほどあります。一度はカナダのブリティッシュ・コロンビア州の東のはずれ、初秋の色づきはじめたグリフィン山麓の峡谷の道を車で走っていたときのことで、谷の反対側の斜面に大きなアメリカグマ（ブラック・ベア）が二頭、いきなり出現してこちらをじっと凝視しました。車を道端に停め、おそるおそる外に出たのですが、自らのテリトリーを睥睨《へいげい》する原生の森の主のようなその姿の勇壮さに釘付けになったことをよく覚えています。もう一度は北海道、旧夕張炭鉱の廃坑が点在する奥まった山道を歩いていたときです。夏草が生い茂る藪のなかからガサゴソと音がした方を見ると、それは子連れのヒグマで、このときは立ち去ってゆく後ろ姿だけが見えたのですが、それでもあたりの空気が生々しく香り立つような野生の気配を感じ、しばらくのあいだ言葉が出ませんでした。その瞬間の感情は、恐ろしい獣への畏怖というよりは、むしろ不思議な昂ぶりのような感覚というべきでしょうか。そのとき私の身体は、自らが失ってしまった「野生」との繋がりを深い記憶の底からさぐりだし、かつてありえた森羅万象との「一体化」の夢を、熊に託していたのかもしれません。自然のもっとも奥深くに生息して人間社会との接触を避けつづけてきた熊は、世俗の言葉では説明できない、人間の本源的な感覚意識の重要な部分に触れてくる、特別の喚起力をもった生き物なのです。

近年、人里に現われる熊の数が増え、人と熊との遭遇は決して珍しい出来事ではなくなりました。野生生物の生息域である奥山と人間が往き来してきた里山との関係が大きく変わったことが、一つの原因だといわれています。冬眠前に多くの食物を摂取したい熊にとって、放置された里山の薪炭林《しんたんりん》が豊富に落とすクヌギやコナラの実が格好の餌になっているようなのです。炭焼きや伐採など里山を生業の場としていた人間たちが消え、人の気配がなくなった中山間地域（平野の外縁部から山間地にかけての領域）に警戒心を解いた熊が出入りするようになっているのです。そうした場所にキノコ採りなどで人が入れば、熊と遭遇する確率は高まります。襲われて死亡する事故も起こっています。こうして熊は、いまや人間社会にとっての「害獣」として認識されるようにさえなってしまいました。野生動物との深い共棲の関係を持続してきた人類の長い歴史が、いま大きな転換期にあることはまちがいないでしょう。

しかし、熊という存在が人間に向けて発していた精妙なメッセージ、そこから人間がくみとってきた深い叡知までをも私たちが捨て去ることはできません。広域的な環境を分け合って生きてきた熊とは、人間にとってどのような存在だったのか。熊は私たちに何を語りつづけてきたのか。熊から人は何を学んできたのか。これらの問いは、いまこそ考えてみるに足る火急の問いであるように私には思われます。人間が、おのれの自然的存在の根源について思考しようとしたときに現われるものが熊であったとすれば、熊を害獣として、あるいは危険生物として撃退するような発想は、人間という存在の本質をも否定してしまうことにつながりかねないからです。

ウィリアム・フォークナーに「熊」という小説があります。この作品は一読すると、一九世紀の後半、ミシシッピ・デルタの周囲に広がる野生の森に畏怖の念とともに入り込んで熊や鹿を狩る入植者たちをめぐる、陰翳ある美しい狩猟物語に見えます。けれど、主人公の少年アイクに狩猟の技を教えるインディアンの血が混じった老黒人サム・ファーザーズの叡知ある姿が、特別にきわだった印象を残します。彼はいったい何者なのか？　そして、彼らが仕留めようとしている「オールド・ベン」と名づけられた不死身の大熊とは、動物以上のなにかもっと大きなものを象徴しているのではないか？　読者はきっとすぐに、フォークナーが仕掛けた物語の細部の謎めいた綾《あや》が、錯綜した糸のように絡みはじめるのを感じることでしょう。これは、狩猟を通じて行われる一人の若者の精神形成を描いた、謙虚さと勇気の獲得をめぐる「教養小説《ビルドゥングスロマン》」の姿をとっていますが、ほんとうは野生動物と人間とのあいだの深い交感と厳格な掟をめぐる哲学的な主題を持った作品なのではないか？　この見えざる自然の理法に従おうとするかのように、主人公アイクは、銃も持たず、すべての道具を捨てて身ひとつでオールド・ベンに挑むことで、この幻の熊とはじめて出遭うことができます。そして不思議なことに、その深い交感の地平において、銃を持たない人間を大熊は決して襲わないのです。

森の掟を知り尽くしたサム・ファーザーズの教えのもとで、「獲物」を撃つことではなく、過去から伝えられた自然という大いなる「遺産」を受けとめようとするアイク。こうして少年は、近代的な搾取者としての猟師であることから離れ、より深い自然との融合の場へと参入していくのです。けれども入植者たちはついに、不死身に見えたオールド・ベンを仕留めることに成功します。そして大熊の死を見とどけたとき、森の叡知とともに生きてきた偉大な狩人サム・ファーザーズもまた、自らの命脈がつきたことを悟り、熊を仕留めた無鉄砲な混血児ブーンに、彼自身の命を絶たせるのです。

熊が死ぬと人も死ぬ。それはつまり、原生林の掟の中で生きる生命すべてが、連続した一つの命脈によってつながっていることを示唆しています。人間一人一人の資質としての謙虚さや勇敢さといったものもまた、そうした自他融合のなかの高次の理法を知ることのなかから生まれるものであって、決して個人的な所有物ではないこと。知らず知らず人間中心主義に染まった道徳観念を打ち立ててしまった私たちにたいし、サム・ファーザーズの最後の教えは、アイクの啓示を通じて、一つの大きな発見を与えてくれるのです。

フォークナーは、「熊」という物語が、この太古からの自然の摂理、この「森の掟」についての物語にほかならないことを、こんなふうに暗示的に書いています。

男たち——白人でも、黒人でも、赤色インディアンでもないただの男たち、忍耐する意志と剛毅さをもち、生きながらえる謙譲さと術《うで》をもった猟師たちについての話、そして、その話に並べられて浮き彫りにされる犬や熊や鹿の話——荒野《あらの》によって荒野のなかに秩序づけられ強いられながら、いっさいの悔恨をも無効にし、いかなる慈悲をも受けつけぬ、大昔からの和らげるすべとてない規律に従って、大昔からの休む暇もない争いに従っているけものたちの話だ（……）

（フォークナー「熊」『フォークナー全集 16 行け、モーセ』
大橋健三郎訳、冨山房、一九七三、二一三—二一四頁）

フォークナー特有の、晦渋で含みある語りとはいえ、こうした部分には、巨大な野生の熊、すなわち斧と鋤と銃とを持った人間による近代の搾取的な論理にいまだからめとられない、大森林よりもさらに大きな存在、すなわち「古《いにしえ》の野生」そのものの不可侵にして深遠な存在が、暗示されています。しかし処女林は犯され、原生の森もまた「時代錯誤」というべき人間たちの長年にわたる所業によって侵略されつづけ、野生の熊は「破砕と破壊の回廊」（フォークナー）のなかを凶暴な獣として駆け抜けるほかなかったのです。アイク少年は、少年であるからこそ、いまだ自覚的には知りえないこの破壊の歴史を、インディアンと黒人という虐げられた者たちが持つ深い

エドワード・カーティス「アリカラ族の戦士〈熊の腹〉」（1909）

叡知を通じて、自らの内面においてすでに抱きとっていたのでした。フォークナーが「熊」で描こうとした真のものは、この、無垢の心の深層において見ぬかれ、抱きとめられた「野生」の掟の、残照ともいうべき輝きでした。

模倣と交感による野生との一体化

フォークナーの物語が舞台としたデルタの大森林における、人間と動物とのあいだの歴史的な亀裂とその修復への夢。それからしばらく経った二〇世紀の初頭、白人によるフロンティア征服によって消えゆく運命のもとにおかれたアメリカ先住民文明の栄光、その最後の輝きを求めて、西部の荒野へと沈潜していった異人がいました。インディアン諸部族の尊厳ある表情を四万枚にもおよぶ肖像写真に写し撮り、不朽の書物『北米インディアン』二〇巻を著したアメリカの写真家エドワード・カーティスです。カーティスのよく知られた作品の一つに「アリカラ族の戦士〈熊の腹《ベアーズ・ベリー》〉」（一九〇九）と題するものがあります。この写真では、威厳ある面立ちをした初老のアリカラ族の戦士が正面を向き、見事な熊の毛皮のなかに裸のまま全身包まれるようにして、おごそかに立っています。〈熊の腹〉という、私たちから見れば奇妙に思える名を持ったこの人物の、透徹した、ほとんど神聖ともいうべき表情を見ていると、この時代のアメリカ先住民と野生獣とのあいだにうちたてられていた深い宗教的・霊的な関係性に思いを馳せずにはいられません。彼はなぜ熊の毛皮に包まれているのでしょう。その謎を解くために、一九世紀の末頃まではふつうに存在していたこんな光景を想像してみましょう。

アリカラ族のひとりの男が、ある日山中で巨大なハイイログマ（グリズリーとも呼ばれる、北米の生態系の頂点に立つ巨大な熊）と遭遇します。男は壮絶な闘いののち、素手でその熊をしとめることによって、熊に由来する霊力を自らのものとします。〈熊の腹〉という名はそのとき以来彼についた呼び名であり、彼はこの熊の呪力を力にして部族の誉れ高い戦士＝シャーマンとなるのです。もともと古くから、インディアンの戦士たちは人生のなかで遭遇した特定の動物や鳥の呪術的な力を自らの支えとしてきました。それぞれの呪術的な力は動物の種類によって異なっており、たとえば鹿は長時間の渇きに耐える力、鷹は獲物を狩る精確さ、ムース（ヘラジカ）は勇敢さ、フクロウは夜の暗闇を見通す智慧を象徴しています。なかでも熊の呪力は特別のものでした。その肉体的な獰猛さにもかかわらず、熊は森や野山に生える薬草をめぐる深遠な智慧を人間たちに伝授することのできる特別の獣だとされていたのです。ですから〈熊の腹〉〈熊の怖れ〉〈熊の歯〉〈蹴る熊〉といった不思議な名をもったアリカラ族の戦士たちは、熊の霊力を身に帯びることでみな薬草の知識にも長けた呪術医となった人々でした。そしてそうした野生知を所有していることのしるしが、彼らが着ている熊の毛皮にほかならなかったのです。ですからこれは、彼らの「衣装」というよりは、第二の「皮膚」とでもいうべきものでした。

そう考えれば、猟師が自ら仕留めた熊の毛皮を身にまとうという行為には、隠された深い意味があったといえるでしょう。毛皮を着ることは単なる防寒という機能的な理由よりもはるかに、獣の霊的な智慧と一体化しようとする人間の野生知の発露にもとづくものだったからです。それは別の言葉で言えば、人間が動物的身体の「模倣《ミメーシス》」（この概念については後に詳しく述べます）によって、自らのなかに野生の原理を取り込もうとする原初的な所作です。アリカラ族のインディアンの戦士が示すのは、彼が獣の皮をまとい、熊へと変身することで、動物の魂《アニマ》と一体化しようとする衝動なのです。先住民が熊を狩り、毛皮や肉をありがたく頂きながら、同時に熊を神として崇め、それにたいする感謝を森の生命の再生のための儀式で祈ることのなかには、そうした意味が込められていました。人と獣とが、高度な身体＝精神技法としての「模倣」を通じて、おたがいの魂の一体化の儀礼を執り行っていたのです。だからこそ、その一体化の力によって、野生に由来する自然治癒の力が人間に分け与えられることにもなったのでした。

　野生人としてのインディアンだけではありません。森に侵入して野生獣を狩る「猟師」とはそもそもいかなる存在だったのでしょうか。アメリカインディアンが、いまだ自然物との「融即《パーティシペーション》」、すなわち別個であると思われている二者を区別せずに同一化して考えるような、身体的・精神的相互浸透の関係を野生獣とのあいだに打ち立てていた一九世紀前半、アメリカ開拓時代において中西部の森や渓谷地帯に奥深く分け入って熊、ビーバー、鹿、白イタチなどの毛皮を求めた白人の猟師《ハンター》＝罠師《トラッパー》とは、野生にもっとも近いところまで近づく宿命をおびた特異な者たちでした。彼らの目的は獣を狩り、毛皮を剝ぎ取り、それを売りさばくことでしたが、ハンターたちの雇用者である毛皮交易人たちのもつ近代的な功利主義とはちがって、森や荒野の最前線で野生に直接触れる猟師たちは、みずからの魂を、野生獣やそれと一体化した先住民たちの世界にかぎりなく浸透させてゆく必要に迫られていました。そうでなければ野生獣と出遭うことはできなかったからです。アメリカ開拓時代の猟師は人間の属する身体領域を超えて動物的身体へと入ってゆくことで、獲物を獲るだけでなく、野生の体現する叡知の源にも触れることになりました。獣と格闘し、殺し殺される関係に置かれることは、敵味方に分かれての殺戮合戦などではなく、むしろ魂の交感《コレスポンデンス》をめぐる神聖な儀式であることを、一部の罠師たちは直感していたのです。ここでいう交感《コレスポンデンス》とは意識と身体の両面において、人間と自然界とが深く響き合い、ほとんど合体するような感覚のことです。こうして開拓者や猟師としての白人のなかにも、インディアンの世界観に限りなく近づいていく者たちが現われたのです。しばしばそうした人々はあまりに野生の領域に近づきすぎたため、近代資本主義の要請する毛皮を搾取する存在であることから離脱してインディアン社会に入り込み、インディアンの女と結ばれ、北米で「メティス」と呼ばれることになる混血児を生んでゆくことになりました。メティスたちはその後、白人文化と、土地に根ざしたインディアンの文化の智慧とを媒介する重要な存在となっていきます。自然との均衡ある共棲の関係は、こうしたメティスたちによって、いまでも細々と探究されつづけています。

身体に野生を宿す混血児《メティス》たち。彼らはいわば、模倣と交感の原理によって、熊の体現する野生の世界を自らの近代人としての体内に呼び込むことに成功した者たちです。そして私は、東北の原生林のかたわらで変化の時代を生きた宮沢賢治もまた、物語を書くことで野生獣の世界とそこにはたらく自然の摂理の重要性を人間世界へと媒介する、精神のメティスであったのではないか、と考えているのです。

前‐言語的な世界のありかた

宮沢賢治のよく知られた童話「なめとこ山の熊」は、東北の奥深い山林に住む熊撃ちの名人をめぐる物語です。小十郎という名のこの猟師《マタギ》は、森のなかで熊が餌をもとめて歩くときの獣道のありかを知りつくしていました。彼は、まさに熊の身振りを模倣することで熊の感覚世界に身体的に感応し、熊と自らを一体化することのできる人物だったのです。

そうした世界は、私たちが言語によって現実を対象化して理解する以前の、直覚的で原初的な感覚においてはじめて再現できるものでした。宮沢賢治は、「なめとこ山の熊」を物語るはじめの部分で、彼が語ろうとする世界の「前‐言語的」なあり方をめぐって、こんな風に書いていますす。

中山街道はこのごろは誰《たれ》も歩かないから蕗《ふき》やいたどりがいっぱいに生えたり牛が遁《に》げて登らないやうに柵《さく》をみちにたてたりしてゐるけれどもそこをがさがさ三里ばかり行くと向ふの方で風が山の頂を通ってゐるやうな音がする。気をつけてそっちを見ると何だかわけのわからない白い細長いものが山をうごいて落ちてけむりを立ててゐるのがわかる。それがなめとこ山の大空滝だ。そして昔はそのへんには熊がごちゃごちゃ居たさうだ。

（「なめとこ山の熊」『全集　7』五八頁）

人間の住む里から遥かに遠くはなれた、「がさがさ」と藪のなかを行かねばたどり着かない、文明から隔絶された山奥がこの物語の舞台であることを語るために、賢治は「言語」という装置がすでにこの世界においてはなかば消失していることをここで暗示しています。そこはまず山の頂を吹き抜ける「風」の声が充満する世界です。賢治が書いた多くの説話が示すように、彼は誰よりも、風の声によって隠された野生の物語を聞き取る耳に恵まれていました。そしてここに書かれているように、「滝」という概念はこの世界ではいまだ存在せず、それは「何だかわけのわからない白い細長いもの」にほかならないのです。私たちの通常の言語理性は、こうした不思議な語り口によって解体されていきます。「滝」という抽象的な言語記号よりも、「何だかわけのわからない白い細長いもの」という表現の方がはるかに深い実在感をもって滝のありようを示していることを直感するからです。ことば自体が滝の姿に変容しようとする、模倣的で感性的な言葉づかいだ、といってもいいでしょう。熊はまさに、そのような前-言語的な世界において、はじめて「ごちゃごちゃ」と、たくさん生息することができるのだ、と賢治はここで主張したのです。

主人公の小十郎は、森に生きるマタギとして、人間の言語的理性の世界に組み込まれているというよりは、むしろ野生の森羅万象が発するアニミスティックな「ことば」(=霊的な交信)により強く反応する人でした。「小十郎はもう熊のことばだってわかるやうな気がした」と「なめとこ山の熊」で賢治は書いていますが、小十郎が聞き取った熊の母親と幼い子熊との次のような微笑ましい会話には、熊とのあいだに打ち立てる小十郎=賢治の「模倣=交感」の繊細な能力がみごとに埋め込まれているように思えます。

「どうしても雪だよ、おっかさん谷のこっち側だけ白くなってゐるんだもの。どうしても雪だよ。おっかさん。」

すると母親の熊《くま》はまだしげしげ見つめてゐたがやっと云った。

「雪でないよ、あすこへだけ降る筈《はず》がないんだもの。」

子熊はまた云った。

「だから溶けないで残ったのでせう。」

「いゝえ、おっかさんはあざみの芽を見に昨日あすこを通ったばかりです。」

（……）

「おかあさまはわかったよ、あれねえ、ひきざくらの花。」

「なぁんだ、ひきざくらの花だい。僕知ってるよ。」

「いゝえ、お前まだ見たことありません。」

「知ってるよ、僕この前とって来たもの。」

「いゝえ、あれひきざくらでありません、お前とって来たのきさゝげの花でせう。」

「さうだらうか。」子熊はとぼけたやうに答へました。小十郎はなぜかもう胸がいっぱいになってもう一ぺん向ふの谷の白い雪のやうな花と余念なく月光をあびて立ってゐる母子の熊《くま》をちらっと見てそれから音をたてないやうにこっそりこっそり戻りはじめた。風があっちへ行くな行くなと思ひながらそろそろと小十郎は後退《あとずさ》りした。くろもじの木の匂《にほひ》が月のあかりといっしょにすうっとさした。

（同書、六一―六三頁）

「なめとこ山の熊」のなかでも、もっとも美しく、陶酔的な感覚を呼び覚まされる場面かもしれません。ここでは、事物に名前がつく前の自他融合的な世界から見た、ものの名前（＝対象）を発生させてゆく瞬間が語られているともいえます。ここにはたしかに雪にはじまり、あざみ、ひきざくら、きさゝげ、といった、人間が命名した事物・植物の名が次々と呼び出されています。そうした名が熊の口から出ること自体がありえないことなので、ふつうに読めばこれは擬人化の語り口ということになってしまうでしょう。しかし賢治の意図はちがいます。子熊はまず、斜面を覆う白いものを雪と呼び、つぎにそれがヒキザクラという名の花であるとはじめて教えられ、その白っぽい印象を彼が少し前に摘んだキササゲの薄黄色の花と結びつけているのです。いくつもの異なったカテゴリーが連続的に捉えられ、やわらかく混同されている、といっていいでしょう。人間の分節言語は、こうした豊かな混同を誤りとして切り捨て、一つの語が一つの意味に対応するように整序されることで言語となりました。しかし熊のことばはちがいます。子熊の、「白い物体」をめぐる、類似したもの同士をつないでゆくこのような観念連関の連続性のなかで、ヒキザクラの花が一面に咲き乱れる風景は、むしろその白さや群落としての広がりの美しさを、いっそう際立たせてはいないでしょうか。そして「白い細長いもの」としての大空滝の姿さえ、この白に彩られた風景の中から透視されてくるようです。

小十郎が入ってゆく「熊のことば」の世界とは、ことばがいまだ物質とのあいだにきわめて直接的な模倣関係を維持しているような世界でした。ですからこの場面は、熊語が理解できる小十郎、という表向きの理解の裏に、モノが名づけられる前の世界を想像し、モノが名づけられ定義されてゆく瞬間の「痛み」とでも云うべき、模倣的言語からの決別の瞬間がみごとに語られているのだ、ということもできるでしょうか。ふと、アイヌ語という、列島の先住民のあいだで息づいてきた一つの美しい模倣的な言語のことが思い出されます。ヒキザクラとは早春の山で白い可憐な花を沢山つけるコブシのことですが、アイヌ語ではコブシのことを「オ・マウ・クシ・ニ」すなわち「そこを・いい香りが・通っている・木」というのです。これは、滝のことを「何だかわけのわからない白い細長いもの」とよぶ感性とまったくおなじ、前-言語的なミメーシスの様態をいまだに色濃く残したことばにほかなりません。小十郎が熊の母子の会話を聞いて「胸がいっぱいに」なってしまうのも、そこに、森羅万象が示すいまだ名づけられない実在世界がみごとに、繊細に、示されているからでした。

さて、小十郎のなかには大きな葛藤がありました。それは熊を獲物として仕留めた途端に、それが客観的な物体として対象化され、毛皮や肉として商品化され、仲買人に売られてゆく宿命を負うということです。言語的にいえば、熊はこのとき「熊」となり、「毛皮」となるのです。この点ですでに、獣の毛皮を客体化し、それを経済的取引きのための商品としか見ることができなくなっている「なめとこ山の熊」に登場する町の荒物屋の主人と、(最終的には商品経済のなかで搾取されながら生計を立てざるを得ない状況を受け入れつつも）いまだに熊の毛皮を霊力の顕現としてとらえているマタギ小十郎の心性とのあいだの断絶は、途方もなく深いものでした。賢治は二人のすれちがいの会話を、意図的にぎこちない文体でこう描写します。


「旦那《だんな》さん、先《せん》ころはどうもありがたうごあんした。」

あの山では主のやうな小十郎は毛皮の荷物を横におろして叮ねいに敷板に手をついて云ふのだった。

「はあ、どうも、今日は何のご用です。」

「熊の皮また少し持って来たます。」

「熊の皮か。この前のもまだあのまゝしまってあるし今日ぁまんついゝます。」

「旦那さん、さう云《い》はないでどうか買って呉《く》んなさい。安くてもいゝます。」

「なんぼ安くても要らないます。」

（……）

「旦那さん、お願だます。どうが何ぼでもいゝはんて買って呉《く》ない。」小十郎はさう云ひながら改めておじぎさへしたもんだ。

主人はだまってしばらくけむりを吐いてから顔の少しでにかにか笑ふのをそっとかくして云ったもんだ。

「いゝます。置いでお出れ。ぢゃ、平助、小十郎さんさ二円あげろぢゃ。」

（同書、六三—六四頁）

なんとも不自然かつ不快な会話です。賢治は、科白の末尾に文法を無視して助動詞「ます」をつける奇妙な語法をわざと用い、丁寧さを装った慇懃無礼でぎくしゃくした言葉づかいを誇張しています。小十郎が荒物屋の旦那の論理に頭が上がらず、ついには毛皮を安く買いたたかれてしまう場面を冷徹に、そして諷刺を利かせて描きだすためです。ここで賢治は、相いれない二つの敵対する世界が、一方の優越によって決定的な非対称として現われている事実を示そうとしたのでしょう。ですが、卑しい者が勝利するこんな場面を描かねばならないことは、賢治にとっては心外なことでした。他人を搾取しながら陰で「にかにか」笑う市場主義経済の厚顔無恥は、賢治にとっては受け入れがたい世界だったからです。だから、荒物屋の主人と小十郎のやり取りのすぐあとに、賢治は、「こんないやなずるいやつらは世界がだんだん進歩するとひとりで消えてなくなって行く。僕はしばらくの間でもあんな立派な小十郎が二度とつらも見たくないいやうないやなやつにうまくやられることを書いたのが実にしゃくにさはってたまらない」と、地の文でつい自分の本心を読者に向けて告白さえしているのです。

ともかく、ここには圧倒的なすれちがいの構図があります。この荒物屋との会話は、先の熊の母子のあいだの微笑ましくも深い会話の対極にある、世俗の経済原理のもっとも野卑な側面が強調された場面だといえるでしょう。両者はまさに、ミメーシスの原理にもとづく「贈与経済」的な交感世界に対する近代の「貨幣経済」を基盤とする市場原理という、本質的な世界観の違いのために、相いれない世界となったのです。賢治の信ずる世界がどちら側にあったかは、いうまでもないでしょう。貪欲で搾取的な市場主義経済が勝利し、野生の霊力に基礎を置く信仰の智慧が消え去った世界にいまの私たちが生きているのは、こうした闘争の結果によってであることを、私たちは深く問い直してみるべきでしょう。賢治の物語に仕組まれた批判の力は、そうした問いにまで精確に届いているからです。

「なめとこ山の熊」の猟師小十郎は、動物と融合・一体化する模倣《ミメーシス》の世界と、すべてを分離し対象化してゆく近代的な商行為の世界とのはざまで葛藤し、ついにみずから熊の荒ぶる野生の力の世界に身を投げ出し、その結果として熊に殴り殺されることになりました。小十郎が死ぬことになる日の朝、いつものように家を出るとき、彼は不意に、「猟」という矛盾に充ちた仕事を長年続けてきたことにたいする嫌悪感のようなものを感じます。賢治はその瞬間を、小十郎が母に向けて言った「婆《ば》さま、おれも年老《と》ったでばな、今朝まず生れで始めで水へ入るの嫌《や》んたよな気するぢゃ。」という言葉で表しています。「水へ入る」とは、猟を始めるための清めの儀式のことで、恵みをもたらす山の神（＝熊）に向けて水垢離《みずごり》（冷水を浴びる）を行う狩猟の古いしきたりのことでした。この毎朝の儀式によって、人は猟師となり、自己の尊厳と獣への敬意とを持って、原生の森で熊と対峙する存在になることができるのでした。

　そうだとすれば、小十郎はここで、そうした熊と猟師とが互いの交感の世界を信じながらも分離されてある状況から、ついに出てゆこうとしたことになります。野生世界から分離され、銃を持った存在であることによって、どうしても超えられない一線があることを小十郎はしみじみと感じたのです。そうなれば、彼は、おのれの世俗の生命を放擲《ほうてき》し、熊たちの生きる悠久世界へと入ってゆくほかに道はありません。それはつまり、野生とともにある永遠の生としての死への憧憬にほかなりませんでした。その日も彼は熊を追い、ついに一頭の大熊と対峙します。

ぴしゃといふやうに鉄砲の音が小十郎に聞えた。ところが熊は少しも倒れないで嵐《あらし》のやうに黒くゆらいでやって来たやうだった。犬がその足もとに噛《か》み付いた。と思ふと小十郎はがあんと頭が鳴ってまはりがいちめんまっ青になった。それから遠くで斯《か》う云ふことばを聞いた。

「おゝ小十郎おまへを殺すつもりはなかった。」

もうおれは死んだと小十郎は思った。そしてちらちらちらちら青い星のやうな光がそこらいちめんに見えた。

「これが死んだしるしだ。死ぬとき見る火だ。熊ども、ゆるせよ。」と小十郎は思った。それからあとの小十郎の心持はもう私にはわからない。

とにかくそれから三日目の晩だった。（……）栗の木と白い雪の峯々にかこまれた山の上の平らに黒い大きなものがたくさん環《わ》になって集って各々黒い影を置き回々教徒《フイフイ》の祈るときのやうにじっと雪にひれふしたまゝいつまでもいつまでも動かなかった。そしてその雪と月のあかりで見るといちばん高いところに小十郎の死骸《しがい》が半分座ったやうになって置かれてゐた。思ひなしかその死んで凍えてしまった小十郎の顔はまるで生きてるときのやうに冴《さ》え冴《ざ》えして何か笑つてゐるやうにさへ見えたのだ。ほんたうにそれらの大きな黒いものは参《しん》の星が天のまん中に来てももっと西へ傾いてもじっと化石したやうにうごかなかった。

(同書、六九頁)

賢治はここで物語を閉じています。交感と模倣の原理に忠実に従うかぎり、小十郎の死は、まさに熊によってもたらされねばならないものだったのです。だからこの死は暴力的な殺傷行為ではなく、逆に熊とのあいだに神話的ですらある真の交感《コレスポンデンス》と合体の関係が打ち立てられたことを示す象徴的な出来事であることは間違いありません。だからこそ物語の最後に賢治は、野生の熊がこの熊撃ちの猟師を山の頂に丁重に埋葬し、そのまわりでじっと祈りを捧げる印象的なシーンを置いたのです。

そして気をつけたいのは、この最後の小十郎の葬送儀礼(すなわち野生への参入儀礼)の場面に、賢治は「熊」という言葉に代わって、「黒い大きなもの」あるいは「大きな黒いもの」という表現をくりかえし使いつづけたことです。そう、もうここでは猟師も熊もいません。悲しき二項対立の葛藤はついに克服されたのです。ここで熊はふたたび「大きな黒いもの」となって前-言語的な存在に還り、その世界に「小十郎」という俗名から自由になった魂が加わっていくのです。そこに実現されるのは、ことばが生まれ出る根源にあった、身体的・感性的なミメーシスの宇宙でした。

身体的ミメーシスの技法

プラトンやアリストテレスにはじまる古代ギリシャ哲学の議論以来、「模倣《ミメーシス》」（動作や形態を模倣して自分の身体に写しとり再現すること）と呼ばれる能力は、人間文化における創造性の根源にあるものとして捉えられてきました。それはとりわけ古い呪術的な身振りのなかに示されてきたもので、世界のさまざまな土地における古来の民俗芸能や伝統的な踊り・演劇などのなかにいまでも色濃く残っています。

思想家ヴァルター・ベンヤミンは、人間の「類似」を認知する感性的能力を論じた重要な論考「模倣《ミメーシス》の能力について」（一九三三）のなかで、模倣の能力の発生について論じています。そこでベンヤミンは、文字以前の人間の文化が、「内臓」を読み、「星」を読み、「舞踏」を読むことからはじまった、と書いています。「内臓」を読むとは、人類がみずからの内臓感覚を、生命記憶の源泉として意識することを指します。古い人類は洞窟のような暗闇の空間に入り込むことによってこの内臓感覚を外化し、そこでさまざまな呪術的儀礼を行っていました。旧石器時代の人類が世界のさまざまな場所にのこした洞窟壁画とは、当時の動物の形態を洞窟の壁面に模写することを通じて野生の世界へと浸透し、自然の一部としての自己を確認し、この外化された内臓（＝洞窟）のなかにみずからの生命体としての記憶を刻印してゆく行為だったのです。まさにここでは、洞窟壁画という「模倣《ミメーシス》」の能力の発露が、人類最古の芸術的形象を生み出していったのでした。

あるいは、マーシャル諸島などミクロネシアの群島民のあいだで古くから行われている、星座をもとにした独特の航海術をとりあげてもいいでしょう。彼らは海の民として、全身体的な感覚を動員して天体の「星」の配置を読みとり、それを船を操縦しながら航海する自らの方向感覚へと投影するという、繊細な模倣的身体技法を自らのものとしていました。西欧の占星術もまた、天体を読むことを通じてそれをみずからの身体や世界イメージへと類似《アナロジー》の原理によって結びつけてゆく感覚的思考法でした。こうした例から見たとき、「星を読む」という行為も、ミメーシスの能力の基本にある繊細な身体技法であることがわかります。

そしてベンヤミンが第三に挙げた「舞踏」こそ、ミメーシスの技法がもっとも深く探究された領域でした。原初の人間が野生の自然を受けとめながらそこに文化を創造してゆこうとするとき、かならず野生動物の所作を模倣するような舞踏が生み出されてきたことはとても興味深い事実です。たとえば、メキシコ北部ソノーラ州に住むヤキ族の「鹿の踊り」は、パスコーラと呼ばれる猟師の踊り手と、鹿の頭部を頭にかぶって鹿に擬態した踊り手による、狩猟を模した儀礼的なダンスです。そこで鹿の踊り手は、まさに野生動物としての鹿へと変身し、彼らにとって神でもある鹿の身振りを模倣しながら、精霊たちのすむ領域へと入り込んでゆきます。神や精霊と交流し、世界を蘇らせるための究極の模倣《ミメーシス》の所作です。ヤキ族のインディオたちは、この模倣の身体的儀礼を通じて、自然のなかにみなぎる力を文化の側に組み込もうとしたのでした。

こうした舞踏的な身体としてはたらくミメーシスの技法を見事に描き出した物語が、宮沢賢治の童話「鹿踊《ししをど》りのはじまり」であることは疑いないでしょう。「鹿踊りのはじまり」は、東北一帯につたわる「鹿踊り」という模倣・交感的な民俗芸能の発生を寓意的に語るテクストです。東北の原生林に開拓者として人間が移り住んだとき、彼らは野生のテリトリーとの精神的な関係を築く必要にせまられました。そこで人間が最初にやったことが、森のなかを飛び跳ねる鹿の所作をダンスとして真似し、「鹿踊り」という芸能を創造することだったのです。ミメーシスを通じて自然（＝野生動物の世界）を文化（＝舞踏の世界）の側へと架橋することで、人間は野生の土地に定住し、文化的な創造行為の第一歩を踏み出すことができました。「鹿踊りのはじまり」はこの経緯を暗示する物語であると見ることができます。

いまでも、子供たちの素朴な遊びを観察すれば、こうした模倣の能力の系統発生的歴史が、人間の個体発生的な道筋において反復されていることが了解されるでしょう。私たちの幼少時の遊びが、いたるところで模倣的な行動様式によってつくられてきたことを思いだしてください。子供たちの模倣的想像力には限界がなく、彼らは他人や動物の真似をするだけでなく、口からガタゴトと声を出して電車の真似をし、両腕を広げて走りながら飛行機の真似をし、ぽつんと立って一本の木になったり、ニッコリ笑って花になったりすることもできました。子供時代に行われるこれらの自在な模倣遊戯のなかで、人間文化は「創造」という実践へと踏み出す準備をしてきたのでした。

すでにみてきたように、身体的なミメーシスは森羅万象と自己とのあいだに、呪術的・霊的な照応《コレスポンデンス》＝交感の関係を打ち立てることによって達成されます。そして、感性的・身体的な模倣のくりかえしの蓄積によって成立した人類文化の最終的な創造物こそが、私たちの「言語」なのです。文字化され、抽象化された音声記号になってしまうと、言語のミメーシス的な根っこはあまり意識されませんが、賢治が独創的に多用した擬声語や擬態語が、いまだに模倣的な肉体性・物質性を色濃く残していることはいうまでもありません。そして文字もまた、その象形性だけでなく、それが身体（おもに手）を介して表現される日常の技芸にかかわっているという点で、身体的ミメーシスとしての内実を深いところで維持しているのです。手で書かれた文字はそのような肉体性の帰結であり、それじたい、人類の模倣の能力を結晶化させた小宇宙《ミクロコスモス》にほかならないといってもいいでしょう。ベンヤミンの言い方を敷延すれば、模倣の能力を通じて内臓を読み、星を読み、舞踏を読んできた人間が、ついに読むことの最終的な帰結として「文字」を発明したのだ、と言い換えることもできるのです。

現代のディジタル化した社会では、文字とは情報伝達のための記号的符牒にすぎません。文字を身体的ミメーシスの帰結として捉えるような感性は、いま急速に失われようとしています。宮沢賢治を読み、彼が創造しようとする世界に触れることは、彼の想像力だけでなく、彼のことばそのもの、彼の書きつけた文字そのものの「模倣性」を、私たちがなぞり、身体的なミメーシスの感覚によってたどりなおす行為でもあるのです。賢治はそのような深い模倣の実践を、読み手である私たちに誘いかけています。模倣《ミメーシス》の悦びを感じなさい、真似をすることこそ「真似《まね》ぶ」（＝学《まな》ぶ）ことのはじまりにして終着点なのだから、と。

「鷹」を書く井上有一

戦後日本の特異な書家に井上有一という人物がいました。型破りの書家です。彼は「一字書」

と呼ばれる方法によって紙と墨という素材に身体まるごと挑みかかり、何年ものあいだ同じ一文字を大きな紙に書き続けるという実践をくり返したことで知られています。たとえば「風」「花」「月」「刎」「舟」「狐」「上」そして「貧」。こうした文字に井上有一はとくべつの執着を示し、巨大な筆を使い裸になって一心不乱に一文字を大書しつづけました。

それらはまさに、ひたすら同じ一つの文字に対峙し、その一文字の内包する宇宙をまるごと受けとめ、その宇宙そのものを紙の上に転写しつづけることで、ついには文字の示す言語的記号性や意味の世界からは自立した、物質的でミメーシス的な造形へと突き進んでいこうとした有一の特異な方法論であったといえます。そのような一字書のひとつに「鷹」があります。鷹という漢字は、「广」(まだれ)のなかに「イ」(にんべん)、「隹」(ふるとり)、そしてその下に「鳥」(とり)の字で構成されています。部首に分解すればそのような意味記号の集積として分節化された形象であり、その文字の起源をたどれば、屋根と人と鳥、すなわち小屋で人間によって飼育されている鷹狩りの鷹を意味する象形文字でした。しかし「鷹」という文字は、有一によって何度も何度も書かれることで、それが本来宿していた野生の奔放な、しかしどこか陰翳をたたえた神秘的な猛禽の一種としてのタカへと変身していきます。

激烈で奔放というほかない筆勢、文字を美しく見せようというような意図をみずから覆す破壊的ともいうべき線の混沌、墨のエネルギッシュな迸《ほとばし》り、紙の枠の外へと飛び出してしまう破天荒な構図……。どの点から見ても、ここには取り澄まし、落ち着き払った、飼い馴らされた「鷹」はいません。鷹匠によって調教されるような鷹は、それがどれほど巧みに小動物を捕まえること

井上有一「鷹」(1981) ©UNAC TOKYO

ができたとしても、有一の野生の宇宙には棲息できないのです。有一が模倣的な感覚能力によって憑依しようとしているのは、宇宙の力と合体したような野性的で自由な鷹にほかならないのです。

有一は「鷹」の一字書に没頭していた一九八二年、「「鷹」を書く」という文章でこんなことを述べていました。鷹という文字にはもともとタカが宿っているような不思議さがある。自分が鷹という字を書こうとする時、脳裏にはそのように不思議に生々しく感じられる鷹という字がある。ひろげられた紙に筆を下すと、自分のなかにあった鷹という字がおもむろにそこに出現する。しかしそれはどこかちがうように見える。意図的な工夫などの跡が見え隠れしているものは、気に入らない。そこで鷹を書きたいという妄執の泥沼のなかで四苦八苦しながらもがき、執着を捨てるように繰り返し書き直す。いくらやってもうまくいかない。そんななか、ある瞬間ふっと執着から放たれ、得がたい一枚の鷹の字が生まれるのだ、と。

模倣《ミメーシス》の力を尽くすためには、作為や意図の放擲という、たいへん難儀な仕事をやりとげねばなりません。けれどそのようにしてついにあらわれた文字は、「書」としてはあまり見栄えのしないものであることも多いのです。しかしまさに、「書」としていい作品を書こう、というような工夫の意図をいさぎよく放棄したときにはじめて、ミメーシスから生まれる豊饒な宇宙がそれじたいの運動とともにたちあがるのです。有一はこう書いています。

筆勢、線の密度、墨の深さ、ひいては空間の宇宙性、書の書たるゆえんの素晴しい表現性は、文字を書く凡くらの苦行の中からも、おのずから発露されるものでありまして、それは意識して目的として実現するものではありません。私は書を書くのではなくて鷹を書くのであります。もし仮に私の仕事が書とよばれないとしても私の関知するところではありません。

（「鷹」を書く」『日々の絶筆』芸術新聞社、一九八九、七六頁、改行省略）

この「書を書くのではなくて鷹を書くのであります」というひとことこそ、有一の身体技法がミメーシスの奥義に触れていることを見事に証明しています。鷹の肉体と精神が示す宇宙そのものとの照応《コレスポンデンス》＝交感を果たそうとする有一。そのようなミメーシスへの深い希求は、有一が継続的な関心を寄せた宮沢賢治の作品の中にも横溢しているものでした。

賢治の描く「鷹」もまた、有一と同じ宇宙を共有しています。賢治の童話「風野又三郎」（「風の又三郎」の初期形）には、子供たちが丘に駆け上がって、青空を滑空しているはずの又三郎に向けてこう叫ぶシーンがあります。「又三郎、又三郎、汝《うな》、何して早ぐ来ない。」すると一疋《ぴき》の鷹が銀色の羽をひるがえし、空の青い光を喉いっぱいに呑み込むように東の空へ飛んでいきます。まさにその瞬間、透きとおったマントをぎらっと光らせて風野又三郎が草原のなかに下り立つのです。子供たちは風の精である又三郎の自在な飛翔と空でのさまざまな経験をうらやましく思います。すると又三郎はこう言うのです。

「お前たちはだめだねえ。なぜ人のことをうらやましがるんだい。僕だってつらいことはいくらもあるんだい。（……）僕は自分のことは一向考へもしないで人のことばかりうらやんだり馬鹿《ばか》にしてゐるやつらを一番いやなんだぜ。僕たちの方ではね、自分を外《ほか》のものとくらべることが一番はづかしいことになってゐるんだ。（……）僕はそこへ行くとさっき空で遭《あ》った鷹《たか》がすきだねえ。あいつは天気の悪い日なんか、ずゐぶん意地の悪いこともあるけれども空をまっすぐに馳《か》けてゆくから、僕はすきなんだ。銀色の羽をひらりひらりとさせながら、空の青光の中や空の影の中を、まっすぐにまっすぐに、まるでどこまで行くかわからない不思議な矢のやうに馳けて行くんだ。（……）」

（「風野又三郎」『全集　5』三三七—三三八頁）

この賢治の描き出す「鷹」、風の精である又三郎の盟友として描かれた孤高の「鷹」の姿に、私は井上有一の書にあらわれる「鷹」を透かし見ないではいられません。その鷹はどこかで、風とともに天空を自在に飛びまわる又三郎のスピリットと合体しています。鷹とは、まさに風の動きを模倣する、もっとも研ぎ澄まされた生命体であるという直観がやってきます。そして又三郎とは風＝鷹の擬態《ミメーシス》としての存在にちがいないのです。その模倣＝擬態の美しさによって、まだミメーシスの身体感覚から切れていない子供たちを刺戟することができるのです。銀色の羽の鷹の話をギラギラしたマントを羽織った又三郎から聞く子供たちも、こうしてなかば模倣と交感の能力によって、野生の宇宙のただ中へと連れ出されようとしています。そのミメーシスの天空ではいま、賢治が月に腰掛けてセロを弾いているだけでなく、裸の井上有一が大きな筆を持って、渾身の力を込めて唸りながら雲を相手に途方もない一字書に挑もうとしているかもしれないのです。

井上有一は、とりわけ晩年、宮沢賢治の童話を木炭やコンテで筆写することに執念をかたむけました。一九八四年には、賢治の童話「よだかの星」のテクストをコンテや木炭で書いています。鳥の仲間の面汚しとして鷹たちに馬鹿にされ、蔑まれている醜いよだか。このデクノボー、まさに一見見栄えのしない有一の書のようなよだかは、賢治の童話の結末では、根源の自由を求めて自力で天空へと飛翔し、昇天してついには青く燃える星となります。

よだかはもうすっかり力を落してしまって、はねを閉ぢて、地に落ちて行きました。そしてもう一尺で地面にその弱い足がつくといふとき、よだかは俄《には》かにのろしのやうにそらへとびあがりました。そらのなかほどへ来て、よだかはまるで鷲が熊を襲ふときするやうに、ぶるっとからだをゆすって毛をさかだてました。
それからキシキシキシキシキシッと高く高く叫びました。その声はまるで鷹でした。野原や林にねむってゐたほかのとりは、みんな目をさまして、ぶるぶるふるへながら、いぶかしさうにほしぞらを見あげました。

（「よだかの星」『全集　5』九〇―九一頁）

この高く叫ぶよだかの影を、私は有一の「鷹」の字の背後にいつも感じとります。その「鷹」はまさにキシキシキシキシキシッと、鋭く、軋むような叫びを喉の奥、臓腑の底から発しているように思われるのです。高貴な鷹になれなかったよだか。けれどその零落した鷹としてのおのれの姿のなかに、存在することのミニマムな尊厳をいかなる鷹よりも強く持ち続けた賢治のよだか。先にも述べたように、有一は、ついに彼のもとにやって来た真の「鷹」の文字は、いつもあまり見栄えのしないものだったと告白しています。ミメティックな身振りによって得られる真実とは、けっして大仰で華麗な姿をしているのではなく、ほとんど目立たない、見栄えのしない、けれどもだからこそいつまでもそのままで充足することのできる「実在の輝き」を慎ましくも示しているものなのです。

言語が文字として抽象化され、ただ意味を伝達するだけの記号として視覚的に飼い馴らされてしまった私たちの歴史を覆すように、有一は全身全霊をかたむけて、文字の模倣的な出自へと遡り、その身体的な宇宙の混沌をあるがままに紙の上に呼びだそうと奮闘しました。言語の意味情報が野生の混沌とともに砕け散る臨界への接近です。文字が整序された意味情報として完全に捕獲されてしまった現代において、それは危険な賭けでもあり、その点で有一は、恒星へと近づきすぎてみずからの身体を灼き尽くされてしまうあの醜いよだかに似ているともいえるでしょう。けれど燃え尽きることで、賢治のよだかが私たちの夜を照らす導きの星になったことも忘れてはならない真実なのです。賢治もまた、有一の先人として、言葉が意味伝達の情報記号へと収奪されてしまう合理世界に叛旗をひるがえし、言葉の物質的で模倣的な実在を、彼自身の微細な詩的言語をもって守り抜こうとしたのです。

模倣の森へ

井上有一は、彼の最晩年、死の直前になって、宮沢賢治の「なめとこ山の熊」のテクスト全文を写しとる試みをはじめました。横長の巻物のような白い紙に、しばしば判読しがたいほどの文字が黒や青のコンテでびっしりと書き連ねられた壮絶な書です。それは一見すると乱暴に書きなぐられているようにも思えるのですが、じつは情熱や直観にまかせて自動筆記されたものではありません。よく見れば、すみずみにまで有一の文字にたいする繊細な造形感覚がはたらいていることが随所にうかがわれるのです。彼は一度書いた文字に太い消し線を引き、その脇に書き直すという行為を繰り返していますが、それはけっして書き間違いを訂正しているわけではないのです。文字という形象が生まれ出る母胎の運動を探りあて、それを影として現出させようとすると

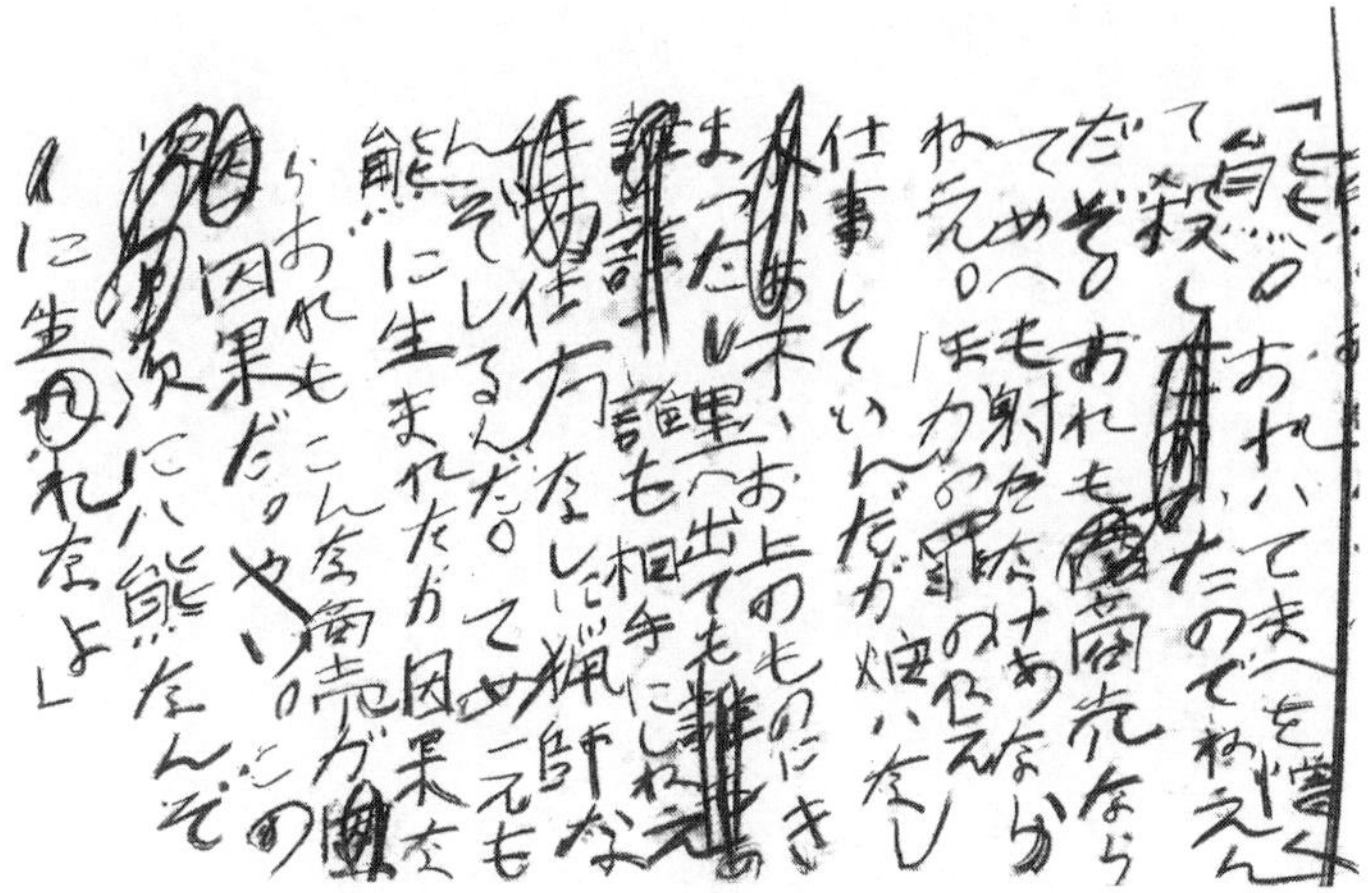

井上有一「なめとこ山の熊（部分）」（1985）　© UNAC TOKYO

きの刹那の反応だ、といえばいいでしょうか。賢治のテクストのなかに、身体的ミメーシスによって生まれた「文字」の生命力がいまだ厳然と生きているからこその反応です。こうして脆弱な体を意識しながら憑かれたように書き継がれた「なめとこ山の熊」の筆写作品は、一九八五年の五月二〇日、母熊と子熊のあのなんとも愛らしい対話を書きつけたところで中断され、有一は六月初頭に入院してそのまま肝炎で亡くなってしまうのです。

だからこの作品は、有一による、死を賭けた渾身の、最後の模倣《ミメーシス》の成果だったといえるでしょう。賢治的ミメーシスの宇宙に輝く恒星へと接近しようとした決死の試みでもあります。そこで文字は、もはや私たちの知っている「文字」の形象を超越しています。文字が生まれた根源にある、模倣的な身体と、声と、呻きと、その周囲で震える森羅万象のざわめきへと還ろうとしています。実際、有一はこの書を、「言葉書き」といって、咽から軋んだ声をしぼりだすようにして口にしながら、音と手の動きを重ね合わせるようにして書きつけていったのです。言葉の音としての実体を、表音文字に翻訳するのではなく、そのまま模倣的に文字形象へと写し取ろうとする、壮絶な試みです。

これらの、死に到る病をかかえた有一の肉体が最後に挑んだ灼けつく文字たち。その最後の挑戦が、なぜ「なめとこ山の熊」だったのでしょうか。それは、賢治のすべてのテクストのなかでもとりわけこの作品が、ミメーシス、つまり人間と動物との模倣的な交感関係に向けての、もっとも真摯で究極的な探究の成果であったからだと私には思えるのです。

この示唆的な物語を、有一は生涯の最後に筆写しようとしました。模倣と交感をめぐる究極の物語を、壮絶な模倣と交感の身振りによって再現しようと苦闘しました。賢治の物語では「熊」へのミメーシスであったものを、有一は「文字」へのミメーシスとして実現しようとしたのだ、といってもいいでしょう。有一は、文字たちがいまだ野生の力のなかで生きている「模倣の森」へと入り込み、その文字と照応《コレスポンデンス》=交感の関係を打ち立てるために、文字に向かっておのれを投げ出し、生命を賭して文字の母胎としての感覚世界を守ろうとしたのだ、ともいえるでしょう。ちょうど、賢治=小十郎が「熊」にたいしておのれの身体を投げ出していったように。生と死のはざまで、ミメーシスの真実へとダイヴする、文明と野生の混血児たちです。

賢治の手稿のなかにあった「地主」という詩の末尾には、こんな示唆的な四行があります。

もう熊をうてばいゝか

何をうてばいゝかわからず
うるんで赤いまなこして
怨霊のやうにあるきまはる

（「地主」『全集 2』三八八頁）

賢治の父親は花巻で古着屋を家業としていましたが、彼の家系である宮沢一族には、じつは地主がかなりいました。この「地主」という詩は、それほど裕福でないにもかかわらず、地主というだけで飢えた小作農たちから泣きつかれ、収穫された米をすっかり彼らに貸し与えてしまい、やむなく鉄砲を持って山に熊撃ちに行く「地主」をやや同情的に描いています。けれどこの地主は、男らしく熊を撃ち取っても、こんどは山の神様を殺したからおかげで今年は作も悪いだろう、と農民たちに言われてしまい、もうどうやって生きていけばいいかわからなくなってしまうのです。

賢治は、ここに描かれたような地主ではありませんでしたが、熊を撃てばいいか何を撃てばいいかわからずに、うるんだ赤い眼で怨霊のように、修羅のように歩きまわるという精神状態においては、まったく同じだったでしょう。「なめとこ山の熊」の猟師小十郎も、最後にはそのような葛藤の場所に立たされていました。模倣《ミメーシス》の悦びを忘れた社会において、熊を獲物として撃つか、あるいはそれを潔しとせずに山野を彷徨し、ついには熊に打たれて死ぬかの選択は、近代世界が駆動されてゆく決定的な功利システムにたいしていかなる態度をとるのか、という思想にかかっているのです。

賢治はミメーシスの悦びとそこから生まれる深い叡知に人類の未来を賭け、反時代的な叛乱を宣言しました。そして、熊たち、いえ、「大きな黒いもの」たちが集うあの魂の場所に小十郎とともに還っていこうとしたのです。そしてその「青い星のやうな光」溢れる山上には、賢治や小十郎とともに、フォークナーのアイク少年も、アメリカ大陸の混血児《メティス》たちもいることは疑いありません。

Ⅲ—風聞と空耳

〈風〉について

こここそわびしい雲の焼け野原
風のヂグザグや黄いろの渦
そらがせはしくひるがへる

——宮沢賢治「真空溶媒」

賢治世界の創世の風景

宮沢賢治の作品すべてにあらわれる語句のなかで、もっともたくさん使われている語は一体なんでしょうか？　決定版というべき『新校本　宮澤賢治全集』（筑摩書房）全一六巻の別巻として刊行された五百ページにものぼる「補遺・索引」の巻は、特定の意味をになうかたちで使われている賢治の主要語句の出現箇所を精緻に拾い出したものですが、それをしらべてみると、「青」「白」「黒」「黄」といった重要な色彩語彙をのぞいてもっともよく使用されている語句は、なんと「風」です。そのつぎが「空」（「そら」を含む）と「鳥」。そして「すきとほる」という動詞

（とその変化形）がおそらくもっとも頻出する主要動詞のように思われます。

風、空、鳥、そして、すきとほる……。とても素朴な発見ですが、これらはすべて、一つの連続的な視線と想像力のなかでとらえられた、賢治という人にとっての意識と感覚の先端部分にある最重要の形象群だといえるでしょう。すきとおった風が空を鳥の飛翔とともに吹きすぎてゆく……。これが賢治の世界がまさに現れでるときの、創世の風景なのです。

いうまでもなく風は空気の運動です。それを目で「見る」ことはできず、草のそよぎや木々の揺れ、流れる雲や煙の傾き、あるいは水面の漣《さざなみ》などによってその存在を感知することができるだけです。たしかに風自体を見ることはできませんが、葉擦れや山颪《おろし》の音を通じてその自在な運動を「聞く」ことはでき、季節風や颱風《たいふう》などの大きな気象現象の中でその凶暴な力を全身で感じとることもできます。賢治の物語る「風」は、こうした不可視の運動体である風を人が感じとろうとするときの全感覚的な集中のなかでくっきりとした像を結ぶ、特別にダイナミックな形象でした。しかもそれは、賢治が語ろうとする物語そのものを彼のもとへと運んでくることのできる、ほとんど唯一無二の媒体としても重要な位置を占めていました。いいかえれば、風は賢治にとっての至高の「語り部」でもあったのです。

よく知られているように、賢治が描く童話では、物語が風によって語られるという設定がしばしば見られます。あえていえば、賢治の物語は本質的には、ほとんどすべて《風聞》——ここでは単なる噂や伝聞という比喩的意味ではなく、文字通り「風に聞いたこと」というポジティヴな意味を込めて使います——として定位されるものなのです。「風聞」とは含蓄のある言葉で、それはまさに、どこからかわからない場所からことばやメッセージがやって来たときの謎めいた感覚を、「風」という不可思議な運動体の発話行為として認知する心の発露が生み出した表現です。では、「風」が物語を媒介し、私たちが「風」のことばを聞く、とは具体的にどういうことなのでしょう?

賢治の生前に出版された唯一の童話集『注文の多い料理店』に収録された「鹿踊《ししをど》りのはじまり」は、「風聞」の物語としてみごとに完結しています。そこでは、ざあざあ吹いていた風がだんだん人の言葉に変わり、鹿踊りの本当の精神を人々に語った、と冒頭にあります。確認のため、物語の始まりの部分を引用してみましょう。

そのとき西のぎらぎらのちぢれた雲のあひだから、夕陽《ゆふひ》は赤くなゝめに苔《こけ》の野原に注ぎ、すすきはみんな白い火のやうにゆれて光りました。わたくしが疲れてそこに睡《ねむ》りますと、ざあざあ吹いてゐた風が、だんだん人のことばにきこえ、やがてそれは、いま北上《きたかみ》の山の方や、野原に行はれてゐた鹿踊《ししをど》りの、ほんたうの精神を語りました。

(「鹿踊りのはじまり」『全集 8』一一〇頁)

この冒頭の文の直後から、土地への入植者の一人である農夫「嘉十《かじゅう》」が山で野生の鹿の群れに遭遇し、鹿たちの踊りを盗み見てしまうという物語が展開していきます。嘉十は、冷たい北風がひゅうと鳴って、揺れるあたりの榛《はん》の木の葉裏が夕陽にかがやき、葉擦れの音やすすきの穂の躍動的な動きのなかで環になって踊る鹿の姿を見て忘我の状態となり、ついには自分と鹿のちがいを忘れてすすきの陰から踊りの輪のなかに飛びだしていくのです。その瞬間、びっくりした鹿は竿のように立ち上がり、疾風のように遁《に》げていきます。一人とりのこされた嘉十の周りで、風に揺れるすすき野原が水脈《みお》のように美しく光っているのでした。

風によってもたらされたようにも見える、自己（人間）と他者（動物）の不思議な融合の気配と、その経験から人間が鹿踊りを文化として創造・伝承することになった経緯を、このような不思議な交感の物語として描いた賢治。そして彼は、最後にひとこと、こう付け加えて物語を終えるのです。

それから、さうさう、苔《こけ》の野原の夕陽の中で、わたくしはこのはなしをすきとほつた秋の風から聞いたのです。

（同書、一二三頁）

この一文で、「鹿踊りのはじまり」はみごとに枠づけられて完結します。冒頭と終結部分で、これが「風から聞いた」物語であることを強調することで、「鹿踊りのはじまり」がまさに「風聞」の物語であることが示されるのです。東北の民俗芸能として伝承されている、鹿の面をつけて舞い踊る模倣的な「鹿踊り」が、人間と野生動物の偶然の接触と交感の出来事に由来するという事実は、賢治にとっては、風の語りによってしか知りえないものだったのです。風こそが、野生世界と人間世界を繋ぐことのできる、境界的・媒介的なアニマの至高の具現化なのです。
　賢治はこうして、たえず風の声に耳をすませつづけました。風に耳を立てることで、はじめて彼の物語作家としての、詩人としての「ことば」が生成するからです。風聞から生まれたと明かされている物語は他にも数多くあります。たとえば樺太を舞台にした「サガレンと八月」は、後半部分の原稿が書かれずに終わった未完の作品ですが、賢治はこの作品を「胚《はい》」としてより大きな構想の物語へと展開するつもりでいたようです。この物語の冒頭では、「何の用でこゝへ来たの、何かしらべに来たの、何かしらべに来たの。」と執拗に問いかける風の切れ切れの声と、語り手である賢治らしき農林学校の助手が対話します。語り手は「はまなすのいゝ匂《にほひ》を送って来る風のきれぎれのものがたり」を聴くのですが、ここでの海の疾風は、物語をただ断片的に伝えるだけでなく、聞き手のことばをも自分の中に取り込んで、それら自他の区別を欠いた「はじまりのことばの種」とでもいうべきものを継ぎ合わせて、より大きな物語を生成させてゆく運動として描かれています。

向ふの海が孔雀石《くじやくいし》いろと暗い藍《あゐ》いろと縞《しま》になってゐるその堺《さかひ》のあたりでどうもすきとほった風どもが波のために少しゆれながらぐるっと集って私からとって行ったきれぎれの語《ことば》を丁度ぼろぼろになった地図を組み合せる時のやうに息をこらしてじっと見つめながらいろいろにはぎ合せてゐるのをちらっと私は見ました。

（「サガレンと八月」『全集　6』三〇一頁）

これは、ある意味で、賢治の創作のことばが生まれ出るときの秘密のプロセスを語っている部分だと考えることもできます。風は自らのことばを持って何ごとかを人間に語り、さらに人間のことばの断片をもおのれの中に組み込み、はぎ合わせて、物語を増幅させてゆく……。それほどにも重要な「風」は、賢治の物語世界を生みだすダイナモのようなはたらきをしている至上の存在だといえるでしょう。人の周りに風が吹くと、始原の震えとともに、そこにすべての形、色、感情が顕《あらわ》れ出るのです。

賢治には、こんな詩もあったことを忘れないようにしましょう。

かぜがくれば
ひとはダイナモになり
　……白い上着がぶりぶりふるふ……
木はみな青いラムプをつるし
雲は尾をひいてはせちがひ
山はひとつのカメレオンで
藍青やかなしみや
いろいろの色素粒が
そこにせはしく出没する

（「かぜがくれば」「春と修羅　第二集」『全集　1』四〇九頁）

山男と風の恩寵

賢治による「風」の人格化をめぐる説話として、もっとも簡潔で美しく、凝縮された物語はといえば、それは「祭の晩」かもしれません。「山の神の秋の祭りの晩でした。」と書き出されるこの物語は、一見すると、亮二《りょうじ》という名の少年の視点から見た秋祭りの夜の華やぎと、そこで起こった小さな出来事を描いた掌篇のような物語です。縁日のにぎわいのなかで行われる怪しげな見世物を観ていた亮二は、祭の掛茶屋で銭を払わずに団子二串を食べた「山男」が、村の若い衆にいじめられているのに出くわします。男はあきらかに他処者《よそ》の風情で、蓑のようなものを着た赤ら顔の大男でしたが、「早く銭を払へ」と言われても持ち金がなく、ひどく困ってどもりながら言い訳をしているのでした。亮二は、直感的にこの大男が正直な人であると見抜き、ふところにあった最後の一枚の白銅銭を出して助けてやります。

亮二はしゃがんで、その男の草履《ざうり》をはいた大きな足の上に、だまって白銅を置きました。すると男はびっくりした様子で、じっと亮二の顔を見下してゐましたが、やがていきなり屈《かが》んでそれを取るやいなや、主人の前の台にぱちっと置いて、大きな声で叫びました。「そら、銭を出すぞ。これで許して呉れろ。薪《たきぎ》を百把《ば》あとで返すぞ。栗《くり》を八斗あとで返すぞ。」云ふが早いか、いきなり若者やみんなをつき退《の》けて、風のやうに外へ遁《に》げ出してしまひました。

「山男だ、山男だ。」みんなは叫んで、がやがやあとを追はうとしましたが、もうどこへ行ったか、影もかたちも見えませんでした。

風がごうごうっと吹き出し、まっくろなひのきがゆれ、掛茶屋のすだれは飛び、あちこちのあかりは消えました。


（「祭の晩」『全集　6』四一六—四一七頁）


この部分の描写はとても重要です。困り果てていた山男が亮二に助けられる場面ですが、賢治はここでも風を登場させ、山男が疾風のように遁げ去り、そのあとにごうごうっと風が掛茶屋のあいだを吹きすぎて、灯を吹き消してゆく様子を印象的に描いています。山男の存在と風とが、あきらかに同一化されている場面です。

山男ののこした言葉通り、その夜、家に戻っていた亮二は外の戸口のところでどしんがらがらがらっ、という大きな音がするのを聴いてびっくりします。お爺さんと一緒にランプを持って夜闇に出て行くと、「ラムプは風のためにすぐに消えてしまひました」とあります。そして家の前の淡い月明かりの下、亮二はそこに太い薪が山のように投げ出され、たくさんの栗の実が届けられているのを発見するのです。闇のなかでもたらされる自然の「恩寵」、山からの「贈りもの」。亮二は、わずかなお金を出してあげただけなのに山男がここまでしてくれたことに、なんだか申し訳ないような、泣きたいような気分になり、山男の正直さにたいしてなにかしてあげたくなるのです。こうして物語の最後の部分がこう描かれます。

「着物と団子だけぢゃつまらない。もっともっといゝものをやりたいな。山男が嬉《うれ》しがって泣いてぐるぐるはねまはって、それからからだが天に飛んでしまふ位いゝものをやりたいなあ。」

おぢいさんは消えたラムプを取りあげて、

「うん、さういふいゝものあればなあ。さあ、うちへ入って豆をたべろ。そのうちに、おとうさんも隣りから帰るから。」と云ひながら、家の中にはひりました。

亮二はだまって青い斜めなお月さまをながめました。

風が山の方で、ごうっと鳴って居ります。

（同書、四一九頁）

全部で七頁ほどの、とても短い物語です。亮二と山男との直接の心情のやり取りもほとんどありません。にもかかわらず、この物語からは、少年と山男（=風）とがとても深い心の交わりを果たしたという感触が濃厚に漂ってきます。薪と栗の贈与にたいし、亮二は何ができたのでしょう？　それは着物や団子のような贈り物を返すことではありません。おそらくは、亮二=賢治がこの物語を造形することこそが、山男が風となって天に飛んでゆくほど喜びながら大地と空を駆け巡るための、返礼なのです。風からの物語を聞く賢治は、その恩寵に報いるために、たえず風に向けて物語を返しているのだともいえるでしょう。私たちにさし出されている賢治の「童話」とは、まさにそのような、風への贈与物でもあったのです。

さらに重要なことがあります。山男が祭から立ち去ったとき、あたりの掛茶屋の灯は風で吹き消されました。亮二とお爺さんが夜闇に持って出たランプも、すぐに風で消えてしまいました。そう、風が吹くと、縁日のあかりもランプの灯も消えて闇が出現するのです。賢治の描く風は、どうやら闇を生命のエネルギーとしているようなのです。すなわち、こう考えることができるでしょう。賢治にとって風は、啓蒙の光（＝明るい世界）の対極にあるものなのです。近代の合理主義的な世界は、知の蒙昧（暗いこと）を啓《ひら》く、すなわち「啓蒙《エンライトンメント》」enlightenment（＝照らす、光を当てる）こそが知識の源泉であると考えました。しかし賢治はちがいます。むしろ、すべてを光に照らしてあからさまにすることではなく、光を消し、豊饒な闇を出現させて謎を謎のままに守ろうとする「風」こそが、知性の淵源にあると確信しているのです。「祭の晩」が、夜の風の神の物語として造形され、風が吹くとすべての灯が吹き消されることの真の理由は、まさにここにあります。夜の、闇のなかで維持される深い叡知の中で、少年と山男が、つまり少年と風が、もっとも原初的で豊かな心の交渉を果たしているのです。叡知とは、そうした「心の夜」に守られて花開くものなのです。

賢治の描く風の多くが、よく読むと夜に吹いていることとの秘密はここにあります。詩集『春と修羅』に収められた重要な作品「原体剣舞連《はらたいけんばひれん》」は、北上川沿いの水沢に近い原体《はらたい》村で、鶏の黒尾を頭巾に飾って太刀をひらめかせた踊り手が舞う呪術的な「剣舞《けんばい》」を賢治が見たときの強烈な心象を書きとめた傑作ですが、そこにはうす月の夜に桧《ひのき》の枝を揺らせて吹く強風と舞踏のリズムの共振がみごとに描き出されています。

赤ひたたれを地にひるがへし
雹雲《ひょううん》と風とをまつれ
　　dah-dah-dah-dahh
夜風《よかぜ》とどろきひのきはみだれ
月は射《い》そそぐ銀の矢並
打つも果《は》てるも火花のいのち
太刀の軋《きし》りの消えぬひま
　　dah-dah-dah-dah-dah-sko-dah-dah

（「原体剣舞連」『全集　1』一二二頁）

夜を銀色の矢並《やなみ》のように射る月光のもと、剣舞の踊り手たちが闇にひそんだ鬼神を招き寄せるように舞っています。銀河と森を背にかかえた「気圏の戦士」たち。彼らもまた、風の使徒でもあります。「ダー・ダー・ダー・ダー・ダー・スコ・ダー・ダー」という剣舞のきびきびとした囃子のリズムも、あるいは闇の中の夜風のとどろきのリズムの模倣《ミメーシス》でもあったのかもしれません。それは、風とともにほの暗い謎を謎のままに守ろうとする人間の、民衆的な深い叡知の顕れでした。

風童と〝存在の深淵〟からの声

賢治説話の代表作である「風の又三郎」こそ、文字通り《風の人格化の物語》として読むことができる傑出した作品です。「風の又三郎」には先駆形があり、それは「風野又三郎」と一般に呼ばれています。この初期の「風野又三郎」における又三郎は「風童」、すなわち風の精霊としてはっきりと描き出されていましたが、そこに賢治の他の童話作品である「さいかち淵」や「種山ヶ原」などの物語世界が組み込まれていくことで、最終的に現在よく知られる「風の又三郎」という未完の物語がかたちづくられていきました。あきらかに人間的存在からは切り離された風の精霊としてまず登場した「風野又三郎」は、物語の変容過程で、転校してきた小学生とも読める「高田三郎」に変身していきます。そうはいっても、「風の又三郎」における「又三郎」もじつに不思議な存在です。それはやはり風の精霊のようでもあり、けれども超然とした子供のようでもあるような、曖昧な存在として終始描かれています。

さて、その「風の又三郎」の冒頭に、よく知られた、あのリズミカルな「歌」が登場します。

どっどど　どどうど　どどうど　どどう、
青いくるみも吹きとばせ
すっぱいくゎりんもふきとばせ

どっどど　どどうど　どどうど　どどう

（「風の又三郎」『全集　7』二九九頁）

物語の始まりに、誰の言葉ということもなく現れるこの歌は、いったい何者によって歌われているのでしょうか？　これがここでの、きわめて本質的な問いです。作品の途中では、登場人物のひとりである一郎が又三郎から聞いた歌として説明されていますが、又三郎が直接歌う場面はどこにも見あたりません。さらに、ふたたびこの歌が出てくる場面では、「先頃《せんころ》又三郎から聞いたばかりのあの歌を一郎は夢の中で又きいたのです」ともあります。とすればこれはおそらく、一郎が聴いた「風のうなり声」なのであり、それを賢治が人間の声に変換・翻訳したものが、あの「どっどど」の歌なのでしょう。ここでは、自然物の中に聴き取った歌、あるいは空耳であるかのように中空から響いてきた歌が、やがて人間が歌う歌になってゆくという考え方が示されています。「歌」というもののもっとも深い起源についての発想として、とても示唆的な考え方です。ひとまずそう理解したうえで、もう一度、より深いところから問いをたててみましょう。あの「どっどど」の歌は、誰が歌ったのか、そもそもあの歌は、誰かが歌った、と言えるようなものだったのか、と。

その謎について考えるために、まず、先駆形としての「風野又三郎」から「風の又三郎」へ物語が変換される過程で説話の中に組み込まれた「さいかち淵」という物語を見ていきましょう。「さいかち淵」という地名は賢治の命名で、岩手県の花巻にある豊沢川の流れの速い淵をモデルにしています。この作品では、子供たちが川で魚を捕ったりして遊んでいるところに突然夕立が来て雷鳴が轟き、大変な豪雨の状態になる。そこで子供たちは、みんな淵に生えるねむの木の下に逃げ込みます。そのあとに起こった不思議な情景を賢治はこう書いています。


そのとき、あのねむの木の方かどこか、烈《はげ》しい雨のなかから、

「雨はざあざあ　ざっこざっこ、
風はしゅうしゅう　しゅっこしゅっこ。」

といふやうに叫んだものがあった。しゅっこは、泳ぎながら、まるであわてて、何かに足をひっぱられるやうにして遁げた。ぼくもじっさいこはかった。やうやく、みんなのゐるねむのはやしについたとき、しゅっこはがたがたふるへながら、

「いま叫《さか》んだのはおまへらだか。」ときいた。

「そでない、そでない。」みんなは一しょに叫んだ。ぺ吉がまた一人出て来て、

「そでない。」と云った。しゅっこは、気味悪さうに川のはうを見た。けれどもぼくは、みんなが叫んだのだとおもふ。


（「さいかち淵」『全集　6』三六五―三六六頁）

「さいかち淵」は、「しゅっこ」というあだ名の舜一《しゅんいち》少年の友人である「ぼく」による一人称の物語です。ここで描かれた「しゅっこしゅっこ」とは子供の誰かが叫んだわけでもなく、どこか

らともなく突然「しゅっこ」の名を呼ぶ、幻のような雨風の声が聞こえたのです。しかしこの物語では、「けれどもぼくは、みんなが叫んだのだとおもふ」と、幻覚や幻聴のようなものに意識が引きずられていくのを抑え込むかたちで、理性的な解決がなされています。歌は人が歌うものだという合理的なリアリズムによって、より深い実在論が意識に侵入するのを防いでいるのです。

では、この説話が組みこまれた「風の又三郎」の、淵で遊ぶ子供たちがふいに夕立に遭遇するシーンはどうなっているでしょうか。こちらでは、一人称の語りが三人称の語りになっています。

そのうちに、いきなり上の野原のあたりで、ごろごろごろと雷が鳴り出しました。と思ふと、まるで山つなみのやうな音がして、一ぺんに夕立がやって来ました。風までひゅうひゅう吹きだしました。淵《ふち》の水には、大きなぶちぶちがたくさんできて、水だか石だかわからなくなってしまひました。みんなは河原から着物をかかへて、ねむの木の下へ遁《に》げこみました。すると又三郎も何だかはじめて怖くなったと見えてさいかちの木の下からどぼんと水へはひってみんなの方へ泳ぎだしました。すると誰《たれ》ともなく

「雨はざっこざっこ雨三郎
風はどっこどっこ又三郎」

と叫んだものがありました。みんなもすぐ声をそろへて叫びました。

「雨はざっこざっこ雨三郎
風はどっこどっこ又三郎」

すると又三郎はまるであわてて、何かに足をひっぱられるやうに淵からとびあがって一目散にみんなのところに走ってきてがたがたふるへながら
「いま叫んだのはおまへらだちかい。」とききました。
「そでない、そでない。」みんなは一しょに叫びました。ぺ吉がまた一人出て来て、
「そでない。」と云ひました。又三郎は、気味悪さうに川のはうを見ましたが色のあせた唇《くちびる》をいつものやうにきっと噛《か》んで
「何だい。」と云ひましたが、からだはやはりがくがくふるってゐました。
（「風の又三郎」『全集　7』、三四八―三四九頁）

これらよく似た二つの、ねむの木の下での雨宿りのシーンに描かれているのは、のどかな自然の風景の背後に広がる《存在の深淵》、すなわち異空間への入り口であり、人間と非人間が接する界面のあらわれです。多くの賢治説話が語ろうとする真の主題は、この「存在の深淵」をめぐる「実在論《リアリズム》」なのです。けっして空想やファンタジーや神秘ではありません。ここでの「淵」とは、実際の川淵であるとともに、人間が知覚・感覚できる日常世界の臨界、あるいは超自然界と境を接するへりのことでもあるのです。そしてことばの原形質は、いつもこの深淵からやって来ます。
「さいかち淵」でも「風の又三郎」でも、先ほど紹介した引用部分の最後に、どこからともなく聞こえてくる歌が書きとめられています。「存在の深淵」から漏れでてくる歌に、子供たちは大

いなる畏れを感じ、震えます。童話「さいかち淵」では、この歌を聞いた「しゅっこ」が発する「いま叫んだのはおまへらだか」という問いかけに、子供らは「そでない、そでない」と否定的に応えます。けれど先ほども述べたように、最終的には「ぼくは、みんなが叫んだのだとおもふ」と、人間（子供ら）の歌としてこの畏れを押し隠し、常識的な解釈の方に回収して安心しようとするのです。

ところが、ほとんど同じシーンを描きながら、「風の又三郎」はこのような常識的な回収をすっぱりと切り捨てています。「存在の深淵」の前に立ちすくむ少年である又三郎のからだは、「誰が歌ったのか？」という答えのない問いの前でただひたすらがくがく震え続けているのです。こうしてみると賢治は、「淵」の世界から流れてくる風の歌の起源を、子供たちが叫んだものと説明してみたり、まったく人間には理解できない認識の闇に突き放したり、と、その度ごとに異なった語りのモードの中で考えていることになります。そして、前者から後者へと物語の改作が進んだことを考えれば、あきらかに賢治の物語的指向性は、存在の深淵から歌われる歌への畏怖をまるごと肯定しようとする方向に向けられていたと思われるのです。「空耳」であるようなもののなかに、途方もない神秘との感応の瞬間が隠されていることを、子供はたしかに感じとっています。そうだとすれば、風聞の物語も、空耳の歌も、決して聞きのがすことのできない決定的な重要性を持った、人間世界に向けてのメッセージであることがわかります。人間が人間であることと、ことばがことばとして成立していることの起源、その臨界点が、存在の根源的な「深淵」として、風聞や空耳のなかに隠されているのです。人間として、自己存在の起源の淵をどうしてのぞき込まずにいられるでしょう？　中空の亀裂から聞こえることばの原初の声に、どうして聞き耳を立てずにいられるでしょう？

イギリスの科学哲学者ロイ・バスカーが『科学と実在論』（式部信訳、法政大学出版局、二〇〇九。原著一九七五）という影響力ある著作で説く《知識の自動詞的対象》intransitive objects of knowledgeという戦略概念に依拠しながら、賢治説話の深い「リアリズム」について論じた本が、グレゴリー・ガリーの『宮澤賢治とディープエコロジー』（佐復秀樹訳、平凡社ライブラリー、二〇一四）です。バスカーの説く「批判的実在論」によれば、「現実」には、他動詞的なものと自動詞的なものとがあります。他動詞的というのは、人間の科学的な知識や経験の働きかけに依拠することで実体的に対象化される世界のあり方のことです。例えば理論やパラダイムに関係なく自然界に存在している磁力の運動が、「磁力」という概念として理論化されることではじめて学術的に認知されるような世界です。しかし、人間の認識活動とは独立してつねに存在しふるまうもの――潮の満干、光の伝播、風の流れ、重力の作用など、他律的な理論やパラダイム、探求の方法に関わりなく自律的に存在する「実在」のあり方を、バスカーは「知識の自動詞的対象」と呼びます。自動詞的というのはつまり、人間が働きかける指示対象をいっさい必要としない、旧来の経験主義的実在論を超えたもっとも深いところにあるリアリズムのあり様です。ガリーの議論を敷衍すれば、賢治の説話においては、こうした《ディープ・リアリズム》deep realism（深い実在論）を通じて、自動詞的な自然物やエレメンタルな存在を人間の知覚や感覚に遭遇・接触させ、人間によって代弁されることのない実在物にみずからを語らせる、という冒険的な試みがなされているわけです。「風聞」とはまさに、この「深い実在論」を成立させるための不可欠の仕掛けでした。

『注文の多い料理店』に収録された「狼森《オイノもり》と笊森《ざるもり》、盗森《ぬすともり》」では、黒坂森のまん中の大きな岩が森の由来を語ります。語り手であるこの岩は、岩手山がずっと昔に何回も噴火し、山から跳ね飛ばされて今のところに落ちてきた巨大な岩なのです。噴火によって土地は灰でうずまり、やがて小さな草が生え、柏や松も生え、四つの森が形成されるのですが、それぞれの名もない森は「おれはおれだ」と思っているだけだった、というところから物語ははじまります。自然界の存在による「おれはおれだ」というこの言明こそ、人間による目撃や認知、すなわち「命名」や「地図への登録」といった負荷を負う以前の自動詞的存在であり、ディープ・リアリズムの基盤となる世界観です。

風の歌、あるいは石の語り。賢治説話の世界をあまねく流れる「風聞としての歌」。それは、人間の身体意識や知覚を超える「名もなき実在論《リアリズム》」からの呼びかけです。そうした世界がたしかに存在することについての信念体系を人間が感受し想像するための仕掛けとして、賢治はどこからともなく流れてくる歌やことばを語り伝える「童話」という叙述の作法を造形していったのだと言えます。「存在の深淵」である「知識の自動詞的対象」の世界からの呼びかけとしての歌を人間の経験の側に取り込み、その豊饒なるリアリティを説話に変換する賢治的な方法論は、したがって、物語を語ることによる一種の「心身変容技法」、つまり固定化された現実感覚や理性の境界を超えてゆく古来のシャーマニスティックな実践にも通ずるものだと言えます。「どっどどどうど」も「しゅっこいいしゅっこいい」も、原初の「歌」の響きが人間の心身のありようを現実界の秩序から変容させるときの、謎めいた信号のようなものとして聞きとられているといえるでしょう。

歌のはじまり

私がよく知る奄美群島におけるシマウタは、《心なさ》という、ある種の無心状態で歌われるという特質を持っています。つまり、そこでは歌に意図というものがありません。自己の主体性を解除し、意図や意識から離れて、自然物の存在と人間とのあいだにある「隙間」に感覚をすべりこませる。そのとき歌われる歌とは、自然界に流れる音をよく聴き、その律動を内にとり込み、それらの音に合わせるようにして自分の声が体内からわき出して来るのを聴く、というような不思議な共鳴現象のことを指しています。身体感覚を外界に放擲する、ゆだねる、そういう地点から歌が歌われるのです。そこで起こるのは、まさにロイ・バスカーが言う「知識の自動詞的対象」と人間の身体とのあいだの「調律《チューニング》」です。この点を、私自身の経験にも依りながら、さらに考えてみたいと思います。

知覚の主体と知覚されるもの、描写の行為と描写されるもの、人間の経験と人間ではない世界、これらのあいだにはふつう乗り越えがたい隙間や深淵があります。そしてまさにこの隙間に「風聞としての歌」が宿ります。「存在の深淵」のむこう側にある謎にひきよせられる感覚や想像力を通じて、歌ははじめて人間によって聴き取られるのです。宮沢賢治の説話世界に展開するリアリティのあり方はまさにそのようなものでしたが、奄美群島のシマウタもまた、この「存在の深淵」をはさんだ、聴くことと歌うことの相互浸透や混淆から成り立っています。

私の奄美大島における唄と三線《さんしん》の師匠が、島の南部の瀬戸内町伊須《いす》の集落《シマ》に生まれ、二〇〇六年に長年暮らした北部の笠利町節田《せった》で九七歳の生涯を閉じた里英吉《さとえいきち》さんでした。節田の珊瑚浜の傍らにある家に住んでいた英吉さんと私が偶然に出会ったのは、彼が九二歳の時のことです。集落では唄の名人として知られていましたが、およそ全島の芸能大会や島唄大会に出演したりするような人ではありませんでした。ただ自分の流儀で心のおもむくままに唄を歌い、興が乗ると家族や集落の人々の遊びの席で三線を弾き、踊りの伴奏をしてきた。誰かと技量を競うわけでもなく、誰かに体系的に教えるわけでもない。だからこそ非常に古い形態の奄美島唄の「テンペラメント」（＝気質・気性）が英吉さんの身体に引き継がれて残っていたのだといえます。私は、その唄と三線の響きの野性的な気配に圧倒され、ほとんど衝動的に弟子入りを乞うことになったのです。

私はその後数年間、奄美大島へと旅するたびに、師匠である英吉さんが汀《みぎわ》の漂着物の木材などを巧みに組み立てて作った海辺の昼寝小屋を毎日訪ねました。たいてい日中は英吉さんはそこでごろんと寝ているのです。そして私が訪ねるとむっくりと起き上がり、おもむろに裏手の自宅から三線を取ってきて、不思議な「心なさ」の状態の中で、二人で三線をもち合ってウタアソビをするのです。ほとんど言葉はありません。風の流れ、珊瑚礁に満ちてくる潮の音、阿檀《あだん》の木の葉のそよぎ、モクマオウの群落が北風にあたって挙げる咆哮、沖にある立神《たちがみ》と呼ばれる大岩の頂に止ったアジサシの鳴き声。それらに聞き耳を立てるだけで二人のあいだに何かが了解されてゆくのです。その時、はじまりのささやかな儀式として、お互いの三線の弦の調律《チューニング》（「ちんだみ」）を行います。英吉さんは教室を構えたことも弟子を採ったこともない、まったくの市井の唄者《うたしゃ》ですから、私自身も何かを体系的に教わることはなく、ただひたすら真似ることしかできない。しかしそこには、学校のような制度的な教育の場における学習とはまったく違う、「まねび」つまり模倣《ミメーシス》による「真似び＝学び」の豊饒なる時間が流れていました。だからこの時の「ちんだみ」は、楽器の調弦だけでなく、自然環境と楽器のあいだに模倣的《ミメティック》な通路をつくることであり、さらにいえば、これから「まねび」の習いを行おうとするお互いの心のチューニングの儀式でもありました。

　私の師匠は、驚くべきことに、基準音を笛などで出して調弦するということを一切しませんでした。その日の朝、起きた時に聴き取っている自然界に流れるベースの音がおそらくすでにあるのです。その日の天候、風向き、湿度、海鳴り、あるいは自分自身の喉の調子など、自然のさまざまな要素や肉体的な要素の配合の中で、その日一回限りの「固有音」によって弦の音程が決められていきました。そこには、近代音楽教育の中で行われているような、絶対音に合わせるという発想がそもそもありません。いちばん太い男弦《うーじる》の音程が決まったら、次にまん中の中弦《なかじる》、そして一番細い女弦《みーじる》と調弦していきます。これも現代の三線の教則本では平均律的なチューニング（本調子）によってソドソと完全四度に合わせるように、と書かれているでしょう。しかし英吉さんの三線においては、耳で聞いた感じでは完全四度に近いものになっていくのですが、それでもやはり物理的なピッチ（音高）を調整して調律をしているわけではありません。奄美の島唄そのものの音律的なコスモスが、自然環境と自己の身体感覚の統合によって決定された一つの基底音からはじまる、ある種の「テンペラメント（＝調子）」をもっていて、その中で三本の弦の固有の関係性が創られてゆくのです。チューナーで機械的に合わせる「正確」な調律とはちがった、ブルージーな揺れを孕んだ調弦法です。

さらに、奄美大島のシマウタではクックヮとかコッパなどと呼ばれる装飾音や雑音《ノイズ》がとても重要です。奄美の三線は、弦をおさえる指自体で弦をはじいたり、バチで弦を弾くときに蛇皮を張ってある胴《チーガ》にバチを当てたりすることで微妙で複雑な装飾音や雑音が生まれるようになっていますが、そうした音を生み出すメカニズムはおもに楽器の構造に由来します。三本の刻みが入った歌口《ウタムチ》という部位が棹の上部末端にあります。その反対側にあって、胴の上で弦を高く張るための支えである駒は「馬《マー》」といいます。この二つの装置によって弦の音程が決まるのですが、歌口の刻みを深く入れることによって棹の表面と弦とのあいだの距離が狭くなり、より自在に装飾音が鳴るようになります。私たちが唄の掛け合いをする時は、二つの三線を同じような音調・音色にするために、英吉さんは私の三線を分解して歌口を取り出し、本当に慎重に少しずつナイフで刻みを深めに入れていくこともありました。つまり、調弦とは単に弦のピッチを合わせることにとどまらないのです。

奄美の三線は、棹の黒檀、太鼓の蛇皮、歌口の水牛の角、馬の竹、バチの山羊の角など、さまざまな植物や動物の素材を統合したみごとな「生態楽器」です。そのひとつひとつの有機素材がみずから内在させる音を役割に応じて引き出し、それを共振させる装置なのです。それは、人間の知識や経験から独立して存在する自動詞的なリアリズム世界の中で生まれる音の統合体といってもいいでしょう。このとき、歌とは唄者の個人的な創造物ではありえず、むしろ自然環境と三線という生態楽器との交点に出現する、ある種のマレビトのような外来の恩寵にほかなりません。

　こうしてシマウタの場には、誰が歌っているのかわからない歌がふいに到来し、三線と唄者の声のなかに宿る、ということが起こるのです。そのどこかからやってくる歌をつかまえ、みずからその共鳴体となる唄者は、世俗的なかたちではありますが、ある種の「心身変容状態」に入り、「ディープ・リアリズム」におけるメディア＝霊媒的な存在になります。このような共鳴が達成された瞬間に、里英吉さんの口から「ひきぶりじゃ！」という至高の感興の声があがります。「弾きぶりじゃ！」ということですが、「ひきぶり」の「ぶり」という音は、「触《ふ》れ」「振《ふ》れ」「震《ふる》え」「惚《ほ》れ」「気が狂《ふ》れる」、さらに古代の呪術的所作としての「魂振《たまふ》り」というような連続的な意味論をすべてかかえ込んだ深遠な音です。賢治の物語のなかでも、「存在の深淵」で子供たちの体はいつもぶるぶるがくがく「震え」ていましたが、まさにこの原初的な「ふるえ」のなかで、「知識の自動詞的対象」との奇蹟的な共鳴関係が達成されるのです。そこではもはや主体的・個人的行為としての歌は消えていきます。

　そのことは歌の内容にも示されています。奄美のシマウタのなかでもウタアソビの場で最初に歌われることの多い軽快な「あさばな」（朝花）の歌詞をみてみましょう。「歌詞」という言い方は正確ではないかもしれません。それは、その時の状況と唄者の気分や感情に応じて、からだの中にある無尽蔵のことばのストックから「あさばな」の節にあわせた詞としてほとんど即興的に繰り出されるものだからです。

ハレー　ふちゅりよ
はいぬかじ
やまとぅやまがわがれぃ
ふちゅりよ
はいぬかじ

「南風よ　吹いておれよ／大和山川の港に着くまで／南風よ　吹いておれよ」。これは奄美大島から海原を遠く北へ上った薩摩半島の山川の港まで船が無事行き着けるように、南風が吹き続けてほしい、ということだけを歌った詞です。南風の存在が船をあやつるための不可欠の風だからです。風や空気への鋭敏な感覚は、先ほど述べたように調律の時から唄者の中でどんどん研ぎすまされていきます。そしてそうした感覚の中で、歌を風の世界にむけて投げ返してゆく。あるいは風の世界が語る言葉を聴き取ることで、「存在の深淵」である隙間にみずからの精神と身体を参入させてゆく。その心象風景が、ここで表現されています。ただ「南風が吹いてほしい」というだけの歌なのですが、それだけを歌っているということの簡潔さと深遠さに気づかされます。

次に、より重厚なシマウタである「くるだんど」を聴いてみましょう。

くるだんど
あまごいねっがたとぅ
くるだんど
ゆるくぶぃよ
しまぬちゃんきゃや
ゆるくぶぃよ

「くるだんど」とは、雨風の到来で空が暗くなってきたことをあらわすシマコトバです。意味をとれば、「暗くなってきた／雨乞いしたら／空が黒ずんできた／喜べよ／島の人たち／喜べよ」。これも雨風の到来という臨界点——賢治の「さいかち淵」で空が暗くなり雨風がやってきて、風のうなり声の中に「雨はざっこざっこ雨三郎、風はしゅっこしゅっこ又三郎」というどこからともなく流れてくる歌が聞こえてくるあの瞬間との遭遇——を模倣的《ミメティック》に再現した歌といえます。だからここでの「喜び」とは、かならずしも農耕のために必要な雨の恵みが訪れたという功利的なものではありません。むしろその喜びとは、天への、空への祈りが通じ、人間と森羅万象との隙間に、大いなる「存在の深淵」が口を開けた驚きにたいする、存在論的な歓喜であるというべきでしょう。その「深淵」にむけて、歌は歌われるのです。

そして「くるだんど」には、もうひとつとても象徴的な詞があります。

うたちありょんな
くるだんどぶしがれぃ
うたちありょんな
いとどぅある
きぃひれくさきりわらぶいんきゃぬ
いとどぅある

「歌とはいえないよ／くるだんど節など／歌とはいえないよ／掛声《いと》だよ」。「いと」というのは、奄美の場合、畑でさとうきびを刈りとる苦しい労働をしている時に人々がかけ声を掛け、呼び合ったりする声のことだと考えられます。そして「木拾い草切りの子供たちの／呼びあう声だよ」というのです。

驚くべきことですが、これはある意味で島唄自体が、みずからのことを人間の芸術的行為の所産である芸能（＝歌）とは呼べない、人間の作為的な意図から離れた単なる「叫び声」なんだ、と宣言しているわけです。そして労働をする子供たちの叫び声は、あと一歩踏み出せばもう風のうなり声と見境なく混ざりあってしまうようなものです。これは歌ではない、とみずから証言する歌。歌が消えた歌。「意識の歌」以前の呼び声、根源的な叫び。それは、自然物が奏でるさまざまな物質音を知覚し模倣しようとする時に、いわば自己の存在証明として発する深い応答でもあるのです。すなわち「存在の深淵」にもっとも接近した始原の「うた」です。

賢治の「さいかち淵」には、「風はしゅうしゅう　しゅっこしゅっこ」というどこからともなく歌われる風の声を聴いて、舜一少年（＝しゅっこ）が非常な畏れを感じ、がたがた震えて、語り手の「ぼく」は何とかしてそれをほかの子供たちが叫んだ声であると合理的に納得しようとする、というシーンがありました。まさに自分の名前が不意に呼ばれるというのが、おそらく「存在の深淵」からやってくる風の呼びかけが人間のもとに届く時に起こる、はじまりの出来事だといえます。これを奄美では、「アブグイ」（＝呼び声）といいます。島人が山の中に入って、あたりに誰もいなくて怖い感じがする。風がびゅうびゅう吹いている。遠くから海鳴りや潮騒も聞こえてくる。夕闇が迫ってくる。急に寂しくなって誰かに会いたいという気持ちも生まれる。そのような状況の中で、「しゅっこしゅっこ」などと自分の名を呼ぶ「アブグイ」がどこからか聞こえる。そういう時にはあまりにも恐ろしいので、奄美では「ほー」と高い声で呼び返すのです。そうやって自己の存在証明としての声を自然に向けて返してやる。恐ろしさが少しだけ消えていきます。風聞か空耳として聞いた自分の名前に、原初の叫びをもって応えるのです。この「ほー」という返答の声が、人間の側から見れば歌のはじまりだといえるでしょう。けれども、山のなかで自分の名前を呼ぶどこから来たとも分からない「アブグイ」こそが、じつはほんとうの歌のはじまりなのです。

こう考えれば、最初の「誰が歌っているのか？」という問いに、実は明快な答えはありません。

「誰が歌っているのか？」という問いが発生する「存在の深淵」への感覚を研ぎ澄ませることこそが重要なのです。野生や自然物に人間の身体意識が浸透してゆく臨界の地点において、どこからともなく流れてくる風の歌声を聴き、そしてその風への応答として声を出して歌うということが一つの連続した行為として生きられる、心身変容的な世界が実在するのです。この深遠なる実在論《リアリズム》の世界を、私たちは探究しなければなりません。

インドラの網と風の太鼓

「風聞」は、人間が言語を紡ぎだし、物語を語ろうとするときの、もっとも根源にあることばの泉でした。そして「空耳」こそ、幻聴などではなく、文字どおり空や大気を流れる不可視の風に耳を澄ませるときに聞こえてくる、謎をはらみ、謎を守り抜く智慧の源泉でした。

賢治の童話作品のなかでも、自然科学と宗教と文学の感受性が奇蹟のように合体した、もっとも謎めいた作品のひとつである「インドラの網」を最後に読んでみましょう。この物語も鮮烈な風の描写からはじまります。

そのとき私は大へんひどく疲れてゐてたしか風と草穂《くさぼ》との底に倒れてゐたのだとおもひます。

その秋風の昏倒《こんたう》の中で私は私の錫《すず》いろの影法師にずゐぶん馬鹿《ばか》ていねいな別れの挨拶《あいさつ》をやってゐました。

（「インドラの網」『全集　6』一四二頁）

「鹿踊りのはじまり」とおなじように、「風聞」というフレームが物語を枠づけていることを示す特徴的な冒頭です。たしかにここでは、風が物語を直接作者に向けて語ったという設定にはなっていません。しかし、「秋風の昏倒」という特異な表現が暗示するように、この幻想譚とも読める不思議なお話のすべては、風に躍る草原のなかに倒れ込んだ語り手が、まさに風の力によって現世意識（＝「私の錫いろの影法師」）に別れを告げるところからはじまるのです。その後も風は、語り手の意識の変容を何度も促し、彼の五感を天へと押し上げていきます。

あたりが俄《にはか》にきいんとなり、
（風だよ、草の穂だよ。ごうごうごうごう。）こんな語《ことば》が私の頭の中で鳴りました。まっくらでした。まっくらで少しうす赤かったのです。

（同書、一四三―一四四頁）

このあたりで語り手は、人の世界である「ツェラ高原」を抜けて空気が希薄となる崇高な山稜へと登りつめ、夜のすきとおった宙空の彼方に、冷たい桔梗色の底光りするような天界の風景をかいま見るのです。風はここでも、身体意識の変容（「きいんとなり……」）を促す決定的なエレメントとなっています。そこで語り手は天空を翔ける「天人」を見ますが、その描写はこうです。

天人の衣はけむりのやうにうすくその瓔珞《やうらく》は昧爽《まいさう》の天盤からかすかな光を受けました。
（ははあ、こゝは空気の稀薄《きはく》が殆《ほと》んど真空に均《ひと》しいのだ。だからあの繊細な衣のひだをちらっと乱す風もない。）

（同書、一四五頁）

「瓔珞《ようらく》」とは菩薩像などにある胸飾りのこと。「昧爽《まいそう》」は夜明けのいまだほの暗い時の間をいいます。ここでは天人の優美な動きを描きながら、その薄明の異空間には重力も風もないことが暗示されています。語り手の側の世界に吹きすさぶ「風」のエネルギーがみごとに反転した空無の世界です。そしてついに、天の子供たちの導きによって、無限とも見えるインドラの網が空に幻視されるのです。

「ごらん、そら、インドラの網を。」
私は空を見ました。いまはすっかり青ぞらに変ったその天頂から四方の青白い天末までいちめんはられたインドラのスペクトル製の網、その繊維は蜘蛛《くも》のより細く、その組織は菌糸より緻密《ちみつ》に、透明清澄で黄金で又青く幾億互に交錯し光って顫《ふる》へて燃えました。

（同書、一四七頁）

幻視、と書きましたが、賢治の説話世界においてはこうした出来事はけっして夢幻《ゆめまぼろし》の出来事ではありません。すでに見てきたように、賢治の「深い実在論」においては、現世的な知覚や合理が破綻する臨界において現われる異界の風光こそ、生命存在のもっともたしかな実在を証す手がかりだからです。華厳経で説かれる、天空の宮殿にかかるインドラの網。結び目の宝珠ひとつひとつが宇宙のすべてを映し出し、すべてを結びあわせ、無限と永遠の繫がりと反映とがそこに実現されています。そしてそれはたえず「顫《ふる》え」ているのです。天の子供らは、インドラの網を指し示したのち、さらにこう言います。

「ごらん、そら、風の太鼓。」も一人がぶっつかってあわてて遁《に》げながら斯《か》う云ひました。ほんたうに空のところどころマイナスの太陽ともいふやうに暗く藍《あゐ》や黄金《きん》や緑や灰いろに光り空から陥《お》ちこんだやうになり誰《たれ》も敲《たた》かないのにちからいっぱい鳴ってゐる、百千のその天の太鼓は鳴ってゐながらそれで少しも鳴ってゐなかったのです。

（同書、一四八頁）

この「風の太鼓」なる現象もまた、賢治の科学的・宗教的・文学的想像力の臨界に出現する、神秘的にして確固たる実在物です。「マイナスの太陽」とは、すべての現実存在を吸い込んでゆく極限のブラックホールのようにさえ聞こえます。地上の「風」は、この天空世界の「風の太鼓」とちょうどつり合っています。「風の太鼓」は誰もたたかないのに鳴り響き、鳴っていながら少しも鳴っていない、音の生成そのものの起源にあるはじまりの音を示しているのです。賢治の深い実在論の地平においては、まさにこの存在と非在、音と無音の境界領域こそ、豊かな物語を発生させる母胎だったのです。

語り手が、風の太鼓のかなたに「蒼孔雀《あおくじゃく》」と呼ばれる非在の「鳥」の聞こえない鳴き声を聞いたとたん、三人の天の子供が消えてしまうところで、物語は終わります。そして「インドラの網」の「風聞」のフレームが、最後の一文でこうみごとに閉じられます。

> 却《かへ》って私は草穂《くさぼ》と風の中に白く倒れてゐる私のかたちをぼんやり思ひ出しました。
>
> （同書、一四八頁）

こうして語り手は現世の風が吹きすさぶ草原へと還っていきました。この「インドラの網」の物語を、私たちに風聞の物語として、空耳の伝承として語るために……。

もはや私たちの住む現代社会では、空にインドラの網を幻視するような感覚は完膚無きまでに失われてしまいました。結び目の宝珠ひとつひとつに森羅万象の一切を含んで相互に映じあいながら、無限に広がる蒼穹の網。この、華厳経因陀羅網になぞらえられたインドラの光輝の網を、現実の青空の彼方に透かし見るような感性は、自然（モノ）と科学（論理）と宗教（道徳）とを、一つの謎めいた淵源の中にひとおもいに透視するような直覚のなかでこそ、豊かに育まれてきたものでした。

けれどいまや、科学界と宗教界と文学界は、相互にまったく分断された自閉的な制度となって自然界から遊離し、おたがいを差別しあっています。そんな私たちの周りにあるのは、表層の情報を一瞬のうちにからめとるだけの電子の「網《ネット》」にすぎず、白磁器の雲のふるえに感応する心など忘れて、徹底的に管理された情報の「雲《クラウド》」にすべての思考を依存させるシステムだけです。

私は、そのような「網《ネット》」や「雲《クラウド》」が張り巡らされることで人類の未来の繁栄が築かれるのだと嘯《うそぶ》く言説から、賢治とともにいさぎよく決別しようと思います。そんな皮相な網も、雲も、どうと吹き、きいんと鳴るあのすきとおった「風」によって震えることなど、金輪際ないからです。震える風のないところに、存在の深淵からやって来ることばも、真の生命も、宿ることはありません。

私は賢治とともに、いつまでも風聞の物語を信じ、空耳のような歌にたえず聞き耳を立てていたいと思います。一即多の理《ことわ》りを示す宇宙原理の網を透視し、風の太鼓の鳴る音、鳴らぬ音を、永遠に聴いていたいと思います。

Ⅳ—天と内臓をむすぶもの

〈石〉について

ぼくはじっさい悪魔のやうに
きれいなものなら岩でもなんでもたべるのだ
——宮沢賢治「山の晨明に関する童話風の構想」

石牟礼道子と石のまなざし

二〇一八年二月一〇日、作家の石牟礼道子さんが、九一年になんなんとする、この世で「人間」として生きる根源的な違和と痛苦の歳月に別れを告げ、ついに常世《とこよ》のくにへと去って行かれました。衆生界の欲望と邪念とを、まるごと現世の「悶《もだ》え神」として背負いながら、その集合化された辱《はじ》と痛みの感覚とによって、かえって、彼女は誰も見ることのできない魂の至純の風景を見ることを許された人でした。一点の留保も曇りもなく、命の荘厳な華やぎが無限定にひろがる夢現《ゆめうつつ》の渚。彼女はいつもそんなはざまの場所にひとり彷徨《さまよ》い出て、むせかえるように香る潮《うしお》に足裏《うら》を洗われながら満ち足りていました。無心の奥底から息をし、路傍の草々にむけて慎ましい拈《ねん》華《げ》の笑いをふりまき、浜辺に立つアコウの聖樹のたくましい根元に群れつどう魚たちや蝶たちに、無礙《むげ》の心を分け与えることのできる人でした。

ついに訪れたときわの別離は、ひとりの人間存在、ひとつの人格がこの世から去った、という感触とは少しちがうものを私に感じさせました。このような存在が、ときに偶然のように人間として、固有の意識と肉体を与えられてこの世に送られてくることの、ながい歴史を通じたいくつかの、しかし多いとはいえない前例のことを思うと、この無為の境《きょう》から人間世界に訪れる烈火と慈愛の修羅たちの心の糸が、たしかにいまも世界をインドラの網のようにあまねく繋ぎとめていることを私は実感するのです。時の流れがけっして消すことのできない、いつまでも淡く赤く燃えつづける燠《おき》のような真実の力の運動体です。

存在することのかけがえない奇蹟をつつましく人間に教えてゆくそれらの力は、自らは「存在の罪」をいちずに負うものたちでした。人間が、この世において人間として生きるときの避けることのできない業。水俣や天草のことばでは、そうした世俗の業の苦しみや不幸を代りに背負ってひとり悶える者のことを「悶え神さん」と呼んだのですが、石牟礼道子さんは、まさにそんな「悶え神」として、人びとと社会のもたらすこの業果をひとり抱えて共感と共苦の閾《いき》を揺れつづけ、闇のなかに浮かぶ燠のかすかな炎に寄り添い、ついには純化の浄土へと還っていきました。ふと私は、おなじインドラの系譜のなかで、自ら昇天し青く光る星となった「よだかの星」のよだか、殺生の罪を償うために野原で真っ赤に燃えつづける「銀河鉄道の夜」の蠍《さそり》、爆発する火山に身を投じるグスコーブドリ、そしてそれらの物語を自ら生きようとした宮沢賢治のことをあらためて思うのです。焔《ほのお》によって自己の「存在の罪」そのものを浄化するという賢治の創作的モティーフが、賢治自身の生身の存在を媒介として、現代の石牟礼さんへとたしかに受け渡されていることが、そのとき直観されます。

敗戦の二年前、水俣実務学校を終えて一六歳で代用教員錬成所に入った頃、石牟礼さんは賢治の「雨ニモマケズ」を知り、その言葉と精神が深く心に刻みこまれたことをしばしば回想していました。野原の松の林の蔭の、小さな萱葺《かやぶ》きの小屋に暮らす貧しき「デクノボー」。病気の子供があれば行って看病し、疲れた母の稲束をかわりに背負い、臨終の人の心を慰謝し、我欲に染まった諍いごとを戒める、この賢治の究極のアルター・エゴともいうべき存在は、まさにこの世と自分の反《そ》りの合わなさのなかで悶えながら生きることを選択しようとしていたひとりの水俣の少女の胸に、まっすぐに飛びこんできたにちがいありません。

晩年、体が不自由になって施設に入ってからも、石牟礼さんは賢治の「このからだそらのみぢんにちらばれ」(『春と修羅』)を引いて、「私なら浜辺のみじんかな」と静かに語っていたと、詩人の伊藤比呂美さんが印象的に回想しています。宮沢賢治の置いていった焔は、水俣にたしかにひとつの燠としてよみがえり、赤々と発光したのでしょう。「雨ニモマケズ」への執心にせよ、みじんに散らばって万象の因果を浄化する夢にせよ、石牟礼道子さんは、あの「玲瓏《れいろう》の天の海」(『春と修羅』)を一世紀を隔てて見ていた人のように私には思えるのです。

生きた時代、土地、信条、性といったさまざまなちがいにもかかわらず、宮沢賢治と石牟礼道子のあいだには、まちがいなく不思議な魂の共振運動がありました。けれども、私はここで、そうした精神の本質的な親和性そのものについてではなく、この二人に共通する、ある一つの物質にたいする強い傾斜、深いこだわりにおいて、両者をつなげてみることの機知にいまとらわれています。それが「石」です。

自分には、常人のいる境域からときどき魂が抜け出して一向に戻ってこない「遠漂浪《とおざれ》き」の癖があった、と、土地ことばを引きながらよく語ってきた石牟礼道子。彼女は、五〇代なかばに書かれたある文章で、自分が日々を過ごす感覚が、虚鬼のように「石の間から、人のゆくのを眺めている」気分に近いものであると告白しています（「とある前世の秋のいま」）。この「石の間」から人間《じんかん》を眺めるという表現に、私は立ち止まらざるをえません。現世の人間の業果にみちたうごめきの姿を「石」のはざまから眺めているとは、いったいどのような感覚なのでしょう？ 「私は魂の遠ざれき」。こう自己規定していた石牟礼道子の漂浪《ひょうろう》する荒魂は、まさに遠くへと「されく」（「さすらい歩く」という意味の熊本方言）衝迫をたえずかかえ込んでいたわけですが、私にはこの「されく」を名詞化した「されき」という音の背後に、偶然にすぎないとしても、「砂礫《されき》」というような言葉さえ浮かんできて、彼女の石にたいする特別の感覚を裏打ちするように思えてしまうのです。

実際、石牟礼道子の祖父吉田松太郎は、「下浦石工《しもうらいしく》」として知られる、天草上島の小邑下浦《しもうら》を郷とする優れた石工でした。天草の上下二つの島を分ける幅の狭い海峡、本渡《ほんど》瀬戸《せと》にほど近い下浦の海の背後の山には、下浦石と呼ばれる細工しやすい砂岩の帯が走っていました。この石を素材として、下浦の石工たちは砕石と細工の技を磨き、不知火《しらぬひ》の海の側にも島原の海の側にも容易に石材を運び出すことのできる地の利を生かし、九州全土へと仕事の場を広げていったのでした。祖父の率いる吉田組が不知火の海を渡った対岸にある水俣の町に移ったのも、二〇世紀の初頭、チッソ水俣工場の操業によってここに新たな港湾や干拓堤防の整備が必要となり、多くの石工たちが土木工事にかかわることになったからです。私はかつて、下浦の石工たちが手がけた、天草の各地に点在する多くの石橋や古鳥居を訪ねて巡礼をしたことがありますが、そのとき見た本渡の祇園橋や楠浦の眼鏡橋、宇土川にかかる志安橋、さらには栖本《すもと》諏訪神社の石鳥居などの磊落《らいらく》かつ優美なたたずまいは特別に印象にのこるものでした。石工が、単なる土木工事を請け負う技術者などではなく、橋を渡る人びとの足によって感受される日常のつつましい美学をうけとめ、鳥居の白い輝きと重厚な感触によって民の信仰心を深いところで支える、とても重要な「心のなりわい」をはたしてきたことに気づいたからです。車など通ることができないほど狭く、粗くざらした切石によって組まれた素朴で堅固な眼鏡橋を渡ってみたとき、私は足裏に、石の吐く息のような感触さえ感じました。数百年におよぶ石工たちの洗練された手技の伝承を通じて、石と人間との対話の痕跡がそこには刻み込まれているようでもありました。

石牟礼道子はたしかに、祖父から父へと受け継がれてきたこの石工の手から滲みだす、時間を超えた「心のなりわい」を、物心ついたときから自分の核心として持ち合わせていたように思われます。彼女にとって、石は素材でも物体でもなく、心と言葉を映しだすメディウムでした。そもそも道子という名じたいが、誕生当時建設に携わっていた天草の道路の完成を予祝した石工の祖父や父による命名でした。また、二〇歳で結婚し、偶然にも石牟礼という薩摩に起源を持つ奇特な姓を得たとき、彼女はとても喜び、三〇歳を過ぎて谷川雁らの創刊した『サークル村』に参加してひそやかに詩歌や随想を寄稿しはじめたときの最初のペンネームは「石道子」というのでした。その意味で、石は彼女の魂にとっての、生涯の伴侶であり、分身でもありました。亡くなる前年に書かれた「石の神様」という文章に、次のような印象的な一節があります。

もう夢のようにも思える記憶のなかで、父は苔の模様をうかせた石垣に手を添えて、「石の歳ば幾つち思うか」と聞くのである。きょとんとするわたしに「石どもは年月の塊ぞ。年月というものは死なずに、ほれ、道子のそばで息をしとる」。わたしはなんだか途方もない、寄る辺ないような気持ちになり、石の粉でざらざらにすり切れた父の手にすがりついた。

(「石の神様」『魂の秘境から』朝日新聞出版、二〇一八、一九七—一九八頁)

熊本城の、日本一ともいわれる石垣の出来栄えをわが幼子に自慢していた父。この壮麗な城下の石垣もまた、むかしの郷土の石工たちの手技と汗による作品なのでした。石は、その深く長い息づかいによって、人びとの生活の隅々にまでささやかな恩寵をもたらしている。町の道普請を請け負う石屋の家に生まれ、夕餉のあとの若い職人たちもまじえた晩酌《だれやみ》(=疲れ止み)の座で交わされる豪放な石談義を幼な心に聞くともなく聞いていた道子は、道の基礎に埋めて見えなくなってしまう「根石」の表情や細工にまで、優美な「心のなりわい」が息づいていることを感じとっていたのでしょうか。「石の間から」人びとを眺めている、という彼女の心持ちは、まさに彼女自身の内部に、時を超えて生きる石の眼のような透視力がそなわっていたことを暗示しています。そう、石牟礼道子という「悶え神」は、心のなかに珠玉のような石をたしかに宿していたのです。

賢治の花崗岩は世界の基盤

小学生時代から石集めに夢中になり、「石っこ賢さん」とまわりから親しみを込めて呼ばれていた宮沢賢治の、石との特別な関係については、すでにさまざまに語られてきました。たしかに、石という物質とのあいだに賢治が築きあげた「親和力」とでもいうべき特別の感応力は、近代文学において他にこれほど豊かで深遠な表現を持ちえないほどの水準において、彼の作品世界の随所に示されています。「親和力」Wahlverwandtschaften とは、ゲーテが同名の長編小説で説いた概念で、ふつう原子や化合物が別の原子や化合物とのあいだに持つ化学反応のしやすさを指していますが、ゲーテはこれを人間同士の特別な感情的結合の問題として考えようとしました。石は賢治にとって、そのような親和力が人間と無生物とのあいだにもはたらくことを示す特権的な対象物であり、さらにそれを超えて、賢治の自我の最奥部に横たわる神秘の源泉でもありました。「盛岡の山で賢治の金づちに叩かれていない石はない」。こんな冗談さえ語られるほど、少年時代からの賢治は石の採集に取り憑かれていました。さらにそれが本格化して、地質調査に精を出していた盛岡高等農林学校時代、寄宿舎で同室だった高橋秀松（のちの宮城県名取市初代市長）の回想によれば、賢治ははじめて登った五輪峠で、蛇紋岩脈にハンマーを打ち入れて飛び散る岩片を拾いながら、「ホー、ホー二十万年もの間陽の目を見ずに居たので、みな驚いている！」と石の身になって歓喜しながら叫んだといいます。五輪峠は花巻と遠野の境界にある五五六メートルの峠で、『春と修羅』をはじめとして賢治の詩篇にしばしば登場する重要な場所（イーハトーブの結界の一つ）ですが、ここは北上山地のなかでも有数の蛇紋岩帯が露出している場所でした。表面に蛇のような文様が見られるため「サーペンティン」と呼ばれるこの暗緑色の石は、二億年以上の時間をかけて火成岩が変成を重ねて出来たものとされています。賢治は、この石が内蔵する途方もない時間が地表に現れ出たときの昂奮を「ホー、ホー」という歓喜の叫びであらわしたのでしょう。地質学の厳密な知識に長けていた賢治を思えば、「二十万年」というのはあるいは高橋の記憶違いだったかもしれません。いずれにせよ、賢治にとって、石はまずなによりも、遥かな時をその内部に封じ込めた、宇宙的時間とでもいうべきものの凝集体として映ったのです。

　アンデルセン説話的な「探索譚」の形式をもった童話「十力《じふりき》の金剛石」は、「王子」と呼ばれる主人公が森に宝石を探しに行く物語ですが、ここにも賢治と石の関係がみごとに描かれています。この童話には「りんだうの花は刻まれた天河石《アマゾンストン》と、打ち劈《くだ》かれた天河石で組み上がり、その葉はなめらかな硅孔雀石《クリソコラ》で出来てゐました。黄色な草穂《くさぼ》はかゞやく猫睛石《キャッツアイ》、いちめんのうめばちさうの花びらはかすかな虹《にじ》を含む乳色の蛋白石《たんぱくせき》、たうやくの葉は碧玉《へきぎょく》、そのつぼみは紫水晶《アメシスト》の美しいさきを持ってゐました」（『全集　5』一八〇頁）などといった幻想的な描写があらわれます。ここで植物世界と鉱物世界は融合し、その宝石たちの絢爛たる色彩と輝きが、賢治の理想的夢幻世界の核心部を形成しています。二二歳のころ、上京していた賢治は父政次郎への手紙で、人造宝石商になる夢さえ具体的に語っていました。

盛岡高等農林学校を卒業したあと、賢治は稗貫《ひえぬき》郡の土性調査を委託され二年半その仕事に就いています。地球の表面に「ボーリング・スティック」と呼ばれる棒を突き刺して採取した土壌を分析し、郡内一帯の山野の土性に関する地図を作成するという行為は、その専門的な用途とは別に、賢治のなかに、地盤なるものの重層性と相互作用性、そして錯綜した時の堆積物として成り立っている全地球の壮大なイメージを植えつけたにちがいありません。地盤をあらわす「な」という、日本列島の成り立ちから発するもっとも古い音の記憶を宿す言葉（それは「なゐ」（＝地震）とか「なだれ」（＝雪崩）とか「うぶすな」（＝産土）とかいった語のなかにいまも残っています）が人びとによって深く感得されていた記憶を、賢治はいまに呼びだし、北上河畔の地層から、そこに「イギリス海岸」と彼が名づけたような太古の海の潜在すら感知しました。地盤を形成するものの重層と変転を知り尽くしていた、賢治の特異な地質学・岩石学的想像力でした。

賢治と石の関係は亡くなるまでつづきました。死の二年前、東北砕石工場の技師として石灰肥料の宣伝販売に奔走したこともよく知られています。酸性土壌の改良に不可欠な肥料として、石灰岩を砕いた石灰石粉を「炭酸石灰」という名称で販売する道筋をつけたのも賢治です。石は、農民たちの生活基盤を安定させる新しい化学肥料の開発にも繫がるものとして、賢治の社会的な使命感を支える物質でもありました。

石は賢治の精神をかたちづくり、それを鼓舞し、同時に彼に宇宙の神秘を教える至高の存在でした。私たちが、いまや石のような無生物にたいして、これほど深く思索的な自己投影の心を持つことがまったくできなくなっているとき、賢治と石の関係を探ることは、たんに賢治文学を論じる一視点を手に入れることにとどまらない、私たちの日常倫理をめぐる普遍的な主題を考えるための特別の重要性を持っています。そのためにも、賢治のテクストにあらわれる石の諸相を、いまここで具体的に確認しておかねばなりません。

賢治の石、としてまず挙げるべき重要な石は、意外に思われるかもしれませんが、花崗岩です。長石や石英、黒雲母や角閃石《かくせんせき》など多様な構成物からなるこの淡灰色の深成岩は、「御影石《みかげいし》」とも呼ばれ、火山地層の豊かな運動を示す典型的な岩石であるとともに、しばしば磨かれて建築にも利用される実用的な石材でもありました。賢治のもっともよく知られた詩作品である、妹とし子の「あめゆじゆとてちてけんじや」（あめゆきとってきてください）という今際《いまわ》の嘆願から生まれた詩「永訣の朝」にも、花崗岩は「みかげ」として登場しています。

はげしいはげしい熱やあへぎのあひだから
おまへはわたくしにたのんだのだ
　銀河や太陽　気圏などとよばれたせかいの
そらからおちた雪のさいごのひとわんを……
……ふたきれのみかげせきざいに

みぞれはさびしくたまつてゐる
わたくしはそのうへにあぶなくたち
雪と水とのまつしろな二《に》相系《さうけい》をたもち
すきとほるつめたい雫にみちた
このつややかな松のえだから
わたくしのやさしいいもうとの
さいごのたべものをもらつていかう

（「永訣の朝」『全集　1』一五七―一五八頁）

臨終の床にある妹とし子の最後の願い事を叶えるために、普段づかいの欠けた陶椀に雨雪（みぞれ）をとってこようとする賢治。みぞれが降る薄暗いおもてに「まがつたてつぱうだまのやうに」飛びだしていった彼は、「ふたきれのみかげせきざい」の上に危なげに立って手を伸ばし、松の枝にうすく積もった雪と水の二相によってできた「みぞれ」のひと掬いを、妹の最後の食べ物として持ち帰ろうとしたのです。

「ふたきれのみかげ」、おそらくは庭園石として置かれていた、この二つの並んだ花崗岩の石組の上にあぶなく立って行われた賢治のこの聖なる仕事は、雪と水の二相が合体する恩寵のような霙《みぞれ》を媒介にして、臨終のとし子の、生と死の二相がせめぎあう瞬間の光輝を賢治の意識に送り込みました。だから、その祈りが行われた祭壇のような場が花崗岩の庭石の上として物語られていることには、深い意味があると考えるべきでしょう。なによりもまず、「みかげ」の「かげ」が霊魂のことを意味する古い言葉であることが重要です。「春と修羅」の序が森羅万象の本源の姿を「かげとひかりのひとくさり」と形容しているように、賢治にとって霊魂は陰鬱な影の世界ではなく、光と影とがせめぎあい明滅しあう「因果交流電燈」のような運動体でした。賢治にとっては、みかげの上でこそ、生と死の二相が交差する聖なる瞬間が顕現しうるのです。

さらに花崗岩そのものをめぐる特別な神話性についても指摘しておくべきかもしれません。地質学に関する手稿を数多く残したゲーテは、花崗岩を地球のあらゆる地質学的形成の基盤にある物質ととらえ、それを「自然の最古の、最も固くて最も奥底の、動かぬ息子」であると書いていました（『ゲーテ地質学論集　鉱物篇』参照）。ゲーテの考えを敷延すれば、花崗岩とはいわば人間の心が存在のもっとも古い層に触れることのできる、最古の祭壇のようなものだったといえるでしょう。人はそこで、この地上の神秘とであい、存在の生成の根源に触れることができたのです。賢治は、北上山地の形成の過程で、中生代白亜紀に起きた地殻の大変動とそれに伴ってできた花崗岩帯が、この山地の基盤を決定づけていることをよく知っていました。だから賢治にとっても、〈みかげ＝花崗岩〉は彼をめぐる世界の基盤（＝「な」）をかたちづくる至上の物質として、つねに魂のかたわらに置かれていたのです。

「白いみかげ」と内臓感覚

ここで、もう一つの、より謎めいたかたちで賢治のテクストにあらわれる「みかげ」についても考えてみましょう。それは「春と修羅　第二集」に収められている「孤独と風童」と題された短い詩ですが、東北の初冬の木枯らしが吹く寒い日に、風に向けて呼びかけられたと思われる後半部分を引いてみましょう。

東へ行くの？
白いみかげの胃の方へかい
さう
では　おいで
行きがけにねえ
向ふの
あの
ぼんやりとした葡萄いろのそらを通って
大荒沢やあっちはひどい雪ですと
ぼくが云ったと云っとくれ
では
さやうなら

（「孤独と風童」『全集　1』四四一―四四二頁）

東へと吹いてゆく風の童に向けての伝言のような詩です。風にたいしても、賢治はそれが一種の気象速報の伝達者となって農民たちの役に立つことを期待しているかのようです。ここで出てくる「白いみかげの胃」という不思議な表現に焦点をあててみましょう。これは一説には、花巻北東部にある花崗岩の分布地帯が地質図上ではヒトの胃袋の形に似ており、この一帯の土性調査をした賢治はそのことをよく知っていたため、こうした表現が生まれたといわれています。つまり賢治は、風に向けて、「胃のようなかたちをした白い花崗岩地帯の方へ向かうのかい」と訊ねている、というわけです。ですが、風と自在に対話する身体的な感覚にあふれた部分に、いきなり視覚的・地図的な形態認識の比喩が差し挟まれるのには、少し違和感を覚えます。

もう一つの解釈は、賢治のテクストにあらわれる「胃」の別の使用法を参照することでとなえられているものです。童話「なめとこ山の熊」には「お月さまの近くで胃《コキヱ》もあんなに青くふるへてゐる」という一節がありますが、ここでの「胃」は参（しん）や昴（すばる）などの天体名とならんで賢治が使用した「胃《コキヱ》」あるいは「胃宿《イシュク》」とも呼ばれるおひつじ座の四十一番星とその周囲の小さな星を指します。これは中国名ですが、その際の胃とは穀倉のことであり、この星が天の五穀をつかさどる星座であると考えられていたことに由来するようです。そうであれば、賢治はここで初冬の東の空に見える胃《コキヱ》星の白っぽい色を「みかげ」石の色合いに喩えたということなのでしょうか。

けれども私は、ここでは文字通り、みかげと胃、すなわち石と内臓とがそのまま併置されているのではないか、という私的な直観に惹かれます。みかげすなわち花崗岩が、森羅万象の内奥を形成するもっとも核心的な物質であるとすれば、それは地球の臓腑でもあり、同時に魂でもあって、賢治の内臓記憶のなかで「みかげ」は岩石であるとともに、自己の身体内部の構成物として感知されるような、あるエネルギー体でもあったと考えることはできないでしょうか。「白いみかげの胃の方」。そう、ここで風童は、東の北上山地の基盤をつくる白い花崗岩帯にむけて、すなわち大地の胃でもあるような山塊に向けて、吹いていこうとしているのです。私は、賢治における「石と内臓」をめぐる想像力の複合体にこそ注意しなければならないのではないか、と考えています。なぜなら、賢治の「石」は、天と内臓とを結ぶ、すなわち外宇宙と内宇宙を貫く結節点に、いつも出現しているように思われるからです。さらにこの連想を展開してみましょう。

石の世界と内臓を結びつけるような特異な想像力は、賢治の他の作品のなかにもはっきりと読みとることができます。「胃」ではなく「肺」が登場する、「山火《やまび》」と題されたこんな詩を見てみましょう。

血紅の火が
ぼんやり尾根をすべったり
またまっ黒ないたゞきで
奇怪な王冠のかたちをつくり
焰の舌を吐いたりすれば
瑪瑙の針はしげく流れ

陰気な柳の髪もみだれる
……けたたましくも吠え立つ犬と
泥灰岩《マール》の崖のさびしい反射……
或いはコロナや破けた肺のかたちに変る
この恐ろしい巨きな夜の華の下
（夫子夫子あなたのお目も血に染みました）
酔って口口罵りながら
村びとたちが帰ってくる

（「山火」『全集　1』三一六頁）

山火《やまび》とは、焼畑の火入れから延焼を起こしたり、山仕事の不注意から出火したりして山林が燃えることをいいます。それは春先に多発しましたが、この詩が書かれた四月初旬は東北ではまさに農家による火入れの時季にあたります。おそらくは野焼きの延焼か不注意による失火によって大きな山火事がおこり、燃え盛る炎の舌が夜の山野をなめまわしている様子がここで描かれているのでしょう。失火を咎める村人もいるようです。

私がまず注目したいのは、この山火の光景のなかに「瑪瑙《めのう》」とか「泥灰岩《マール》」とかいった岩石をめぐる想像力が発動されていることです。瑪瑙とはいうまでもなく石英などの微結晶の集合体で、同心円状に周期的沈殿ができるため、球状のものを水平にカットすると内部構造がよく観察でき、そこに炎にも似た「針」のような模様を見いだすこともできます。「瑪瑙の針」とはそのような鋭い先端を持った炎の形態の比喩でもあるのでしょうか。「赤い瑪瑙の棘でいっぱいな野はら」（詩「小岩井農場」）とか、「月のまはりは熟した瑪瑙と葡萄」（詩「東岩手火山」）。この「葡萄」は「葡萄石《プレナイト》」のことともとれます）とか、賢治は風景描写に頻繁に石や鉱物から想像された形態を重ね合わせています。

さらにこの詩では、かなたの山の崖に泥灰岩の地層が実際に露出しているのでしょう。この「マール」Marlとは泥岩と石灰岩の中間的鉱物で、内部にやはり複雑な模様を作ることで知られています。その意味ではこれは単なる崖の景観ではなく、鉱物的な変成作用と火の躍動とのあいだに、賢治が近似した運動エネルギーを感じとっていることはまちがいありません。

そのうえで「破《やぶ》けた肺」が出てくるのです。これは注目せざるをえません。ここでの破けた肺とは、太陽のコロナと並んで、勢いよく燃え広がる火と炎の比喩であるとまずは考えていいでしょう。したがってそれは、ここに登場する瑪瑙や泥灰岩と直接関連づけられているわけではありません。しかし、鉱物的な想像力が充満する風景のなかで、内臓器官の一つである肺のイメージがそこに重ね合わされていることは、見過ごすことができないように私には思われます。山火の風景を、焔と、瑪瑙や泥灰岩の打ち重なりのなかに見ている賢治のまえに、太陽のコロナの眩暈《めまい》と破れた肺という臓器のイメージが、同時に現れてきたのです。私はここに、石と内臓器官とをどこかで一体のものとして受けとめていた賢治の無意識を感知してしまうのです。

もう一つ別の「山火」と題された詩には、こんな一節もあります。

……火は南でも燃えてゐる
ドルメンまがひの花崗岩《みかげ》を載せた
千尺ばかりの準平原が
あっちもこっちも燃えてるらしい

（「山火」『全集　1』三三六頁）

ここではふたたび「みかげ」が登場します。北上山地南部の山麓に山火がひろがる風景への幻想ですが、それを賢治は、花崗岩《みかげ》を載せた平原が燃えている姿として描いています。すでに「みかげの胃」を知る私たちは、この山火事の風景を、農民の身体に加えられた業火のようなものとしてふと直観することがないでしょうか？　賢治の世界で花崗岩の山が乾いた強風に吹かれて燃えるとき、その聖なる業火は、そこに暮らす者の胃や肺などの内臓器官をも燃やし尽くそうとしているのかもしれません。それはたしかに、人間にとって内的な痛みをともなう火でした。

石に刻まれる生命記憶

賢治の世界のなかに石と内臓の連関を発見したいま、まさに石の内部に内臓の現れを見てとったひとりの特異な幻視者のことが思いだされます。それが二〇世紀フランスの作家・批評家、ロジェ・カイヨワでした。カイヨワの刺戟的な著書『石が書く』（原著一九七〇）は、石の情熱的なコレクターとしても知られた著者自身が、人間文化が「書く」という行為に踏み出すもっとも原初的な契機に、石が示す奇妙で魅惑的な模様や色彩からの霊感があったのではないかという議論を展開します。カイヨワは著作の冒頭でまずこう指摘しています。

いつの世にも人々は、宝石にかぎらず、風変りな形や、意味ありげな奇妙な模様や色彩で人目をひく珍しい石を求めてきた。ほとんどいつも関心の的となるのは、意外な、ありえないような、それでいて天然の相似、人を魅惑する相似である。（……）石には、工夫とか才能とか巧みといったような、物を言葉の人間的な意味で一個の作品に、さらには一個の芸術作品に仕立てあげる要素が何一つ加わっていないにもかかわらず、あきらかに成し遂げられたといったなにものかがみられるのだ。それに比べると、作品だの、芸術だのは後の問題にすぎない。石は、物のはじめの姿やかくれた原型の持つ、あの謎めいた、それでいながら抵抗しがたい暗示力をそなえている。

（ロジェ・カイヨワ『石が書く』岡谷公二訳、新潮社、一九七五、八―九頁）

石がもつ原型的な暗示力。それこそが、賢治が「石っこ」として採集・収集に没頭したきっかけではなかったでしょうか。石の模様を描写するときのカイヨワの肉体的・臓腑的ともいうべき感覚はおどろくべきものです。彼は、（賢治も童話「十力の金剛石」で執拗に描いていた）石英の一種である「碧玉《へきぎょく》」の魔術的な模様をとりあげ、それが「渦巻と、枝葉文様と、肋膜に似た文様の

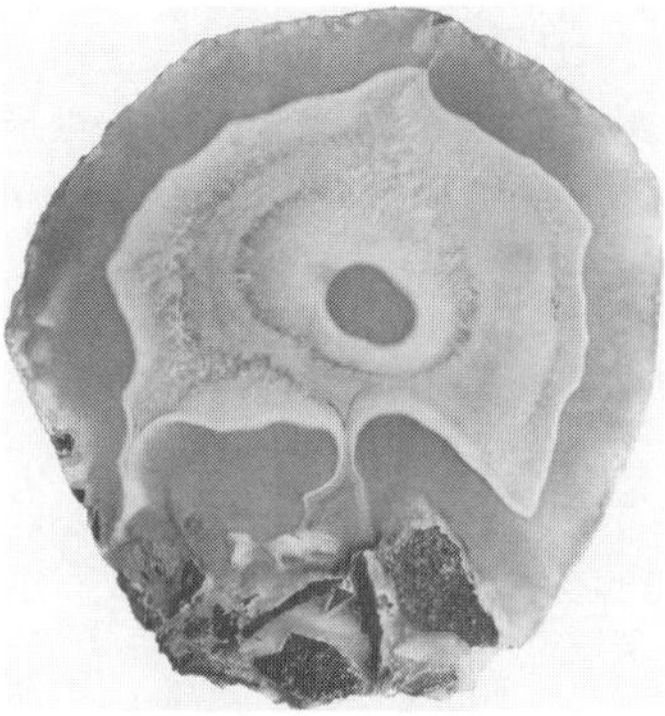

ブラジルの玉髄（カイヨワ『石が書く』より）

世界」を構成しており、そこから「皮を剝がれた顔や、関節窩の中の生身の筋肉の束」が浮かび上がっている、と書きます。彼はまさに石のなかに、内臓の凝集体を見ているのです。さらにそこに彼が発見するのは「切りとられた乳房」であり、「体から離れてただよう乳頭輪の上のふくらんだ、木苺の実のような乳首」であり、「電流によって強直痙攣をおこした無尾類の体」であり、「ショックで星形にひらいたその四肢」です。こうした描写は、まるで無機物である石の内部で有機生命体の発生が秘密裏に仕組まれているかのような印象さえ与えます。

こうしてカイヨワは、ついに「石のなかの流産」という幻視的な直観へと導かれていきます。ブラジル南部で採集された玉髄《ぎょくずい》（瑪瑙《めのう》の一種）の、淡い灰緑色のなかに浮きだすおどろくべき文様から受けたカイヨワの衝撃と啓示は、つぎのように述べられています。

このような形体は、生命の誤りを証明し、自然のなかには怪物や、出来損いや、過去の遺物が存在することを思いださせるためにだけ存在するのである。私は、瑪瑙のこの奇妙な文様を見ていると、（……）この世のはじまりのころの、知られざる石の営為のなかにまで、このような流産の痕跡を追求したくなる。永久に残されることになったこの挫折の跡は、その奇怪さそれ自体からして、私にとっては雄弁な予兆にみえる。（……）それは自然の気まぐれと名づけるのが私には適当と思われるものの、この上もないあらわれと人間の目には映る。その否定しがたい、不断に働きかけてくる不思議な、人を魅惑する力は、どこをどうたどったのか今ではよくわからない迂路を経たのち、権利の要求をわれわれにつきつけている。

（同書、八六頁。改行省略）


人間が内臓を知り、生命誕生の仕組みを知り、流産を経験してきた長い歴史が、人間をして石のなかにそのような模様を連想させている、というのではないのです。むしろ、石の模様こそが、あらかじめ、数億年の昔から、人間生命の根源的な営為とその錯誤による不可避の顚末を予言し、先取りしてきたこと。カイヨワが直観しているのは、生成と変身と偶有性と挫折とによって彩られてきた生命現象の雛形が、すべて石のなかに沈黙とともにあらかじめ刻まれているという事実でした。うるわしき誕生だけでなく、哀しき流産までもが。自然現象の完全性だけでなく、その不完全性のすべてをも抱き込んだ石の秘密は、まさに人間が自らの内臓のなかに生命記憶全体の秘密が保存されていると無意識に感じていることを、みごとに照射します。

内臓のことを総称して私たちは「腸《わた》」と言い習わしてきましたが、この古い音「わた」とは「海《ワタ》」のことでした。生命が生まれた母胎を「ワタ（ツ）ミ」（＝海、海の神）と呼んできた私たちは、自らの体内にあるこのやわらかな母胎のうねりをはっきりと感じていたのです。内臓には、人類のそしておそらくはすべての生類のやわらかな生命記憶が宿っているのです。そのゆえにこそ、繊維状のやわらかいかたまりを指す「綿《ワタ》」ということばも生まれてきたのでしょう。そうであればまた、北上山地にも多く産する、蛇紋岩や角閃岩が薄い繊維状に変形した鉱物である「石綿」とは、その名前からして、「石―綿」すなわち石と内臓とをまっすぐに結びつける特権的な鉱物というべきかもしれません。しばしば蛇紋岩を求めて北上の霊峰である早池峰《はやちね》に登った賢治の詩「早池峰山巓」の冒頭にはこうあります。

あやしい鉄の隈取りや
数の苔から彩られ
また捕虜岩《ゼノリス》の浮彫と
石絨《いしわた》の神経を懸ける
この山巓の岩組を
雲がきれぎれ叫んで飛べば（……）

（「早池峰山巓」『全集　1』三九四頁。一部のルビは引用者）

賢治自身が「シャーマン山」（詩「測候所」）などとも呼んで愛し、畏怖していた霊峰早池峰《はやちね》山。その「山巓《さんてん》」すなわち頂上で、彼は火成岩の破片である「捕虜岩《ゼノリス》」（または同源捕虜岩）と「石絨《いしわた》」の岩脈が、まるで体内の神経系のように絡まって浮かび上がる特異な文様を、岩組の表面に見ていたのです。まさに賢治による「石と内臓」の同時発見の瞬間です。

賢治は、彼の自我という存在＝現象の核心を描いた詩というべき「春と修羅」のなかで、「聖《せい》玻璃《はり》の風が行き交ひ」「玉髄の雲がながれて」「あたらしくそらに息つけば／ほの白く肺はちぢまり／（このからだそらのみぢんにちらばれ）」（同前、三〇―三二頁）と書いていました。この、石牟礼道子が生涯をつうじて脳裡に抱きつづけた、賢治の究極の詩句のなかにも、玻璃（＝水晶）と玉髄と肺とが、すなわち石と内臓とが、天空の壮大な気象現象を受けとめる身体意識のかたわらで、輝ける微塵運動を続けていたのです。

空は石である

賢治にとっての石の、ちょうど内臓とは対極にある、もう一つの意味、すなわち空や天との象徴的な関係についても考えておきましょう。

そこで思いだされるのが、童話「風野又三郎」では、青空のことが「空の青い石」と呼ばれていたことです。そこでは風の精である又三郎が、矢のように滑空する鷹に向かって、「あんまり空の青い石を突っつかないでくれ」と挨拶するのです。ごく単純に言って、賢治は空を「石」であると考えていたふしがあるのです。「石と空」というテーマを賢治の作品に見いだすのは、とても容易です。たとえば、まだ詩作ではなく短歌を作ることに集中していた二二、三歳頃に、賢治はこんな歌をつくっています。

雲母摺りの　ひかりまばゆき大空に　あをあを燃ゆる　かなしきほのほ

白鳥の　つばさは張られ　かゞやける琥珀のそらに　ひたのぼり行く

（『全集　3』二一〇・二〇五頁、ともに改行省略）

ここで空は雲母や琥珀として描かれ、そうした鉱物的なリアリティによって、大気圏そのものの物理的性質もまたより深く感じとられているのです。「暁穹への嫉妬」と題するこんな詩もあります。

薔薇輝石や雪のエッセンスを集めて、
ひかりけだかくかゞやきながら
その清麗なサファイア風の惑星を
溶かさうとするあけがたのそら
さっきはみちは渚をつたひ
波もねむたくゆれてゐたとき
星はあやしく澄みわたり
過冷な天の水そこで
青い合図《wink》をいくたびいくつも投げてゐた

（「暁穹への嫉妬」『全集　1』四四五頁）

「暁穹《ぎょうきゅう》」とはいうまでもなく暁の大空のことです。この、気高く朱に輝く空の描写にもまた、「薔薇輝石」や「サファイア」といった鉱物が登場しています。薔薇輝石《ばらきせき》（ロードナイト）は岩手の山地にも多い珪酸マンガン鉱の一種で、濃紅色を示しガラスの光沢を放つ石ですし、サファイアはまさに地球という惑星の見え方がそうであるように、青・緑・黄色といった色の変異を抱えた優美な石でした。「天の水そこ」という表現も示しているように、あるいは「銀河鉄道の夜」がその至高の宇宙的具現化であるように、賢治の天空はそのまま大地と河と海とを含みこんだ、大いなる統合体でした。彼のなかでは、天文学と地質学とが合体していたのです。このことには、鋭敏な研究者たちはすでに気づいています。もっとも深い意識の中核においてこの事実を見抜いたのは見田宗介でしたが、彼はこれを「遠心する地質学」と示唆的に呼んでいます（見田宗介『宮沢賢治　存在の祭りの中へ』岩波書店、一九八四）。遠心の力と求心の力の拮抗として賢治宇宙をとらえていくことは、非常に刺戟的な発想です。天と内臓とをつなぐものとしての石、という私の主題も、まさにそのような力の拮抗を考えるための一つの手がかりなのです。

「天体と石」という賢治的主題について広く世界的文脈から考えようとするとき、私にはメキシコの詩人オクタビオ・パスの詩集『太陽の石』がすぐさま連想されます。一九五七年に刊行された、この全五八四行におよぶ長編詩は、アステカやマヤの暦にもとづく形式をそなえています。それは、一七九〇年にメキシコの首都のカテドラルの地中から発見された重量二四トンにもなる巨大な玄武岩のモノリス（一枚岩。通称「太陽の石」）に絵柄として刻まれた先住民の暦と宇宙原理を、現代詩人の感性によって時間や記憶、官能性や芸術、さらにはエクリチュールそのものをめぐる哲学的省察へと展開した特筆すべき傑作でした。五八四とはアステカ暦における地球と金星の会合周期を示す数であり、五八四日ごとに、太陽と金星と地球とが同じ位置関係において一直線に並ぶことをアステカ人たちは観測により割り出していました。しかも金星は、明け方に見える時季と夕方に見える時季が交代するため、同一存在の二元性を示唆する特別の星でもありました。この、円環性と回帰性、さらには二元性をめぐる周期的な時間の論理は、西欧の直線的・経過的・消費的な時間感覚とは正反対の、秘儀的なイマジネーションを詩人にもたらしました。
　石に刻まれた太陽神信仰の伝統が生み出す回帰する時間感覚をふまえながら、パスはこの複雑で難解な詩をこう結んでいます。

ずっと遠くまで歩きつづけたい　でもできない
刹那が刹那へとつぎつぎに落ち込んで
わたしは夢見ることのない石の眠りについた
そして石のように散らばった年月の終わりに
獄のなかで歌う　わたしの血の歌声を聴いた
海は光の囁きといっしょに歌っていた
壁はひとつまたひとつと頽《くずお》れてゆき
すべての扉は壊されていった
そして太陽がにわかにわたしの額から侵入し

わたしの閉じた瞳を引き剝がし
わたしの存在をその覆いから切り離す
わたしをわたしからもぎ取り　わたしを
獣のような眠りから解き放つ
石の数世紀からのめざめ
そのとき　太陽の鏡の魔術がよみがえった

(Octavio Paz, "Piedra de Sol", *Obra Poética* (*1935-1988*), Barcelona: Seix Barral, 1990, p.277. 私訳)

詩はここで、「水晶の柳、水のポプラ」ではじまる冒頭の詩句に戻るのです。詩は終わることなく、円環を描いて悠久の運動体となります。ここでパスのいう「石の眠り」とは、太陽のもとでの悠久の時間の経過を石に刻んだ古代人の記憶へと遡及しようとする詩人パスの、時という魔術的なものへの沈潜を意味しているのかもしれません。そして、いまも輝き続ける太陽の存在に再びめざめたとき、石の眠りから私たちは解き放たれ、古代人の「時間への陶酔」から覚醒し、時のよみがえりを実感するのです。玄武岩のモノリスは、沈黙のなかで、そのような覚醒のドラマを私たちに準備しているのかもしれません。天体の運動を石に写しながら思考しつづけた古代アステカ人たち。その想像力の系譜のなかに、賢治も、パスもいることが了解されてきます。

ところでパスには、「眼を閉じて」と題するこんな官能的な短詩もあって、彼が石を詩的な素材としてとても深く受けとめていたことを示しています。

眼を閉じて
内部から光りだす
きみは盲いた石だ
眼を閉じて
夜ごとにきみを彫る
きみは飾らない石だ
わたしたちは無限にひろがってゆく
眼を閉じて　お互いを知り合ったからには
(Octavio Paz, "Con los ojos cerrados", *Ladera Este* (*1962-1968*), México: Joaquín Mortiz, 1969, p.111. 私訳)

賢治の宇宙的感覚とはちがう、そして『太陽の石』の秘儀的《エソテリック》な含意ともちがう、より現代的な研ぎ澄まされたリリシズムがここにはあります。けれどおもしろいのは、パスがここで登場させる二つの石、すなわち「盲いた石」piedra ciega と「飾らない石」piedra franca は、どちらもじつは宝石職人が使う専門用語であるという事実です。すなわち「盲いた石」と訳したのは宝石加工の世界では「不透明な石」のことを意味し、「飾らない石」と訳したものは「容易に彫ることのできる石」という意味なのです。これらスペイン語特有の表現は、職人たちが歴史的にごくふつうに使ってきた実用的な表現でしたが、それはまるで詩語のような優美なたたずまいを示しています。「盲いた石」「飾らない石」。不透明な石や柔らかい石にそんな名をつけた宝石職人たちは、石に人間身体の特性や人格を与えることで、石と身体との分かちがたい親和性を直観していたのでしょう。パスによって、実用語がそのままみごとに詩語へと昇華されたのです。賢治の作品のなかの石もまた、それがどれほど厳密な地質学的知識に裏打ちされていたとしても、つねに同時に詩語であろうとしました。詩語であることによって、より大きな飛翔の力を手に入れようとしました。空と大地と海と内臓を結んで天翔《あまがけ》る、羽ある石の微塵運動です。

「春と修羅」には、「れいろうの天の海には／聖玻璃《せいはり》の風が行き交ひ」、とありました。「れいろう」とは「玲瓏」、すなわち宝石が透き通るように美しいさまをあらわす語であり、「玻璃」とは水晶のことでした。そう、ここには天があり海があり風があり、そこに無数の珠玉がきらめいています。これこそ賢治世界を凝縮する風景ではないでしょうか。石が、天と内臓という、外宇宙と内宇宙を結ぶ至高の物質であるのなら、私たちにとっての風景の意味も変わります。風景のなかに埋没してしまった石たちを、私たちは自らの存在を賭けてあらたに発見し直さねばならないのかもしれません。

石たちの呟きを聴く賢治

さあ、そろそろこのあたりで賢治とともにハンマーを持ち、背嚢《はいのう》を肩に負って、北上の山中へ石の採集に入ってみましょう。地層を読み、そこに露出する岩や石と対話することは、自己の内奥に秘められた種《しゅ》的な生命記憶との対話でもあり、すなわち人間的な固有の時間から離脱することでした。賢治の物語詩「楢《なら》ノ木大学士の野宿」は、赤鼻の宝石商の依頼にしぶしぶ応えて宝石学専門の大学士が蛋白石（オパール）を探しに出かけ、三晩の野宿のあいだに三つの不思議な幻想体験をして家に戻るまでをユーモラスに語った異色の作品です。この大学士は、「蛋白石のいゝのなら、流紋玻璃《りうもんはり》を探せばいゝ。探してやらう。僕は実際、一ぺんさがしに出かけたら、きっともう足が宝石のある所へ向くんだよ。そして宝石のある山へ行くと、奇体に足が動かない。（……）つまり僕と宝石には、一種の不思議な引力が働いてゐる（……）」（『全集 6』二二八頁）などと嘯《うそぶ》く、少々自己顕示の強い人物です。ですがこの人物は宝石採集の達人でもあるようで、彼もまた自分の身体と目的の石とのあいだに不思議な引力が、あるいは「親和力」といっていいような力がはたらいているような人なのです。

　この物語の白眉は、大学士が夜の野宿の最中に体験する、石や岩たちのあいだの面白おかしく、また切実でもあるような会話です。第二夜、熊出《くまで》街道の角閃花崗岩《かくせんかこうがん》の石切場にあった砕石工たちの使う笹小屋でうとうとする大学士の傍らに、私たちも忍び込んでみましょう。簡素な小屋掛けのなかには、四つの石の欠片《かけら》が炉の役目をするように転がっているだけです。するとどうでしょう。大学士のたてはじめた寝息のすぐ脇で、なにやら小さな声で物を言いあっているのが聞こえるではないですか。大学士もむくりと起きて、耳をそばだてはじめました。驚いたことに、角閃花崗岩《ホルンブレンド》の三角の石かけのひとつ「ホンブレンさま」のつぶやきにはじまり、そこに交じってその副成分たちである「バイオタさん」（黒雲母＝バイオタイト）や「プラヂョさん」（斜長石＝プラジオクレース）が議論を始めたのでした。どうやら、誰がいつできて、そこにどの石が侵入してきて、誰が迷惑しているか、といった、岩石の生成と変成、変質をめぐる数千万年あるいは数億年というような長い時間のなかの確執がそこでは問題にされているようなのです。やがて医者らしき「プラヂョさん」が、「バイオタさん」の最近の体調不良の原因を診断することになりました。ここからは賢治の物語に語ってもらうことにしましょう。


「プラヂョさん、プラヂョさん。プラヂョさん。」

「はあい。」

「バイオタさんがひどくおなかが痛がってます。どうか早く診《み》て下さい。」

「はあい、なあにべつだん心配はありません。かぜを引いたのでせう。」

「ははあ、こいつらは風を引くと腹が痛くなる。それがつまり風化だな。」

大学士は眼鏡《めがね》をはづし
半巾《はんけち》で拭《ふ》いて呟《つぶ》やく。

「プラヂョさん。お早くどうか願ひます。只今《ただいま》気絶をいたしました。」

「はぁい。いまだんだんそっちを向きますから。ようっと。はい、はい。これは、なるほど。ふふん。一寸《ちょっと》脈をお見せ、はい。こんどはお舌、ははあ、よろしい。そして第十八へきかい予備面が痛いと。なるほど、ふんふん、いやわかりました。どうもこの病気は恐《こは》いですよ。

それにお前さんのからだは大地の底に居たときから慢性りょくでい病にかかって大分軟化してますからね、どうも恢復《くわいふく》の見込がありません。」

病人はキシキシと泣く。

「お医者さん。私の病気は何でせう。いつごろ私は死にませう。」

「さやう、病人が病名を知らなくてもいゝのですがまあ蛭石《ひるいし》病の初期ですね、所謂《いはゆる》ふう病の中の一つ。俗にかぜは万病のもとと云ひますがね。それから、えゝと、も一つのご質問はあなたの命でしたかね。さやう、まあ長くても一万年は持ちません。お気の毒ですが一万年は持ちません。」


（「楢ノ木大学士の野宿」『全集　6』二五五―二五六頁）

外は月明かりの夜でした。どうやら角閃花崗岩たちの風化や、緑泥石化は進んでいるようです。石もまた、人体と同じく、時の定めのなかで変質し、老化し、ついには一個の命を終えることがあるのかもしれません。石の変成の途方もない時間が、ここでは人間の内臓器官の失調に置き換えられて語られています。賢治の物語に忍び込むようにしてこの石たちの運命の流転を垣間見た私たちは、どこかで、石たちの命と自分自身の命とが、深い生命記憶の両端でつながっているのではないか、という啓示に心打たれるのです。もちろん石の生命は悠久に近く、私たちの命はそれに比べれば一瞬のことにすぎません。にもかかわらず、私は、不思議なことに、賢治の耳が聞きとった「バイオタさん」という名の黒雲母が、自らのあと一万年という余命を告げられて「キシキシ」と泣く姿から、訳もなく、淡い勇気のようなものをもらうのです。

いずれは「そらのみぢん」へと散らばる運命にある私たちの肉体、臓器、こころ、霊魂。それらが石たちと共有する「心のなりわい」が、私の有為の魂を慰謝するからでしょうか？　私は賢治とともに、身体のなかの石を信じたく思います。天空の石も。それらの石が無時間の塊として、人間の我執と蒙昧の時をいつか浄化してくれることを願って。

石に選ばれた人々

最後に、「聖なる石」の対極にあると思われる「悪意の石」について、すなわち石が礫《つぶて》として投げられるときの呪力と悲惨とについて、簡潔に語っておくべきでしょうか。

賢治の「雨ニモマケズ」のモデルともいわれている花巻のキリスト者、斎藤宗次郎は、内村鑑三のもっとも忠実な弟子のひとりで、洗礼を受けて信仰の道に入ったためにまわりの人々からいわれなき迫害を受け、「ヤソ」と嘲られ石を投げられたと言われています。彼は親にも勘当され、花巻の小学校教師の職も奪われたのですが、雨の日も風の日も町の人びとのために祈り、簡素な新聞店を営みながら、清貧のなかで潔い信仰生活を送った人物でした。賢治はこの斎藤宗次郎から、キリストの教えの倫理的側面に関する深い思想的影響を受けています。賢治は一九二四年、自費出版した生前の唯一の詩集『春と修羅』が完成する前、その原稿の印刷ゲラまでも斎藤に見せ、感想を聞こうとしていたようです。斎藤の日記には、この詩集から受けた彼の深い感動のことも書かれてあるのでした。

死の二年ほど前に手帳に書かれた「雨ニモマケズ」は、具体的に誰のことを書いているのか不明ですが、ここで描かれた貧しくも高潔無私の人物の輪郭が、斎藤宗次郎の存在から大きな霊感を受けていることはまちがいないと思われます。であれば、「ミンナニデクノボートヨバレ」た「雨ニモマケズ」の人物がここで「石に打たれた」とは書かれていないにせよ、現実に斎藤が人々から石礫をさえ浴びたことを知る賢治は、天空と体内を結ぶ聖なる石だけでなく、この世には「礫《つぶて》」と一般に呼ばれる古い慣習として、争いや他者への仕打ち、呪詛や悪の調伏にかかわる「悪意の石」もあることを意識していなかったはずはありません。次章でも触れるように、実際、「雨ニモマケズ」が書かれた手帳の別のページには「石ヲ投ゲラレテ遁ゲル」デクノボーについてのメモもあり、この礫として投げられる石の暴力の意味をも、賢治は深く受けとめていました。

いうまでもなく、斎藤の導きをつうじて賢治も「ヨハネ福音書」をいくたびも心読していたでしょう。その第八章のよく知られた喩え話、姦淫の罪で捕えられた女が引き出されてきたときに、イエスが「罪なき者まづ石を擲《なげう》て」と言って律法学者たちの慢心と人間の罪深さを説いた話は、賢治の胸にも響いていたかもしれません。モーゼの律法の命ずる「石打ち」の刑の欺瞞は、他者を石打ちする資格を持った、罪から自由な人間など誰もいないことを静かに告げるイエスによって、みごとにあばかれていたのです。(「ヨハネ福音書」を後世の人間に伝えたイエスの十二使徒のひとり聖ヨハネは、迫害され島流しにあったパトモス島で黙示録的幻想を見たとされ、賢治の「銀河鉄道の夜」の主人公ジョバンニ(ヨハネのイタリア語名)として童話のなかに造形され、彼のもっとも重要な分身へと転生しています。)こうした、世界に普遍的にみられる「石打ち」や「礫」の慣習への深い理解を心の奥底に沈めて、賢治は「石」との共感・共苦の物語を書きつづけたにちがいありません。
人間は、石にはそれ自体呪力があると考えてきました。したがって石を投げるという行為も、他者への仕打ちとして刑罰化される以前から、呪術的な意味を担わされていました。盛岡中学の二年次、賢治が学校の生徒八〇名ほどで岩手山に登山した明治四十三年（賢治一四歳）の作といわれるこんな短歌があります。

石投げなば雨ふるといふうみの面はあまりに青くかなしかりけり

（『全集　3』三三頁）

青く幻想的な色に沈む岩手山の火口湖を前に、みずうみに石を投げたら雨が来るという古来の伝承について賢治が思いをめぐらせている歌です。湖や池に石を投げると雷雨が来るという言い伝えは、いまも日本全国に広く見られます。さらに「雨降石《あめふりいし》」という傘のようなかたちをした大石も各地にあり、これは雨乞いのために拝まれたり叩かれたりしました。さらに不思議なのは「天狗礫《てんぐつぶて》」と呼ばれるもので、これは空から石が突然降ってくるという怪異現象を指しています。何かの予兆を知らせるためのものだったのでしょうか。天狗礫の石は不思議な石で、当たってもけっして傷にならず、また地面に落ちると消えてしまうとも言われていました。東北の民俗世界を深く生き抜いた賢治は、このような石の不思議な意味作用についてもきっと深く考え抜いた人だったでしょう。

こうしたすべての民俗学的な智慧や伝承は、「石投げ」や「礫」の習慣が、呪術的な身振りとして私たちの無意識を律していることを示しています。それは悪意や邪意だけを示す道具ではなかったのです。あるいはこうもいえるでしょう。石を持って打たれたとしても、それはけっして無情だけを意味するのではなく、礫がおのれの肉体を叩くその痛苦のなかにこそ、石の恩寵へと開かれてゆく契機もまた存在するのだ、と。

本章の冒頭で述べた石牟礼道子さんは、彼女の幼少期である昭和のはじめ頃、水俣の家の前に「じょろり」（＝浄瑠璃）などとも呼ばれた三味線や琵琶を持った流浪の芸能者たちがやってきて芸を披露した想い出を印象的に書いています。こうした放浪する芸能者を迎える世間の目は、しかし優しさや好奇とともに、民衆特有の苛烈ともいえる悪意や差別をも含むもののようでした。「粟《あわ》もろて、棒竹もろて、石もろて、雨雪もろて暮らすも一生」。石牟礼さんは、物悲しい三味線歌や琵琶歌の歌い手たちの心持ちを、こんなふうに聞きとっています。じっさいに、こうした旅芸人たちが石をもって打たれ、追い払われる現場を、石牟礼さんは目撃してもいたのでした。彼女は『魂の秘境から』でこう書きとめています。

村の子どもは琵琶弾きどんたちを見ると、「かんじん（勧進。物乞いの意味）、かんじん」と囃し立てて石を投げることもあった。つぶては「しんけいどん」にも、助けに入る孫娘のわたしにも飛んできた。そのころから、わたしは自分自身のことも、魂の遠ざれきをする「失《う》したり者（いなくていい者）」の勘定に入れるようになったのである。

（「流浪の唄声」『魂の秘境から』二〇五頁）

あの、熊本城の石垣の出来栄えを自慢しながら石の年齢について語る父親の想い出の対極にある、もうひとつの「石」にまつわる痛ましい挿話です。ですが、この文章は「かんじん」の人々の哀しき風景だけを描いたものではないのです。神経を病んだ祖母（「しんけいどん」と呼ばれていた）の世話をし、祖母の放浪癖にもつきあいながら成長した孫娘には、魂がこの世から彷徨い出る「遠ざれき」の資質もまた、自然にそなわっていました。その意味で、無邪気な子供たちから芸能者が礫を投げられるときの石は、石牟礼さん自身の身体をも容赦なく打ち叩いていたにちがいありません。けれども繰り返すように、それこそが、石というものの深い消息でした。鋭い共感覚のなかで礫に打たれていた石牟礼さんは、そのとき「石の粉でざらざらにすり切れた父の手」をも、たしかに感じることができたのです。聖なる石と悪意の石はここで奇蹟のように重なります。

石に選ばれた人。その恩寵と、その深い業果とに。

私はいま、糸魚川の海岸でむかし拾った翡翠《ひすい》の小さな原石を手に握り、その淡い緑のわたつみを見つめながら思います。私たちは、宮沢賢治から石牟礼道子へといたる、石に選ばれた人の消えかける系譜を、未来のためにこそ再発見しなければならない、と。

V――愚者たちの希望　〈デクノボー〉について

土偶坊《でくのぼう》
ワレワレ〈ハ〉カウイフ
モノニナリタイ

――宮沢賢治「雨ニモマケズ手帳」
（＊ルビは引用者）

理想自我としての「虔十」

「虔十《けんじゅう》公園林」。賢治二七歳の一九二三年には書かれたとされ、死の翌年一九三四年に発表されたこの童話は、賢治の究極の理想自我を、まわりから馬鹿にされ「少し足りない」主人公の青年虔十に託して描いた物語であると考えられてきました。賢治の生きていた時代、虔十のような、純朴で少し頭の弱い青年は村にかならず一人ぐらいはいて、陰で笑われつつも、どこかで共同体の一部に柔軟に組み込まれ、家庭や村人と一体となった生活の場を与えられていたものでした。

日本では「烏滸《をこ》の者」などとも呼ばれ、笑いによって神と人とを媒介しながら世に平安をもたらす愚者たちの伝統もありました。ですが、そのような「徴《しるし》つき」の存在が、現代の都市化した社会システムが合理的に採用した福祉制度によって「障害者」として日常空間から隔離され、保護と治療の対象へと囲い込まれてしまったいま、「虔十公園林」というこの短い、哀しくも愛すべき掌篇を私たちはどう読むのでしょうか？

虔十の特徴がなによりもまずその天真な「笑い」にあることを、物語は冒頭でこう印象的に語ることから始まります。

虔十《けんじふ》はいつも縄の帯をしめてわらって杜《もり》の中や畑の間をゆっくりあるいてゐるのでした。

雨の中の青い藪《やぶ》を見てはよろこんで目をパチパチさせ青ぞらをどこまでも翔《か》けて行く鷹《たか》を見付けてははねあがって手をたゝいてみんなに知らせました。（……）風がどうと吹いてぶなの葉がチラチラ光るときなどは虔十はもううれしくてうれしくてひとりでに笑へて仕方ないのを、無理やり大きく口をあき、はあはあ息だけついてごまかしながらいつまでもいつまでもそのぶなの木を見上げて立ってゐるのでした。

（「虔十公園林」『全集　6』四〇三頁。改行一部省略）

この冒頭を読むだけで、私たちは自分の口もとにも柔らかな笑みがこぼれはじめることにきっと気づくでしょう。そう、私たちはどこかで、この虔十のような人物のことを懐かしく憶えているのです。けれどそれは自分自身の個人的記憶としてではありません。私たちのいまをつくりなす共同体が、過去に経験してきた長い集団的な記憶による、無意識の呼びかけとしてです。虔十のような存在を自分は知っている、そのような存在から慎ましやかな幸福感を受けとめたことがある――そうした遠い集団的記憶の彼方にゆらめく不思議に深い実感を、私たちはいまとりわけ忘れてはいけないのではないでしょうか。

雨や風や青空を飛ぶ鳥たち、すなわち自然界の生き生きとした動きにするどく感応して、その美しさや面白さに純粋に喜び、そうした行動によってまわりの人々に幸福な笑いをふりまいてゆく虔十。このような「無垢の人」の存在こそが、じつは私たちがまわりの世界と人々を受けとめて生きるときの柔軟で多様な知恵を背後で支えていました。賢治はこの物語の冒頭部分で、虔十の心に寄り添うようにして、「うれしくてうれしくて」とか「いつまでもいつまでも」とかいった繰り返しの表現を意図的に使っています。虔十の内部にある純粋無垢な心持ちの静かな昂揚感を、読者に向けて強調したかったからでしょう。

口を大きく開けて笑っていたので、遠くから眺めるといつも欠伸《あくび》をしているように見える虔十を近所の子供たちはばかにしていました。けれどもある日突然、虔十は親に向かって、家のうしろの野原に杉を植えたいので「杉苗七百本、買って呉《け》ろ」と頼みます。家の者に言いつけられるままに水を汲んだり畑の草取りをするだけだった虔十が、はじめて自分から頼みごとをするのに感激した父は、大量の杉苗を買ってやります。運動場ぐらいの広さのある、家の裏の荒れた草地。土壌は固い粘土質で、まわりの人々はそんなところに杉を植えるのは馬鹿だといって嘲笑しますが、虔十は少しも気にかけませんでした。人々の非難をよそに、虔十によってじつに間隔正しく植えられた杉苗はゆっくりと生長し、その緑色の芯を空に向かって伸ばしていきました。ある百姓に、そろそろ杉の下枝を打ったほうがいいといわれた虔十は、山刀を持ってきてきれいさっぱり下枝を払います。「濃い緑いろの枝はいちめんに下草を埋めその小さな林はあかるくがらんとなってしまひました」と賢治は書いています。いっぺんにぽかんと明るくなった杉林は、なんだか笑いたくなるような不思議な開放感を見せていたのです。虔十の人格が林にも乗り移った瞬間でした。

するとその翌日、驚くべき出来事が起こります。

あっちでもこっちでも号令をかける声ラッパのまね、足ぶみの音それからまるでそこら中の鳥も飛びあがるやうなどっと起るわらひ声、虔十はびっくりしてそっちへ行って見ました。すると愕《おど》ろいたことは学校帰りの子供らが五十人も集って一列になって歩調をそろへてその杉の木の間を行進してゐるのでした。全く杉の列はどこを通っても並木道のやうでした。それに青い服を着たやうな杉の木の方も列を組んであるいてゐるやうに見えるのですから子供らのよろこび加減と云ったらとてもありません、みんな顔をまっ赤にしてもずのやうに叫んで杉の列の間を歩いてゐるのでした。

（同書、四〇七頁。改行一部省略）

杉の列には、すぐさま「東京街道」とか「ロシヤ街道」「西洋街道」といった名前がずんずんつけられていきました。虔十は大喜びで、あいかわらず口を大きく開けて笑っていました。毎日子供たちがやってきました。雨の日以外は。でも子供たちがやってこなくても、虔十はこの杉林のかたわらにいると幸せに感じるのでした。

その日はまっ白なやはらかな空からあめのさらさらと降る中で虔十がたゞ一人からだ中ずぶぬれになって林の外に立ってゐました。

「虔十さん。今日も林の立番だなす。」

簑《みの》を着て通りかゝる人が笑って云ひました。その杉には鳶《とび》色の実がなり立派な緑の枝さきからはすきとほったつめたい雨のしづくがポタリポタリと垂れました。虔十は口を大きくあけてはあはあ息をつきからだからは雨の中に湯気を立てながらいつまでもいつまでもそこに立ってゐるのでした。

(同書、四〇八頁)

「いつまでもいつまでも」と、ここにも繰り返しが出てきます。人間の日常の時間を超えるはるかな時、素朴でゆたかな感情が人々へと伝染して空間に拡散されてゆくときの永遠のような時が、こうした繰り返しの表現によって示唆されているのかもしれません。そして、杉の濃い緑色の枝さきから「すきとほったつめたい雨」がポタリポタリと垂れてくる恩寵のような光景も印象的です。私はふと、「銀河鉄道の夜」に登場する銀河の祭で、子供たちがモミやナラの枝に包まれて光る街灯の下を走りながら「ケンタウルス、露をふらせ」と叫ぶ声をここに連想してしまいます。賢治の造形したジョバンニもカムパネルラもザネリも、虔十の傍らにいる分身のような存在だということが直観されるからです。

物語の結末はこうです。普段から虔十を嘲笑していた平二が、背の高くなったこの杉林によって自分の畑が日陰になったといって、虔十に杉林を伐るように迫ります。日陰といっても五寸ほどで、むしろ林は南から来る強風を防ぎ、畑にとっては役に立っているのでした。虔十はこのいわれのない非難にだまって下を向いていましたが、やがて「伐らなぃ」!、と泣き出しそうな表情で答えるのです。虔十の生涯でたった一度だけの、人に対する逆らいの言葉でした。怒った平二は虔十をどしりどしりとなぐりつけ、虔十はだまってなぐられるままにしていましたが、やがて平二も気味が悪くなったようで、腕を組んだまま霧の中へ立ち去っていったのです。この出来事が直接のきっかけになったわけではありませんが、その年の秋に虔十も平二もチブスで死にます。けれど子供たちはあいかわらず林に毎日集っては遊んでいました。

それから二〇年ほどもたって、村はすっかり町になります。停車場ができ工場ができ、田畑は潰れて家が建ちました。けれど虔十の林だけは、そのまま残っていました。土地を売るようさかんに迫られたのですが、虔十の親は年老いてもこの林だけは虔十の形見だからといって、決して売ろうとしなかったのです。そしてある日、その村の出身でアメリカの大学の教授になっている博士が一五年ぶりに故郷を訪ねたのです。小学校を訪問し、その足で昔遊んだ虔十の林に行き、それがすっかりもとのままで守られていることを知り感激します。いまは、学校の付属の運動場のようになって、あいかわらず子供たちがそこでにぎやかに遊んでいたのです。この林をつくった虔十のことを思い出した博士はこう言います。

　ああさうさう、ありました、ありました。その虔十といふ人は少し足りないと私らは思ってゐたのです。いつでもはあはあ笑ってゐる人でした。毎日丁度この辺に立って私らの遊ぶのを見てゐたのです。この杉もみんなその人が植ゑたのださうです。あゝ全くたれがかしこくたれが賢くないかはわかりません。

（同書、四一一頁）

　こうしてこの林には、博士によって「虔十公園林」という名がつけられていつまでも保存されることが決まり、その名を彫った青い橄欖岩《かんらんがん》の碑が建ったのです。

口を開けていつもはあはあ笑っているみかけの異様さによって、どれほど人から蔑まれようと、虔十の天真爛漫な笑いが、ついには人間のあいだに起こるであろうこわばりや摩擦を、不思議な力によって浄化していった歴史がここで回想されているのです。「少し足りない」こと、すなわち一般には「愚かさ」と見えるもののなかに隠された、物事を見抜く力。常識的で日常の効用だけを考える賢《さか》しさや怜悧《れいり》さによっては決して達成されないある僥倖。そんな聖なる愚者ともいうべきこの主人公が、「賢治」を少し変形させた「虔十」という名であることには、深い含みがあると考えられるでしょう。

賢治は童話を通じて多くのデクノボー的な存在を造形しました。「よだかの星」のよだか、「気のいい火山弾」のベゴ石、「祭の晩」の山男、「猫の事務所」のかま猫……。こうした、まわりから軽蔑され嘲笑される存在のなかでも、この「虔十」は賢治童話におけるデクノボー類型としてもっとも凝縮され純化された形象だといえます。しかもそれは、もっとも賢治自身の存在に近い、ほとんど自己と連続した、あるいは自己の理念形態と連続した形象として、「そうありたい」という深い希求の念とともに語られています。その分身のような存在に、賢治は「虔十」という特別の名を与えたのです。「虔」は慎み深いこと、そして「十」は仏教でいう菩薩が人びとを救うために使う智力である「十力《じゅうりき》」のことをきっと暗示しているのでしょう。

そしてそれはまさに賢治自身の分身でした。生成りの布表紙に帽子姿の男の子とマント姿の少女が手をつないでいる絵柄が刻印されているため「兄妹像手帳」と呼ばれている手帳（賢治が一九三一年七月頃に使用していたもの）があります。その一九頁に、自署のような筆記体で“Kenjü Miyazawa”あるいは“Kenjy Miyazawa”などと少し綴りを変えて自分の名を記していることからみても、「虔十」という名に賢治が自己像を投影させようとしていたことは疑いないと思われるのです。

デクノボーという未知の思想

「虔十公園林」でもっとも凝縮した物語として語られた賢治の「デクノボー」とは、どのような内実を持った存在なのでしょう？　私たちが「愚かさ」を否定し、「賢さ」に特権を与える常識的な二分法がまったく的外れであることは、先の「博士」の言葉からもあきらかです。さらに一歩踏み込めば、賢治によるデクノボー的形象は、「愚かさ」そのもののなかにこそ守られているある資質としての「智慧」を信じようとするときの手がかりだとも言えるかもしれません。その考えは、差別される愚者への感情移入という心理的側面がまったくないわけではありませんが、それ以上に、知性というものを本質的に謙虚で慎ましいものとしてとらえる一つの倫理意識の表明でもありました。こうした考え方は、じつはとても古くからあるものでした。中世ドイツの神学者・哲学者ニコラウス・クザーヌスの「無知の知」docta ignorantia という概念はよく知られています。自然界に内蔵された叡知の完全性と比べたとき、人間の能力はきわめて限定的なものにすぎません。そして、人間における真の知性とは、おのれ自身に内在するこの無知を正しく認識することからはじまるのだ、とクザーヌスは考えたのです。ここから「無知の知」あるいは「知ある無知」という思想が生みだされてきたのです。とても独創的な発想です。

一方、近代の精神医学において語られる「イディオ・サヴァン」idiot savant と呼ばれる症例のあり方も知られています。イディオ・サヴァン、すなわち「賢い痴愚」は、ダウン症の発見者でもあるイギリスの医師ジョン・ラングドン・ダウンによって名づけられた症例で、いまは「サヴァン症候群」などともいわれますが、これは精神障害をもちながらも、記憶力や再現力など、特定分野において突出した能力を発揮する人のことをふつう指しています。この原因については諸説さまざまで、脳の器質に由来するとする神経学的な説明もあれば、自閉症障害をもつ者が特異な細部認知能力を持つ傾向があるというように心理学的な理由を求めようとする考えもあります。そしてこうした発想の延長線上に、「虔十公園林」の隠されたメッセージを読み直そうとする解釈も最近はあるようです。すなわちこの賢治童話は、特異な能力を持った知的障害者を主人公に据えて、福祉の名を借りた社会的な隔離ではなく、障害者と健常者がともどもあるがままに、健全な交流と共生的な社会参画を達成するという新進思想を先駆的に示したのだ、という評価です。

しかしこうした発想は、賢治童話のメッセージを、現代の「社会福祉」と呼ばれているものの実践的・制度的な理念にあまりにも引き寄せすぎているように私には思われます。こうした常識的なヒューマニズムに立った「公正性」や「社会正義」の考えかたは、結果として、愚者であるという存在論じたいに特別の意味が与えられてきた人間の集合的な歴史を、古く時代遅れのものであるとしていたずらに否定し、愚者であることの特性そのものを過小評価してしまう傾向にあるように感じられるからです。現代の人道主義は、人間の生命の平等性や尊厳にもっとも重要な価値を置くことで、結果として、そうした人間中心主義的な「わたしたち」の世界の論理と秩序の中に、すべての存在の意味を囲い込んでしまう嫌いがあるのです。けれども、たとえば「幸福であること」の定義はヒューマニズムが信じるものだけとは限らないかもしれません。人道主義の非常に難しい隘路がここにあります。賢治はだからこそ、「デクノボー」を人間だけでなく、鳥や猫といった生命体、あるいはときに石のような無生物すらも媒介にして描こうと努めたのです。

私はここであらためて、「虔十公園林」において、虔十が賢治自身の理想自我そのものであったことに注目してみたいと思います。いいかえれば、賢治の描く「デクノボー」が私たちに示唆するメッセージとは、ノーマルな世界からの「デクノボーの認知」の問題ではなく、ノーマルな世界を離れて「デクノボーになること」の希求だったと考えてみたいのです。それは弱者の認知や弱者との共生などといった主題ではまったくなく、みずから「愚者に転生する」という、困難かつ壮大な意思にかかわる問題です。私には、むしろそう考えなければ、賢治の「デクノボー」はずいぶんと狭い、常識的な理解のなかに収まってしまうように思えるのです。「デクノボー」とは、いまだに私たちの理解を拒む大いなる「謎」であり、未知の「思想」なのではないでしょうか?

虔十の杉林が未知の「思想」の萌芽であることを考えるために、『春と修羅』に収録された、その名も「林と思想」と題された短い詩はとても示唆的です。

そら　ね　ごらん
むかふに霧にぬれてゐる
蕈《きのこ》のかたちのちひさな林があるだらう
あすこのとこへ
わたしのかんがへが
ずゐぶんはやく流れて行つて

みんな
溶け込んでゐるのだよ
こゝいらはふきの花でいつぱいだ

（「林と思想」『春と修羅』『全集　1』一〇四頁）

「虔十公園林」が清書されたとされる年の前年に書かれた詩です。私には、この「蕗のかたちのちひさな林」は、緑の枝のふくらみをそなえてきれいに並ぶ、あの虔十の杉林の先駆的イメージであるように思われます。「虔十公園林」にも「濃い緑いろの枝はいちめんに下草を埋めその小さな林はあかるくがらんとなって」とあったことは、さきほど述べました。一息で書かれたような、とても短い詩ですが、この「ちひさな林」のなかに、賢治の考えが流れていって溶け込んでいるのだ、という事実が簡潔に語られているのです。人の思想とは、大げさな理念として言語表明されるようなものではなく、すでに蕗のかたちをした林のなかで、霧にぬれた枝々や下草やふきの花とともに呼吸しているような、そんな可変的スピリットであると賢治はここで宣言しているように私には思われるのです。

林に流れ込み、その中に溶け込んでゆく思想。木々を育む大地へと飛散してゆくデクノボーのヴィジョン。杉の木を植えることで大地の倫理を再設計しようとした虔十こそ、この「デクノボー」と呼ばれるひとつの特異な思想の探究者だったとは言えないでしょうか。「このからだそらのみぢんにちらばれ」と賢治は「春と修羅」で書きましたが、賢治の「空」が鉱物や地層の比喩を通じてヒトの内臓感覚にまで連続していることをすでに見てきた私たちにとって、この言葉は「このからだ大地のみぢんにちらばれ」と言い換えても一点の誤りもないでしょう。そして「虔十公園林」の虔十は、デクノボーとして、自らの思想を笑いとともにこの大地に植えつけようとしたのです。賢治を刺戟的に論じた見田宗介も、「じっさいに〈デクノボー〉とは、大地のみじんにちらばる様式にほかならなかった」(『宮沢賢治　存在の祭りの中へ』)と示唆的に書いていました。

賢治の理想自我としての「デクノボー」。けれどそれは倫理的なモデルであるという以上に、究極的には叶えられないユートピアというべきかもしれません。私たちが人間であるかぎり獲得不可能な意識、霧のような微塵でなければ到達不可能な場所。「デクノボー」とは、「ちひさな林」のような場所に自らの思想を流し込み、溶け込ませ、それによって人間的な狡知から解放されて、世俗の外部にある豊かな「愚」を生きるための、夢のような意識体なのだといえるでしょう。

「木偶のぼう」と「デクノボー」の距離

ここであらためて出発点に戻り、賢治が実際に彼自身のテクストに「デクノボー」と書いた事例を具体的に検討してみることは重要です。なぜなら、多くのデクノボー類型を創作のなかで描き出した賢治でしたが、「デクノボー」という語そのものが現れるのは、彼が遺した現存するすべての原稿のなかで、わずかに三箇所を数えるだけだからです。

そのうちのもっともよく知られた事例は、いうまでもなく、一九三一年の後半に使用されたと思われる黒皮の手帳（一般に「雨ニモマケズ手帳」と呼ばれている）のなかにあらわれる「デクノボー」です。「雨ニモマケズ」として知られる書きつけ（これは「詩」というよりは、人徳を褒め称える「頌《しょう》」、ないし仏教的な「偈《げ》」の一種であると考えた方が当たっているでしょう）のなかに、まさに賢治の理想自我を示すテーゼのようなものとしてそれは登場します。そこにはこんな表現がありました。よく知られているものなので、途中からごく断片的に挙げてみましょう。「慾ハナク」「決シテ瞋ラズ」「イツモシヅカニワラッテヰル」「ヒド［デ］リノトキハナミダヲナガシ」「サムサノナツハオロオロアルキ」「ミンナニデクノボートヨバレ」「ホメラレモセズ」「クニモサレズ」「サウイフモノニ」「ワタシハナリタイ」。

この書きつけと、賢治がその思想に帰依していた『法華経』、とりわけそのなかの「常不軽菩薩品《じょうふきょうぼさっぽん》」との深い連関／照応についてはすでに多くのことが語られてきました。常不軽菩薩とは、誰をも軽蔑せず、誰にたいしても礼拝し、無知だとしてののしられ石を投げられても決して怒ることなく、万人の罪を浄化しようとした比丘（修行僧）です。たしかに「雨ニモマケズ手帳」の別の頁には、あちこちに「南無妙法蓮華経」と大書されていて、死を強く意識していたこの時期の賢治の心中を占めていたものが何だったかを直截に語っています。そして自己の理想像を超える、万人にとっての究極の目標としての「デクノボー」への言及が、この同じ手帳にもう一度あらわれます。「雨ニモマケズ手帳」の七一～七二頁には「土偶坊《でくのぼう》」なる劇の構想メモと思われる書きつけがあるのですが、その冒頭にはこうあるのです。

土偶坊
ワレワレ〈ハ〉カウイフ
モノニナリタイ

（「雨ニモマケズ手帳」『全集　10』五五頁）

ここではカタカナ書きでなく漢字で「土偶坊」とありますが、これが「でくのぼう」と読まれるべき語であることはまちがいありません。ここでは、主語が「ワタシ」ではなく「ワレワレ」となっていて、「デクノボー」への同化の願いは、個人的な希求を超えて、人間の究極の目標として集合的に理念化されているように思われます。劇の構想メモには、「青年ラ　ワラフ　土偶ノ坊　石ヲ　投ゲラレテ遁ゲル」ともあり、人々に嘲られても信を曲げなかった常不軽菩薩への帰依に立った賢治の宗教的な信条の発露をここに読みとることは難しくないでしょう。

しかし私は、賢治の「デクノボー」への心的傾斜を、『法華経』の『影響』とか「感化」とかいった枠組のなかで考える通説からここで一旦出てみたいと思うのです。というのも、賢治の遺稿の中にもう一つ登場する「デクノボー」が、一見まったく対照的なかたちで詩のなかに出現する事例があるからです。そこには、ほとんど一切の宗教性は感じられません。「雨ニモマケズ」よりも四年ほど前に書かれたこの断片的な書きつけにおける「デクノボー」は、「木偶のばう」と表記されていますが、それは理想的な自己像とはむしろ正反対にみえる、唾棄すべき他者のようなものとして厳しく対象化されて登場するのです。
この「雨ニモマケズ」に先行する「木偶のばう」は、こんな短い詩の断片のなかに出てきます。

えい木偶のばう
かげろふに足をさらはれ
桑の枝にひっからまられながら
しゃちほこばって
おれの仕事を見てやがる
黒股引の泥人形め
川も青いし
タキスのそらもひかってるんだ
はやくみんなかげろふに持ってかれてしまへ

（〔えい木偶のばう〕「詩ノート」『全集　2』二〇七頁）

タキスとは土耳古《トルコ》石のことで、空の青色を描写するときの賢治の常套比喩ですが、ともかくこの詩におけるデクノボーは、驚くほど他者化され、ほとんど忌避されているようにも感じられる描写として登場しています。まず「えい」とは、とても激した呼びかけです。この「木偶のばう」は陽炎のなかでゆらめき、桑の枝にひっかかったようになって、じっと身構えながら、黒い股引《ももひき》をはいた泥人形のようになって、賢治のしごと（農作業）を見つめているようです。そして賢治は最後に、おまえたちみんな陽炎に持ってかれてしまえ、と突き放しています。これは疑いなく、得体のしれない異物として語られたデクノボーであるといっていいでしょう。

賢治はこの詩を書く一年前の一九二六年春、花巻農学校を辞して、花巻の下根子桜《しもねこざくら》にある宮沢家別宅で独居、自炊生活を始めていました。彼はそこで農耕を通じて真の「地の人」になろうとし、まわりの青年たちを集めて「羅須《らす》地人協会」を設立し農民芸術を論じはじめます。けれど、農民の中へ入って行こうと開墾し畑を耕しはじめた彼の百姓生活を、近隣の農民たちは冷ややかな目で見ていたともいわれています。そうした背景のなかで、この詩における「木偶のばう」はこれまで、近所の小作農民たちが賢治を見つめるときの冷淡な視線を表象したものと解釈されてきました。

けれども、この詩が書かれた四年後に、あらたに「雨ニモマケズ手帳」において渾身の希求の念とともに描かれた理想自我としての「デクノボー」像が出現するのだとすれば、このあいだのはげしい落差を私たちはどう理解したらいいのでしょう。賢治の心の変節によって、デクノボーに新しい意味、まったく正反対の価値が与えられた、ということでこの落差の示す謎をやり過ごしてしまってもいいのでしょうか？

「えい木偶のばう」と賢治が書きつけた頃、時代は農村の疲弊を経験し、そうした状況を乗り越えるための社会主義やキリスト教に立脚した思想的な農村運動も各地に芽生えようとしていました。そのような時代の下では、長い歴史のなかで同じように暮らしてきたと思われる素朴な農民たちもまた、大きな社会的変容の嵐にさらされていたのです。そのなかで賢治が「おお朋だちよいっしょに正しい力を併せ　われらのすべての田園とわれらのすべての生活を一つの巨きな第四次元の芸術に創りあげようでないか……」と書き、それにつづいて「まづもろともにかがやく宇宙の微塵となりて無方の空にちらばらう」(「農民芸術概論綱要」『全集　10』二四―二五頁)と呼びかけたのは、農民の日常生活を芸術の域まで高めることによって、人間の精神を自然界に交通させる新たな方法論に大きな夢を抱いたからでした。やや哲学的な言い方をすれば、賢治は「農民」というものの「存在論」(存在の意味、そのあり方への視点)を変えようと考えていたのです。

だとすれば、そんな賢治を冷ややかな目で見ていた当時の農民がいたとしても、彼らがここでいう「木偶のばう」そのものだというわけではないでしょう。むしろ、ここでの「木偶のばう」は、新たな可能性の萌芽を内に秘めた農民として、賢治の様子をじっとうかがいながら、彼の思想と行動の行く末を見定めようとしている、ある未知の力のようなものだと想像することはできないでしょうか。農民の愚鈍にすら見える精神のなかに隠されてある別種の飛躍の力、浸透の力、この「木偶のばう」の影のような揺らぎの力は、この詩で描かれているように、陽炎や桑や泥や川やターコイズ色の空と深い親縁性を示しています。自然の理法の傍らで生きる農民は、そんな変容の力に近づく資質をもっている。賢治はここで、農民の内に感知される「木偶のばう」にいまだ同化しえない自分への迷いを感じ、その自己嫌悪に近い感情が強い言葉として吐露されているのかもしれません。

農民から受け入れられない自分がいる一方で、突き放そうとしても突き放せないデクノボーの呪縛、いや魅惑が、賢治の内面に襲いかかっているのです。デクノボーはこうして、賢治にとってまず不気味な、けれども同時に魅惑的な他者としてあらわれてきたのです。賢治の地人としての無意識につよく働きかける者たちとしてです。やがてそれは賢治のなかで、未知なるデクノボーの世界への深い関心へと移行し、ついにはその世界と一体化したいという希求へと進化していったのかもしれません。その意味で「えい木偶のばう」の詩は、「雨ニモマケズ」で理念化された「デクノボー」が生まれてくる先駆形として、落差ではなく、屈折を含み込んだ連続性のなかにとらえるべき形象であるようにも思われるのです。

「幼年期」と変身の夢

賢治が両義的な書きかたで意識したこの「木偶《でく》のばう」。桑の枝に絡まってじっと賢治の挙動を観察しているこの不思議な泥人形のような精霊の姿をあらためて想像したとき、私はそこに、ヴァルター・ベンヤミンが幼少時代の記憶のなかからとりだした異様な形象「せむしの小人」の姿が不意に重なってしまうのを打ち消すことができません。一九世紀末のベルリンに生まれ育ったこのユダヤ系思想家は、賢治よりわずかに四年年長の、まったくの同時代人でした。ベンヤミンの書き残した謎めいたテクスト群の示す特異な思想的直観力は、私に、どこか宮沢賢治をいつも連想させます。そのベンヤミンが印象的に回想する精霊「せむしの小人」とは、こんな幼少時の記憶のなかに登場してきます。

まだ幼い子供だった頃の私は、散歩に連れていってもらうと、地面にある鉄格子の隙間から、よく家々の地下を覗き込んだものだった。(……)私は、地下室の天窓から、カナリアなりランプなり住人なりの影を盗み見ることができないかと思ったのだ。昼間それがうまくいかなかった日には、ときおり、夜になってからしっぺ返しを食らうことがあった。夢のなかで私のほうが、そうした地下室の小窓からこちらを狙っているまなざしに、捕えられたからである。それは、とんがり帽子をかぶった小人の精《グノーム》たちの視線だった。

(ベンヤミン「一九〇〇年頃のベルリンの幼年時代」『ベンヤミン・コレクション 3：記憶への旅』浅井健二郎編訳、ちくま学芸文庫、一九九七、五九三―五九四頁。一部改訳、以下同)

「一九〇〇年頃のベルリンの幼年時代」というテクストは、ベンヤミンがベルリンという大都会のブルジョア家庭における自らの幼年期の記憶の根源をたどりなおしながら、本来ならば言語として再現できない領域に消えてしまった感覚的記憶を、モノの質感や事物との身体的関係の痕跡を手がかりにしてことばの領域に呼び戻そうとした、とても興味深い回想録です。その、記憶の最深部に姿を現す不思議な小人の精霊。それは、ベンヤミンの子供としての無垢、その無意識に働きかける力を持ちつつ、成長と言語の獲得によって姿を消してしまう、「幼年期」そのものの形象でもありました。ベンヤミンはつづけて書いています。

「ぶきっちょさんからよろしくってよ」。私が何かを毀《こわ》したり、つまずいて転んだりすると、母は私にいつもそう言うのだった。そして、いまになって私は、母が何のことを言っていたのか理解できるのである。母が言っていたのは、私を見つめていたあのせむしの小人のことだったのだ。（……）小人が現われるたびに、私はへまをした。物たちはそんな私から逃れていき、ついには、庭も、私の部屋も、ベンチも、年を追うごとに小さくなってしまった。（……）けれども、彼、この灰色の後見人は、私が自分を似せようとしたすべての物から、忘却の半分を取り上げていっただけであって、そのほかには、私に何をしたわけでもなかった。（……）そんな彼が私の許を去ってから、もうずいぶん長い時間が流れている。だが、彼の声はいまも、ガス灯の焔の燃えるかすかな音のように、世紀の敷居をこえて私の耳にあの言葉をささやきかけてくる——「かわいい子供よ　お願いだから／せむしの小人にも　祈っておくれ！」

（同書、五九五—五九七頁）

母が謎めかして幼児ベンヤミンに告げたこの「ぶきっちょさん」が、せむしの小人の姿をした精霊であることを、ベンヤミンは直観していきます。まだ、周囲に広がりはじめた現実世界にたいして違和感を感じている幼児は、しばしばなにかにつまずいて転んだり、物を壊したり、と愚かな失敗を重ねます。その理由は、子供がまだ「ぶきっちょさん」つまり「せむしの小人」につきまとわれているからなのです。その精霊は「灰色の後見人」として、子供である彼をたえず見つめ、彼に「自分を忘れないで」という祈りの歌を歌いかけていました。幼少の記憶が消えかける哀しみの根源にいるのが、この「せむしの小人」にほかなりません。

この「せむしの小人」とはいったい何者なのでしょうか？　幼年時代とは、ある決定的な「別れ」が生ずる時期です。田舎の者であれば家のまわりの自然、都会育ちであれば家の中の家具たち、そうした周囲の事物に内在的に溶け込み、いまだなにも対象化することのなかった霧のような幼年期の意識。ですが子供は、言語の獲得とともにその霧のような世界と決別していきます。自分を包み込んでいた世界、自分自身をそれにそっくり似せ、擬態し、その内部に隠れ、自分と一体化しようとしていた木や森や川、机やカーテンや庭のベンチ。けれど成長とともに、子供はそうしたものからどんどん離れていきます。この別れのたびごとに、世界は明確に対象化され、言語的な理性が頭をもたげてきます。すると面白いことに、子供の身体が大きくなり、それに対応するように、親しかった事物たちは小さくなっていくのです。かつて自分を包み込んでいた巨大にも思えたミクロコスモス。ベンヤミンでいえば、例えば丸テーブルの下の内在宇宙。そこに隠れ、「せむしの小人」の気配を感じながら戯れていた無垢と無時間は、小人とともにどこかに消えていき、それらのモノはすっかり小さくなって単なる「テーブル」に落ち着いていったのです。未分化な想像力の飛翔も、もはやそこでは起こりえなくなりました。

幼少時に感じとっていた豊かな「世界」の触覚的な質感は、大人がふたたび現実のありようを全体的に理解し直そうとしたとき、何の助けにもならないのでしょうか？　言語によっては捉えきれない、この、子供がことばを獲得する前に生きていた世界を、「せむしの小人」の記憶が甦らせてくれることはないのでしょうか？　それがベンヤミンの探究にかかわる問いでした。

「インファンティア」infantia という概念があります。それはいまではあっさりと「幼年期」と訳されることも多いのですが、もとをたどれば"in＋fant"すなわち英語なら"not + speaking"に由来し、ラテン語源でそれは「言語を持たない時期」「ものいわぬ状態」を意味しています。それは、幼児がまだことばを知らない、という事実を示すのではなく、むしろ言語というものが、いまだ言語活動をもたない状態の空白（あるいは軋み）のような経験に発すること、そして人間はどこかでそれを記憶していることを示す、とても深みのある概念なのです。「インファンティア」の口ごもりから「歴史」的存在としての人間が始まるのだ、と言ってもいいでしょう。それは人間のひとつの原初的な存在様態を示す言葉であり、言語の忘れられた生誕地のことでもあります。

「語りえぬ人間」としてのインファンティア。ですが同時に、語ることになった人間の根源の情動を生みだすインファンティア。それは、いまも言語の隙間に触覚的なかたちで染み込んでいる声、ことばの原質、ことばの影（幽霊）のようなものです。そう考えれば、ベンヤミンが先の引用で、「せむしの小人」が「忘却の半分を取り上げていった」と書いているのはとても示唆的に思えます。インファンティアの精霊が、事物と一体化していた記憶を（すなわち忘却を）半分だけ取り上げて消えていったのだとすれば、残りの半分の忘却のなかに記憶の幼年期というものがいまだ眠っている。「せむしの小人」が残していった忘却の半分は、まだベンヤミンのどこかに、すなわち私たち人間のどこかに眠っているということなのです。それを発掘することは可能です。前-言語的記憶そのものの形象を描き出すこと。ベンヤミンの哲学とは、この、言語がつかまえることができない無意識に沈んだ忘却を、なんとかして奪還しようとする試みでした。その意味では、「一九〇〇年頃のベルリンの幼年時代」のなかに現れる「子供」とは、彼自身の幼少の姿そのものである以上に、失われたあの根源的忘却を捕まえるための、思想的な仕掛けとして発明された概念だったと言えるかもしれません。子供の傍らにいて彼をじっと観察し、ときどき愚かなちょっかいを出す「せむしの小人」もまた、そのような思想的探究を可能にする仕掛けにほかなりません。そしてそれは私に、宮沢賢治が物語のなかに登場させる子供や動物という仕掛けの意味を連想させ、また、賢治のいう「木偶のばう」という精霊の隠された意味を直観させてくれるのです。

実際ベンヤミンにも、「木偶《でく》」という表現を使いながら、事物の世界に包みこまれながら過ごした幼年時代への憧憬を語る一節がありました。「隠れ処《が》」と題された別の回想的断片で、彼はこう書いています。

戸口のカーテンの後ろに立つ子供は、自身が風に揺らめく白いものになり、幽霊になる。食卓のしたにうずくまれば、それによって子供は、彫刻を施された脚を四方の柱とする神殿の、木彫りの神像と化す。(……)誰かが私を見つけてしまったら、私は木偶《でく》のまま食卓のしたで硬直し、幽霊のまま永久にカーテンに織りこまれ、生涯重たい扉のなかに呪縛されてしまうかもしれなかった。

(「隠れ処」同書、五六六頁)

賢治がかげろうの揺らめきのなかに幻視した、無意識の精である「木偶のぼう」と、ベンヤミンが前-言語の識閾《しきいき》で遊ぶインファンティアの無垢の姿を比喩的に呼んだ「木偶」。この二つは、たしかに響きあっているように私には感じられます。ベンヤミンは、カーテンや食卓テーブルのなかに隠れてそれと一体化してゆく子供の無意識の発露を「模倣《ミメーシス》の能力」というかたちでさらに論じていったのですが（この「模倣《ミメーシス》」の深いはたらきについてはⅡ章で述べた通りです）、よく考えれば、賢治もまた、とりわけ童話を通じて、人間が人間以外の存在へと「模倣」を繰り返してゆく夢をひたすら描きつづけていったともいえるでしょう。そのような二人にとっての特別の形象が「デクノボー」であり「せむしの小人」であったとするならば、この精霊たちはどこかで人間の叶えられぬ変身の夢、不可能な模倣への希求を示していたと考えることができるかもしれません。

愚者の助けだけが本当の助けである

もう一人の賢治の同時代人として、賢治に似て、羊や猫や猿や鼠、ときには石橋のような無生物にまで人格を与え、寓意的な変身物語を書きつづけた作家がフランツ・カフカでした。生前に書きとめた原稿の多くが本にならずにほとんどの作品を未完の断片として遺したカフカは、やはり膨大な未完の手稿として作品を遺した賢治とその点でもよく似ています。このカフカについて、ベンヤミンがいくつかのとても示唆的な文章を書いています。なかでも、友人ショーレムにあてた私信（「カフカについての手紙」と一般に呼ばれているテクスト。一九三八年執筆）のなかで、ベンヤミンはカフカにおいて語られるものが「知恵」ではなく、「知恵」の破壊形態としての「愚かさ」であると述べ、カフカが小説において描くことを好んださまざまな動物たちは、一種の羞恥心から、人間の「知恵」を断念してむしろ「愚かさ」の側につくために、人間の姿から離れていったのだ、と意表をつくような表現で書いています。さらにベンヤミンはこうつづけます。

カフカにとって、次のことだけは疑いもなく確かなことだった——まず第一に、ひとは誰かを助けるためには愚か者でなければならない、ということ、第二に、愚か者の助けだけが本当に助けである、ということ。確かでないのは、ただ、その助けがまだ人間の役に立つのか、という点だけだ。（……）カフカが言っているように、無限に多くの希望があるのだが、ただ、われわれにとってではない。この命題には、本当に、カフカの希望が含まれている。これが彼の輝かしい晴れやかさの源なのだ。

（ベンヤミン「カフカについての手紙」『ベンヤミン・コレクション　4：批評の瞬間』浅井健二郎編訳、ちくま学芸文庫、二〇〇七、四三九頁。表記を一部変更）

誰かを助けるためには、人は愚か者でなければならない。このような命題が、賢治の同時代人の思想家によって、賢治の同時代人の作家をめぐる批評のなかで登場すると知ったとき、「デクノボー」の主題は一気に私たちにとって普遍的な問いへと結ばれていきます。愚者だけが人を助けることができる、だがその本当の助けによって与えられる希望は、われわれの世界にはない――そのように理解できる、この謎のような命題を、私たちはいまどのように受けとめることができるのでしょう？

ベンヤミンがここで参照している、カフカが述べたという「希望」をめぐる一節は、カフカの遺稿の編者だったマックス・ブロートがカフカ伝のなかで紹介した、カフカとの気の置けない友人としてのやりとりのなかに出てきます。ブロートの『詩人フランツ・カフカ』（一九二一）の文章を、ベンヤミンが引用しているそのままのかたちでここに引いてみましょう。

「われわれとは」、そう彼〔カフカ〕は言った、「神の頭のなかに湧いてくる虚無的な考え、自殺でもしようかという思いつきなんだ」。この言い方は私〔ブロート〕に最初、グノーシス派の世界像を思い起こさせた。つまり、悪しき造物主デミウルゴスとしての神、この神の堕罪としての世界、である。「いやまさか」、と彼は言った、「われわれの世界はたんに神の不機嫌、調子の悪い一日にすぎないんだよ」。「それじゃわれわれが知っている、世界というこの現象形態の外には、希望があるというわけなのか」。彼は微笑んだ。「ああ、希望は充分にある、無限に多くの希望がある。――ただわれわれにとって、ではないんだ」。

（ベンヤミン「フランツ・カフカ」『ベンヤミン・コレクション　2：エッセイの思想』浅井健二郎編訳、ちくま学芸文庫、一九九六、一一七頁。〔　〕内は引用者の補足）

これはカフカが亡くなる四年前、一九二〇年二月二八日になされた会話であることがわかっています。ちなみにこのとき賢治は二三歳。ちょうど法華経信仰を深め、国柱会に入信した時期で、一九二一年一月には家出し上京、国柱会本部を訪ね、数ヶ月の東京暮しのなかで多くの「童話」を書き始める時期に当たっています。それは、賢治の生涯において凝縮された屈折点となる特別の時期であったといえますが、同年八月には妹とし子の病気の知らせで花巻へ帰郷しています。『春と修羅』に収められる一群の詩（「心象スケッチ」）が一気に書かれるのも、この時期から数年のあいだのことでした。

それにしても、カフカの先のことばは謎めいています。「われわれとは、神の頭のなかに湧いてくる虚無的な考え、自殺でもしようかという思いつきなんだ」「〔世界の外には〕無限に多くの希望がある。――ただわれわれにとって、ではないんだ」――これらのことばは、「われわれ」が自ら属していると信ずる世界を安易に囲い込んで占有し、その内部で「われわれ」の希望や幸福をしばしば偽善的に語り合うという自閉した状況への、途方もなく厳格な批判となっているように私には思えます。人間の「知恵」から離れ、むしろ「愚かさ」に向けて回帰していったカフカや賢治の未熟で不器用な動物たち、デクノボーたち。言語以前《インファンティア》の感覚だけがその存在を感知できる、どんな子供の前にも現われたはずの「せむしの小人」たち。それらの形象は、「われわれのものではない希望」として夢見られ、そこにこそ真の希望があることを示唆するために呼び出されているのです。理性の、言語の、常識の外部へと石もて追われた者たちの、静かなため息のような希望。いえ、誰かの希望、と所有化してしまうことで消えてしまうような、ほとんど誰のものでもない、かすかな希望の燠火です。それこそが、カフカやベンヤミンや賢治が直観していた、「われわれ」の世界の内部には存在しがたい、かけがえのない「愚者たちの希望」のことではなかったでしょうか。

カフカの未完の長編「城」に登場する道化のような「助手たち」や、掌篇「街道の子どもたち」で語られる「南の町に住む決して疲れることのない愚者たち」のイメージに託しながら、ベンヤミンはこう書いています。

彼らの存在を被う薄明は（……）あの揺れる照明を思い出させる。インドの伝説ではガンダルヴァと呼ばれる未熟な被造物、世界の霧の段階における存在が知られている。カフカの助手たちも同じ性質の存在だ。他のどんな形象グループにも属さないが、どのグループとも無縁ではない。そのあいだで仕事に励む使者。（……）彼らはまだ自然の母胎から完全には解放されていない。（……）彼らやその同類たち、未熟で不器用な者たちにとって、希望は存在している。

（同書、一一八―一一九頁）

道化や愚者たち。彼らは自然の母胎から完全には離脱していない、聖なる無垢を内に抱えている者たちです。ベンヤミンはそれを、ヒンドゥー教の伝説でガンダルヴァ Gandharva と呼ばれる未熟な被造物、世界の霧の段階における存在になぞらえました。ガンダルヴァとは高貴な香りを持ち、インドラ（帝釈天）に仕える半神半獣の伎楽神で、その変化は目まぐるしく、魔術師ともされ、蜃気楼がガンダルヴァの居城とされています。賢治世界との興味深い符合は、ヒンドゥーのガンダルヴァが仏教に導入されると「乾闥婆《けんだつば》」となり、それは帝釈天宮で簫《しょう》を吹く八部衆の一人となりますが、一方で西欧に流れたガンダルヴァ伝説はギリシャ神話のケンタウロス（半人半獣の部族）の形象へと変容したともいわれていることです。あの、南天に明るく輝くケンタウルス座の、象徴的な主です。そうここに、賢治の「銀河鉄道の夜」にあらわれる「ケンタウルス、露をふらせ」がふたたび連想されてはこないでしょうか。星、水天、露、恩寵、香、音楽。これら一群の観念連関が、ガンダルヴァ＝ケンタウルスという未熟で変幻自在の被造物、私たちが考えてきた普遍的な「デクノボー」でもありうる形象として、未知なる希望の世界を貫いていることがいま直観されるのです。

宮沢賢治の「虔十公園林」の最後の一文を、あらためてここに引いてみましょう。

全く全くこの公園林の杉の黒い立派な緑、さはやかな匂《にほひ》、夏のすゞしい陰、月光色の芝生がこれから何千人の人たちに本当のさいはひが何だかを教へるか数へられませんでした。そして林は虔十の居た時の通り雨が降ってはすき徹《とほ》る冷たい雫《しづく》をみじかい草にポタリポタリと落しお日さまが輝いては新らしい奇麗な空気をさはやかにはき出すのでした。

（「虔十公園林」『全集　6』四一二頁）

たしかに、この虔十の林でも、ケンタウルスは恩寵の露を降らせているのでした。虔十のような愚者の希望へとつながる、あの慈雨です。遠いインドに発するガンダルヴァに由来するかぐわしい香りも漂い、蜃気楼のような霧に太陽の光が乱反射して、われわれのものではない希望、すなわち誰にも独占しえない真の希望のありかが最後に暗示されています。

ベンヤミンが触れた、カフカにとっての「希望」なるものの消息が書かれた「街道の子どもたち」(『観察』所収)という掌篇は、一人のまだ幼さの残る子供が、大人たちの世界から疎外された気だるさとともに、夢とも現ともつかないままに街道に出て、ほかの子供たちと一緒に走ったり叫んだりしながら、奇妙な浮遊感のなかで感じとるどこか危うい風景や気分を描いたものです。なにも特別な出来事は起こらないのですが、風景描写や心理描写の細部で、子供の心が現実から剝離してゆく瞬間がふと顔をのぞかせます。その最後の場面で、仲間から離れて一人家路につこうとした主人公の子供は、ふとした出来心からか街道から逸れ、野原や森を抜けて幻の南の町をひとりめざそうとします。最後の部分を読んでみましょう。

もう時間だった。隣の子に別れのキスをし、まわりの三人には手だけ差し出すと、ぼくは今きた道を戻り始めた。誰もぼくを呼び戻しはしない。道の最初の角を曲がるともうみんなの姿は見えなくなり、ぼくは野原の道を駆け抜けて、また森の中へ戻って行った。ぼくが目指すのは、南の町なのだ。その町について、ぼくらの村ではこう言い合っていた。

——あそこの連中はさ、知ってるかい? 眠らないんだってさ!

――何故なの、眠らないなんて？
――疲れないからさ
――何故なの、疲れないなんて？
――ばかだからさ
――ばかは疲れないの？
――ばかが疲れるはず、ないじゃないか！

（フランツ・カフカ「街道の子どもたち」『カフカ・セレクション II』柴田翔訳、ちくま文庫、二〇〇八、八〇―八一頁。訳の一部を改変）

この、南の町に住むという愚者たち、眠ることもなく、たゆまずに働く、疲れを知らないデクノボーたちのイメージが、私のなかで鮮烈な光暈《こううん》となってイーハトーブにも降り立つような幻想があります。ベンヤミンは、この南の町に住むカフカの愚者たちこそ、真の希望の源泉であることを直観しました。理性や言語が決して囲い込むことのできない希望。われわれが自明視することの「世界」の外部にひろがる希望。はるかな銀河星雲のなかに横たわる希望。カフカが言った「われわれにとって、ではない希望」です。

月並みの知恵から離れて

賢治は「希望」ということばを作品に多く書きつけはしませんでした。例外的な作品の一つが

「山の向ふは濁ってくらく」ではじまる詩の断片ですが、そこで賢治は「みんなに明るく希望に充ち　わたくしに暗く重い仕事が　そこでまもなく起らうとする」（「詩ノート」『全集　2』一七七頁）と書いています。人間世界の希望が、賢治にとっては暗く重い仕事にほかならないことを暗示しているようにもとれます。希望という語は、あきらかに、賢治にとってナイーヴに使うことはできない言葉だったのでしょう。それほどに、希望が現世によって汚されていることを彼は知っていました。「われわれ」には近づき難いデクノボーへの夢だけが、希望と呼ぶべき生命の可能性をわずかに照らし出していました。

この断片が書かれたのと同じ日、すなわち一九二七年三月二三日の日付のあるもう一篇の詩に、最後に注目しておきたいと思います。それは、バケツの水に溺れかけ、そこから必死に飛び立とうとする蛾についての詩で、この蛾は、私には「よだかの星」の最後で天空に飛翔して星となるよだか、すなわち賢治にとっての至高のデクノボー形象の一つを思わせます。

わたくしの汲みあげるバケツが
井戸の中の扁菱形の影の中から
たくさんの気泡と
うららかな波をたゝへて
いまアムバアの光のなかにでてくると
そこにひとひらの

――なまめかしい貝――
　――ヘリクリサムの花冠――
一ぴきの蛾が落ちてゐる
なめらかに強い水の表面張力から
蛾はいま溺れようとする
わたくしはこの早い春への突進者を
温んでひかる気海のなかへ掬ひだしてやらう
ほう早くも小さな水けむり
イリデｽセンス
春の蛾は水を叩きつけて
　　　　　　飛び立つ
　　　　飛び立つ
　　飛び立つ
　Zigzag steerer, desert cheerer.
いまその林の茶褐色の房と
不定形な雲の間を航行する

（「詩ノート」『全集　2』一七八―一七九頁）

アムバア（琥珀）の光のなか、ヘリクリサム（麦藁菊）のように色とりどりに輝き、イリデㇲセンス（鉱物や貝殻が虹色に輝く遊色効果）の光沢を浮かべた美しい蛾（シャクガの仲間かもしれません）が、自ら落込んだ井戸のバケツの水から脱して、中空へと飛び立ってゆく姿を描いた印象的な詩です。水の表面張力は、蛾の自由を阻む現世のしがらみでしょうか。"Zigzag steerer, desert cheerer." この唐突にあらわれる不思議な英語は、「ジグザグに舵を取る者、砂漠で歓喜を叫ぶ者」と解することができそうですが、いずれも蛾の様態を比喩的に語ったものでしょう。「砂漠」は場違いに感じますが、賢治にとって「砂漠」は吹雪の比喩としてもつかわれることがある語で、水との類縁性をはじめからかかえた言葉でした。溺れかけた蛾の飛翔を助ける賢治の姿には、この、春へと突進するデクノボーへの深い愛が感じられます。ここにも虔十の林の像《イメージ》が明滅し、さらにあたりのどこかで、あの泥まみれの「木偶のばう」を枝にひっかけたかげろうの揺らめきが、イリデㇲセンスの色に輝いてはいないでしょうか？

このような光景のなかに、もっとも深い浸透の力を持って、賢治のデクノボーはかくれているのです。月並みの知恵の側につかず、より陰影に富むイリデㇲセンスによって淡く虹色に輝く叡知。すなわち愚かであることが呼び出すユートピアの叡知が、われわれの世界の外部にあるはずの「希望」を暗示しています。

「愚者たちの希望」こそが真の希望です。そしてそれは「われわれのものではない希望」なのです。われわれが現実と考える世界の彼方で息をひそめている、デクノボーの叡知に根ざした、ほとんどありえない、淡い希望です。逆説的ですが、それが世界の深い真実なのかもしれません。

愚者とは狡知のかけらもない者。世の理りを無視し、自由の意味をはきちがえ、人倫をあからさまに否定する独善的な奸智に決して与しない、「無知の知」を抱く者たちです。

私は、賢治とともに、人間が「われわれ」の論理から脱して、愚者の共同体のなかに場を見出すことの可能性について、考えつづけていきたいと思うのです。そこに、人間の本当の故郷があるかもしれない可能性を、探究してみたいと思うのです。その愚者の国を追放し、狡知という偽りの知性によっておのれの世界を構築し、それをもって唯一の「われわれの世界」であると思い込む傲慢からは身を引き離して。希望という言葉がデクノボーのためにとってあることを、いつか発見できる日が来ることを夢見ながら。

Ⅵ—内なるレンブラント光線　〈心象スケッチ〉について

わたくしは、これらのちひさなものがたりの幾きれかが、おしまひ、あなたのすきとほつたほんたうのたべものになることを、どんなにねがふかわかりません。

——宮沢賢治『注文の多い料理店』序

イーハトヴの主食はパンである

二〇一八年度から小学校で教えられる正規の教科となった「道徳」。そのための教科書をめぐる文部科学省の検定の過程で、二〇一七年三月に全国報道で大きな話題となった出来事がありました。ある出版社の小学校一年生用の道徳教科書に載っている題材「にちようびのさんぽみち」という文章のなかに登場していた「パン屋」をめぐる記述が、検定意見を踏まえて「和菓子屋」に変更されて検定をパスした、という話題でした。文部科学省の学習指導要領にいう「伝統と文化の尊重、国や郷土を愛する態度を学ぶ」という指針に照らして「扱いが不適切」、という検定意見を受けての出版社側の対応だったようです。その教材の該当部分の異同をじっさいに確認してみると、こんなふうです。祖父と「にちようびのさんぽ」に出た少年がよい匂いに惹かれて入ったパン屋さんが同じ一年生の友達の実家で、そこで「おみやげ」に「おいしそうなパン」を買って帰る、となっていた検定前の物語が、甘い匂いのするお菓子屋さんに入って、そこで店のおにいさんから「にほんのおかしで、わがしという」ものがあると知り、季節ものの「くりのおまんじゅう」を買って「だいまんぞく」、という内容に書き換えられたのです。そもそもの題材の主旨は、見慣れたはずのまちの新しい魅力を発見する、ということのようでした。

いうまでもなく、戦後の教育基本法を二〇〇六年に全面改訂して愛国心教育の理念をはっきりと盛り込み、戦前の「修身」や「教育勅語」の精神に一定の共感を示して憚らない多くの議員を含む現今の政権が、あらたに正規教科となる「道徳」を通じて、国と郷土、伝統文化にたいする愛国的な国民化教育を学校現場において推進させようと意図していることは疑いえません。その文脈から見れば、この「パン屋」と「和菓子屋」をめぐる書き換えの経緯は、「伝統」なるものへの浅薄な理解にもとづいて、指導要領における愛国心教育の理念の「担保」としておこなわれた、出版社の側のあまりにも小手先の変更処置だったというべきでしょう。

この事態を前に、明治期からすでに一般庶民にも親しまれてきた「パン」を日本の伝統文化から除外するのは誤っている、とか、和菓子をただちに郷土愛や伝統に結びつける発想は安直だ、といったかたちの批判的意見も出ました。あるいは、そもそものような浅薄で表層的な書き換えによって「担保」される程度の価値を云々することじたいが、現在の日本の知的退廃をあらわしているというような識者の論評もありました。けれども私は、この話題を知ったとき、そもそも「パン」と「和菓子」とが対置させられている構図に、奇妙な違和感をまず感じたことを憶えています。その背後に必然的に想定されている「西洋」と「和」という文化的構図じたいが、あまりにもナイーヴな本質主義に陥っていることはいうまでもありませんが、「道徳」という枠組みが私たちの心が依って立つべき内面的な真理について深く考えることを目的とするのであれば、食べ物を手がかりにして養うべき道徳心とは、そもそもそれがパンであるか和菓子であるかによって左右されるようなものではないからです。

倫理や道徳心にかかわるテーマを、初等教育の現場でいかに扱うかはとても難しい問題です。公教育というものの規律と自由、均質性と多様性といった相反する価値をめぐって、さまざまな考えが闘わせられねばならないでしょう。ただそのような繊細な思考の場において、「パン」が「和菓子」に変わることで何かが達成されることは、けっしてないということだけは断言できます。たとえば「食」という文化的領域への私たちの意識や配慮の問題を「倫理」や「道徳」という枠組で考えるのであれば、そこで考えるべき価値とは、まず食べ物の素材となっているモノへの理解と想像力であり、それを日々の労働として作っている生産者への敬意であり、さらにそれを「おいしく」食すことの意味とそこから生まれる日常的な幸福感の有り難さを実感することの大切さ、といったものであるはずです。そのような視点を度外視し、パンを和菓子に変えることによって深められる道徳など、どこにもありはしないのです。

パン屋と和菓子屋をめぐるジャーナリスティックな狂躁を尻目に私がそのときすぐに思い出し

ていたのが、宮沢賢治の一篇の詩でした。そもそも宮沢賢治の作品に親しんだ者であれば、彼の詩や童話のなかに「パン」がしばしば登場すること、そして「和菓子」などという単語はいっさい現れず、「団子」や「饅頭」がまれに登場はするが、「パン」にたいする賢治の愛情や慈しみの深さはそれらとは比べ物にならない、という事実を、ごく自然に知っているのではないでしょうか。だからこそ私は、賢治の描く「パン」がどうしてあれほど美味しそうで、あれほど魅力的なのか、それをこそいま考える必要があるはずだ、と直観したのです。

私が思い描いていた詩とは、賢治が農を基盤とした美学とエシックス（倫理）を模索して「羅《ら》須《す》地人協会」を設立した一九二六年の春ごろに、雑誌『虚無思想研究』に発表した「心象スケッチ朝餐」と題された一篇です。全文を引いてみましょう。

　小麦粉とわづかの食塩とからつくられた
イーハトヴ県のこの白く素朴なパンケーキのうまいことよ
はたけのひまな日あの百姓がじぶんでいちいち焼いたのだ
　顔をしかめて炉ばたでこれを焼いてると
　赤髪のこどもがそばからいちまいくれといふ
あの百姓は顔をしかめてやぶけたやつを出してやる
　そして腹ではわらつてゐる
林は西のつめたい風の朝

味ない小麦のこのパンケーキのおいしさよ
わたくしは馬が草を喰ふやうに
アメリカ人がアスパラガスを喰ふやうに
すきとほつた空気といつしよにむさぼりたべる
こんなのをこそSpeisenとし云ふべきだ
……雲はまばゆく奔騰し
　野原の遠くで雷が鳴る……
林のバルサムの匂ひを加へ
あたらしい晨光の蜜を塗つて
わたくしはまたこの白い小麦の菓子をたべる。

（「心象スケッチ朝餐」『全集　1』六六五―六六六頁）

ここではふっくらとしたパンではなく、それは丸く焼かれた薄いパンケーキなのですが、これほど素朴で美味しそうに描かれたパンもありません。この、小麦のトルティーヤかチャパティのようにも思える白いふかふかの丸い食べ物は、赤髪の子供たちも住む賢治童話の想像の王国イーハトヴ（賢治は作品によってイーハトーブとも表現しています）では、きっと「主食」なのでしょう。小麦と水とわずかな食塩だけでこねられ、伸ばして鉄板の上で丁寧に一枚一枚焼かれた、その柔らかな白い円盤。賢治は、特別の味つけもない、淡泊でかつ深い味覚をひきだしてくる「主食」

としてのこのパンケーキの存在のあり方こそを、なによりも貴重な美質として強調しているようにも見えます。グルメ気取りに贅沢で美味の食材を描くことをせず、淡泊な小麦のパンケーキの中に「おいしさ」の全感覚を閉じこめようとする賢治の慎ましい食の思想に、私はなにより心惹かれます。「こんなのをこそSpeisenとし云ふべきだ」。そう、まさにそれこそが「食べる」ことのもっとも基本的でかつ最終的な喜びだからです。賢治は、ドイツ語の雅語である“speisen《シュパイゼン》”(＝「いただく」)を、「食べる」という意味の一般語である“essen《エッセン》”のかわりにここで使っています。小麦でも、米でも、トウモロコシでも、ジャガイモでも、キャッサバ芋でも、すべて世界中の「主食」となる食物は、ただ栄養価や熱量の問題だけではなく、それらがみな淡泊で深い味わいを内部に宿しているからこそ、永遠に食べつづけても飽きることのない、優雅な主食となったのです。

賢治は、そのことの僥倖をよく知っていたように思えます。そしてこの詩では、そのパンケーキを人々が、林の樹液(バルサム)の香りをかすかに振りかけ、晨光(＝朝の曙光)からもたらされる甘い蜜を塗って、美味しくいただくのです。風も光も、主食にささやかに貢献する、嬉しいジャムかバターのようです。この情景に顔がほころび、つい口からよだれが出てきてしまう人が、きっといるのではないでしょうか。

たしかに賢治は当時としては少しハイカラ趣味のところがありました。明治初期に木村屋が酒種あんぱんの発売をはじめ、日本に「パン屋」というものが生まれていった歴史はよく知られていますが、盛岡にも一八八五年にはすでにパン屋があったようです。賢治の時代、まだパンやバターや牛乳は西洋由来の特別な食品で、農村で口にされることはたしかに少なかったでしょう。しかし賢治の作品にはパンが頻出します。「イーハトヴ県のこの白く素朴なパンケーキ」と書いているように、賢治宇宙としてのイーハトヴの食文化のありさまを物語として造形するときの、それは重要な要素となるものでした。現実の東北における「米＝ごはん」や雑穀類の基本的な重要性を知っているからこそ（たとえば「グスコーブドリの伝記」では、「オリザ」（イネの学名）という穀物の不作をめぐって奮闘する主人公が造形されていました）、イーハトヴの平行世界ではしばしばそれを「小麦＝パン」の世界に置き換え、主食を米からパンに反転させて「食べること」を寓意的に考え直そうという、賢治独特の想像力もはたらいたに違いありません。しかも賢治作品における「パン」が登場するときの空気は、大正末から昭和期の日本人の日常の食に西洋由来のパンがさまざまな日本的変容を経て浸透していった空気をもまた、先駆的に映し出していたのでした。

　賢治作品では、たとえば、「貝の火」の狐は角パンを三つ持って半ズボンをはいてやってきますし、「猫の事務所」の事務長の黒猫はもしゃもしゃパンを食べながら笑っていました。「茨海《ばらうみ》小学校」で野生の浜茄《はまなす》を探しに茨海の野原に行く「私」の昼の弁当もパンでした。「紫紺染《しこんぞめ》について」では山男をもてなす食堂のテーブルの上には「極上等のパンやバタ」が置かれていました。「いてふの実」には干し葡萄がちょっと顔を出している「いゝぱん」が出てきます。そして「ペンネンネンネンネン・ネネムの伝記」ではバケモノたちが「ばけものパン」を齧りはじめますし、あの「銀河鉄道の夜」でも、ジョバンニは病気のお母さんのためにパン屋に寄ってパンの塊と角砂糖を買ってきてあげます。そう、まさにイーハトヴの食の中心にパンがあります。

ふと私は思うのです。そもそもパンと並べて考えるべきものは和菓子ではなく、やはり米（ご飯）にほかならない、と。主食という、謙虚な舌によって深く味わわれ、馴染まれ、欲望ではなく習慣によって受けとめられてきた日常食の簡素な基盤。パンはそのような日々のつつましい舌がもつ微細な感覚によって食される、生命にとっての必需食であり、それは米もまた同じです。パンを食す心は、米を食す心と同じなのです。大事なことは、イーハトヴもまた、人々の日々の主食にかんする謙虚な思想を、きちんと持っているということなのです。他の生き物の命を奪うことで自らを生かす肉食が「生存罪」にほかならないことを実感し、二〇歳を過ぎてからは菜食主義《ビヂテリアン》を実践していた賢治でしたが、菜食主義の思想を少し誇張しながら寓意的に描いたユーモラスな童話「ビヂテリアン大祭」のなかで、異教徒の質問にたいしビヂテリアンの長老の一人がこう答える場面がありました。

元来食物の味といふものはこれは他の感覚と同じく対象よりはその感官自身の精粗によるものでありまして、精粗といふよりは善悪によるものでありまして、よい感官はよいものを感じ悪い感官はいゝものも悪く感ずるのであります。同じ水を呑《の》んでも徳のある人とない人とでは大へんにちがって感じます。パンと塩と水とをたべてゐる修道院の聖者たちにはパンの中の糊精《こせい》や蛋白質《たんぱくしつ》酵素単糖類脂肪などみな微妙な味覚となって感ぜられるのであります。もしパンがライ麦のならばライ麦のいゝ所を感じて喜びます。これらは感官が静寂になってゐるからです。

（「ビヂテリアン大祭」『全集　6』八一頁）

パンを例にあげながら賢治がここで語ろうとしているのは、簡素な主食や菜食によって、味わう人間の感覚器官のほうが高められてゆくという真理についてです。もともと味とはかならずしも食物の方にすべて具わっているのではなく、それを食す者の「感官」（＝感覚器官）の繊細さによって生み出される。しかもそのときの「感官」とは生理的な感覚だけではなく、善悪をめぐる倫理的な感覚さえ含む……。「主食」というものが思想を生み出しうるとすれば、それはまさにこのような舌＝感官の微細な感覚的エシックスを私たちが発見したときなのです。私たちの「感官が静寂になってゐる」とき、すなわち感官が慎ましく微細にはたらいているときにこそ、パンのなかに隠れた小麦やライ麦の味の美質（＝「いゝ所」）を私たちは慈しむことができるのです。

バルサム樅《もみ》の樹脂をふりかけ、朝のすきとおった光のジャムを塗ったあのパンケーキの美味しさは、そのような思想の賜物なのです。パンを深く味わうことが、日々を慎ましくたくましく生きる「道徳」と無関係だなどと、もう誰にも言えるはずはありません。

「心象スケッチ」とはなにか

パンについてはひとまずこのくらいにして、そもそもこの詩が「心象スケッチ朝餐」と名づけられていたことに注目してみましょう。「心象スケッチ」、あるいは「心象」ということばは、賢治の作品と思想を深く読み解くための、もっとも重要なキーワードの一つです。「心象スケッチ朝餐」における「朝餐」の風景は、パンという食物が媒介する意識の変容と転換の作用によって、即物的な意味での朝餐（＝朝食）の光景を遥かにこえて、ある心的なユートピアのようなものを構想する言語的描写行為へと高められているように思われます。それが「詩」ではなく「心象スケッチ」であるとすれば、賢治はそこでいったい何を指向したのでしょう。

生前に出版された唯一の詩集である『春と修羅』（一九二四）じたい、賢治はこの本を「詩集」と呼ぶことを強くためらっていました。刊行本の函《はこ》には横書きで「春と修羅」というタイトルの下に「心象スケッチ」とあり、その下に「宮沢賢治」の名があって、この関係は扉の表記でも踏襲されていますので、賢治ははじめからこの作品集を「詩集」ではなく「心象スケッチ」の集成として読者に提示しようとしていたことは明らかです。そのあたりの事情は、賢治自身によって、『春と修羅』刊行翌年のある私信のなかでこんなふうに述べられています。

前に私の自費で出した「春と修羅」も、亦それからあと只今まで書き付けてあるものも、これらはみんな到底詩ではありません。私がこれから、何とかして完成したいと思って居ります、或る心理学的な仕事の仕度に、正統な勉強の許されない間、境遇の許す限り、機会のある度毎に、いろいろな条件の下で書き取って置く、ほんの粗硬な心象のスケッチでしかありません。

（「大正十四年二月九日　森佐一あて封書」『全集　9』二八一頁）

「心象スケッチ」の明解な定義にはほど遠い表現ですが、少なくとも、それが到底「詩」と呼ばれるようなものではなく、進行途上の、「或る心理学的な仕事の仕度」のために書きとめておく粗っぽいデッサンのようなものであるとここで賢治は言っていることがわかります。彼は同じ手紙でさらにこう続けます。

> 私はあの無謀な「春と修羅」に於て、序文の考を主張し、歴史や宗教の位置を全く変換しようと企画し、それを基骨としたさまざまの生活を発表して、誰かに見て貰ひたいと、愚かにも考へたのです。あの篇々がいゝも悪いもあったものでないのです。私はあれを宗教家やいろいろの人たちに贈りました。その人たちはどこも見てくれませんでした。「春と修養」をありがたうといふ葉書も来てゐます。出版者はその体裁からバックに詩集と書きました。私はびくびくものでした。亦恥かしかったためにブロンヅの粉で、その二字をごまかして消したのが沢山あります。
>
> （同書、二八一―二八二頁）

「詩」ではなく「心象スケッチ」。それがどれほど「無謀」な企てだったにせよ、この賢治のこだわりにはとても大きな意味があるといわねばなりません。それはたんなる呼称の問題ではないからです。「詩」というような短い分ち書きのスタイルが無自覚に成立してきた言語・文学の長い歴史を、言葉や世界への従来の信仰を、賢治は根本から変えようとしたからです。「歴史や宗教の位置を全く変換しようと企画し」という文言は、そのように解すほかないでしょう。それにしても、「歴史」や「宗教」の変換、とはただならない表現です。それはいったいどのような行為を意味していたのでしょう。

それを考えるためには、『春と修羅』のテクストじたいにまずは問いかけてみなければなりません。「心象」とはなにか、と考えるために、もっとも重要な鍵となるテクストが『春と修羅』のよく知られた「序」の文章です。「わたくしといふ現象は／仮定された有機交流電燈の／ひとつの青い照明です／（あらゆる透明な幽霊の複合体）／風景やみんなといっしよに／せはしくせはしく明滅しながら／いかにもたしかにともりつづける／因果交流電燈の／ひとつの青い照明です／（ひかりはたもち　その電燈は失はれ）……」とはじまる多くの謎を孕んだこの序文は、賢治が書きえた文学思想的・哲学的テーゼとして、もっとも凝縮され、深度をそなえた、まさに全身全霊を投入した決定的一文でした。それはこう続きます。

これらは二十二箇月の
過去とかんずる方角から
紙と鉱質インクをつらね
(すべてわたくしと明滅し
　みんなが同時に感ずるもの)
ここまでたもちつゞけられた

かげとひかりのひとくさりづつ
そのとほりの心象スケツチです

（「序」『春と修羅』『全集　1』一五―一六頁）

ここに初めて「心象スケッチ」という語が登場します。『春と修羅』の巻末目次には、収録作品の下にその初稿執筆時期と思われる日付がすべて付されているのですが、そこには一九二二年一月六日から一九二三年一二月一〇日まで、几帳面に日付順に作品が並んでいます。とすれば、ここでいう「二十二箇月」とは、この作品制作にかかった期間を指していることはまちがいないでしょう。それはたしかに本の成立時に書かれたと考えられる「序」の現在時にとっては「過去」にあたる時間ですが、その「かげとひかりのひとくさり」として描かれたものには、なにやらただならぬ揺らぎや運動を感じます。それらは過去に書かれた「作品」として固定化されることなく、「かげとひかり」のはざまで明滅しながら、賢治の「わたくし」が瞬間瞬間に受けとめる感興や、刹那に生じる世界知を、たえず反映しているような感触を私たちはここで実感するのです。さらに「序」はこう続きます。

けれどもこれら新生代沖積世の
巨大に明るい時間の集積のなかで
正しくうつされた筈のこれらのことばが

わづかその一点にも均しい明暗のうちに
（あるいは修羅の十億年）
すでにはやくもその組立や質を変じ
しかもわたくしも印刷者も
それを変らないとして感ずることは
傾向としてはあり得ます
けだしわれわれがわれわれの感官や
風景や人物をかんずるやうに
そしてたゞ共通に感ずるだけであるやうに
記録や歴史　あるいは地史といふものも
それのいろいろの論料《データ》といつしよに
（因果の時空的制約のもとに）
われわれがかんじてゐるのに過ぎません

（同書、一六―一七頁）

こうした記述もまた、さまざまに飛躍的な表現に満ちています。二十二箇月どころか、「心象スケッチ」には新生代沖積世の一万年の歴史が、さらには多細胞生物が出現し生命の闘争（修羅）がはじまった十億年の地球史が孕まれているようです。そしてここにも「感官」という語が登場することに注意を払うべきでしょう。賢治にとって風景や人は、あの微細な「感官」のはたらきによって感知され、表現されるのですが、それを「歴史」とか「地史」とか私たちが呼ぶのは、そのときどきの因果の時空的制約のなかであって、「感官」の悠久のはたらきは、つねにそうした制約や限定を超えて伸びているのです。そうした感官の自在な動きを思いきり活用することで、私たちの「心象」のスケッチは、既存の歴史や地史を変えてゆくことができるはずです。そこでは本質的な意味で、「組立」や「質」の変容が起こるのです。機械《マシン》のような体系的な構造ではなく、古い品物を断片にして再生させるときのような組立《アサンブラージュ》のヴィジョンが、賢治の脳裡には閃いているように思われます。

『春と修羅』の「序」は、ふたたび「心象」というキーワードに触れながら、このように終わります。

おそらくこれから二千年もたつたころは
それ相当のちがつた地質学が流用され
相当した証拠もまた次次過去から現出し
みんなは二千年ぐらゐ前には
青ぞらいつぱいの無色な孔雀が居たとおもひ
新進の大学士たちは気圏のいちばんの上層
きらびやかな氷窒素のあたりから

すてきな化石を発掘したり
あるいは白堊紀砂岩の層面に
透明な人類の巨大な足跡を
発見するかもしれません

すべてこれらの命題は
心象や時間それ自身の性質として
第四次延長のなかで主張されます

（同書、一七―一八頁）

ちがった地質学の流用。そのような新しい地質学のもとでは、未来の人々は賢治の描いた「心象スケッチ」から、青空を飛ぶ無色の孔雀や、気圏の最上層にあるすてきな化石や、白堊紀の地層に刻まれた透明な人類の足跡を発見することもできるのです。そしてまさに「心象」というものの時間を超えた描写のはたらきによって、賢治の「心象スケッチ」じたいも、あるいは二千年前の事物や出来事をあたらしい歴史や地理や法則性のもとに、組み立て直したものであるかもしれないのです。それらの変換と展開（＝延長）は、まさに時間をふくんだ第四次延長としてつねに実在しているのです。賢治の（「詩」ではなく）「心象スケッチ」が、作者の個人的所有物（創作物）ではなく、四次元の時空間のなかで明滅する瞬間瞬間の閃き、そのつどの組立、刹那の可変的な歴史や地理や地質学の成果として、時空を超えた人間の（さらには森羅万象の）共有物である、という真理を、こうして私たちは深く納得することができるでしょう。

賢治が描くパンがだれにとっても美味しそうに感じられるのは、それを賢治自身が独占していないからです。賢治のパンは、時空を超えてすべての生命にそのおのれのささやかな恩寵を差し出そうとしているにちがいないのです。

生成変化する「ひかり」のメカニズム

心象スケッチ『春と修羅』に収録された「表題作」である「春と修羅」なる作品をとりあげてみましょう。なぜなら、この作品のタイトル脇には、カッコに入れて、このように書かれているからです。

(mental sketch modified)

「変容した心象スケッチ」。そのように訳しうる謎の一行とともに、テクストはこう始まっています。

心象のはひいろはがねから
あけびのつるはくもにからまり

のばらのやぶや腐植の湿地
いちめんのいちめんの諂曲《てんごく》模様
（正午の管楽《くわんがく》よりもしげく
　琥珀のかけらがそそぐとき）
いかりのにがさまた青さ
四月の気層のひかりの底を
唾《つばき》し　はぎしりゆききする
おれはひとりの修羅なのだ
（風景はなみだにゆすれ）

（「春と修羅」『全集　1』二一九頁）

「心象」の灰色の鋼から伸びたアケビの蔓が雲に絡まってゆく、まさに悠久の四次元空間。そこで、一人の「修羅」としての賢治的集合自我が、唾をし、歯ぎしりをしながら彷徨しています。四月の気層の透明で明るいひかりの下です。賢治の「心象」は、究極的にはみな、この気圏の「ひかり」の変容体なのです。あるいはたがいに表裏一体となった「かげとひかり」の。

タイトル脇に「(mental sketch modified)」とあるもう一つの作品が「青い槍の葉」です。これは後半部分を引いてみましょう。

りんと立て立て青い槍の葉
たれを刺さうの槍ぢやなし
ひかりの底でいちにち日がな
泥にならべるくさの列
　（ゆれるゆれるやなぎはゆれる）
雲がちぎれてまた夜があけて
そらは黄水晶《シトリン》ひでりあめ
風に霧ふくぶりきのやなぎ
くもにしらしらそのやなぎ
　（ゆれるゆれるやなぎはゆれる）
りんと立て立て青い槍の葉
そらはエレキのしろい網
かげとひかりの六月の底
気圏日本の青野原
　（ゆれるゆれるやなぎはゆれる）

（「青い槍の葉」『全集　1』一〇八―一〇九頁）

賢治の詩的作品のすべては「心象スケッチ」に他なりませんが、とりわけ、サブタイトルのようにして「(mental sketch modified)」と特定された作品には、風景や人物が、人間の感官の微細な運動を通じて揺らぎある変容体へと変わってゆく姿が、より鮮烈に描かれているようにも見えます。可変性そのものとして実在する「世界」のリアリティを、賢治はそのような揺らぎと変容の運動のなかで、誰よりも精確に写しとろうとしているのです。「気圏日本の青野原」とは、まさしく心象化された日本としてのイーハトヴのことを指しているのでしょう。

もう一篇、「原体剣舞連《はらたいけんばひれん》」もまた「(mental sketch modified)」とある作品です。

dah-dah-dah-dah-dah-sko-dah-dah
こんや異装《いさう》のげん月のした
鶏《とり》の黒尾を頭巾《づきん》にかざり
片刃《かたは》の太刀をひらめかす
原体《はらたい》村の舞手《をどりこ》たちよ
鴾《とき》いろのはるの樹液《じゆえき》を
アルペン農の辛酸《しんさん》に投げ
生《せい》しののめの草いろの火を
高原の風とひかりにさゝげ
菩提樹《まだ》皮《かは》と縄とをまとふ
気圏の戦士わが朋《とも》たちよ

青らみわたる灝気《かうき》をふかみ
楢と椈《ぶな》とのうれひをあつめ
蛇紋山地《じやもんさんち》に篝《かがり》をかかげ
ひのきの髪をうちゆすり
まるめろの匂のそらに
あたらしい星雲を燃せ

（「原体剣舞連」『全集　1』一二〇―一二一頁）

この冒頭部分では、鴇色の春の樹液《バルサム》を剣舞の舞手たちが踊りとともにあたりに撒き散らすような、ダイナミックな運動性が横溢しています。まさに心象によってたえざる変容体と化した舞手です。それを賢治は「気圏の戦士」とも呼んでいます。地上に足をつけて踊る舞手たちが、ついには時空の限界を超えて、気圏のひかりのなかへと飛翔してゆくようなイメージャリーでしょうか。「（mental sketch modified）」と但し書きされた三篇すべての作品に「気層」ないし「気圏」という語が使われていることにも注意を払わねばならないでしょう。「心象スケッチ」という方法が、大気圏の、そしてそこにあまねく溢れる「ひかり」のメカニズムと深く関係していることが示唆されているにちがいないからです。

変容体への繊細な接近としての「心象スケッチ」の方法を深く理解するためには、詩集に収録された固定的なテクストだけを見ていたのでは、おそらく充分ではないかもしれません。ここでは、「心象スケッチ」の揺らぎある提示の別の方法事例を考えるために、賢治が生涯を通じて行いつづけた、自作の改稿、あるいは「手入れ」とも呼ぶべき重ね書きの実践についても見ておかねばなりません。たとえば、『春と修羅』に収められた「岩手山」という簡潔な作品です。

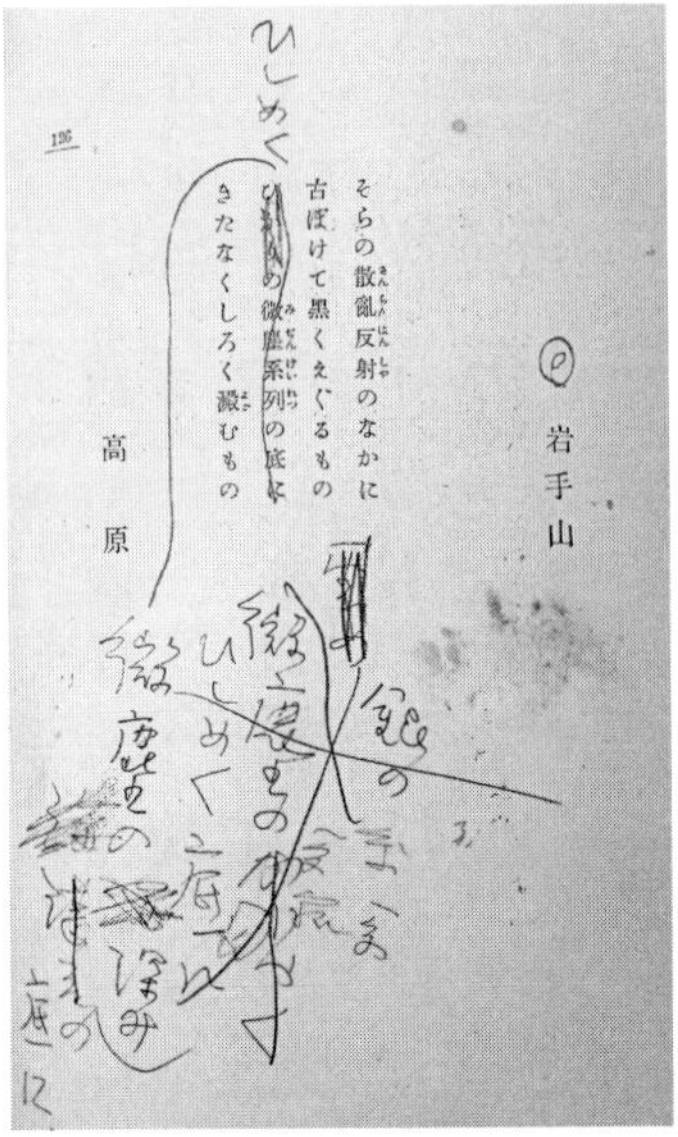

『春と修羅』刊本の「岩手山」への賢治の自筆手入れ　資料提供：林風舎

そらの散乱反射《さんらんはんしゃ》のなかに
古ぼけて黒くゑぐるもの
ひかりの微《み》塵系列《ぢんけいれつ》の底に
きたなくしろく澱《よど》むもの

（「岩手山」『全集　1』一一三頁）

このわずか四行の詩のなかにある宇宙的なひろがりは驚くべきものです。盛岡からも間近に望まれる霊峰岩手山は賢治が何度も登り、逍遥《しょうよう》し、その火口や溶岩流の荒々しい力に畏怖し、数多くの作品のなかに登場させた素材、いや賢治の詩世界を支えるアニマのひとつともいうべき存在です。この「岩手山」という作品は、その霊的でもある存在のありようを、コスミックな空間の配置のなかを黒くえぐり、白く澱む影のようなものとして、ほとんど抽象化して描き出そうとした特異な作品です。まさに、いちど賢治の「心象」のなかをくぐらせることによってあらわれ出た、岩手山の形而上学的な姿、とでもいうべきイメージだといえるでしょう。

この作品は『春と修羅』刊行本の一二六ページに掲載されているのですが、賢治は刊行後、このページに鉛筆をつかって複雑な自筆手入れをほどこしています（現存三冊が知られている賢治の自筆手入れ本のなかの一冊で、いまは「宮沢家本」という名で呼ばれているものです）。

ここでは、三行目だけに手入れがなされていますが、それは非常に複雑な書き換えの過程を含んでいることがわかります。詳細に解説することは控えますが、おおまかにいっても、「ひかりの微塵系列の底に」という一行が、まず「雲の〔→銀の〕微塵のかがやく〔→ひしめく〕底に」と上書きされ、そののちにそれらすべてを消して、「ひしめく微塵の湛え〔→海→深み〕の底に」と書き換えられていきます。使用する用語の繊細な変化とともに、最終的には「ひしめく・みじんの・ふかみの・そこに」というはっきりと区切られた四・四・四・三という音節のリズムに帰着していくことが分かります。初版本における「ひかりの・みじんけいれつの・そこに」というやや不規則なリズムが、手入れによって整序されているとも言えるでしょう。宮沢家本の自筆手入れによる改稿後の詩の全篇をこころみに書き出してみましょう。

そらの散乱反射《さんらんはんしや》のなかに
古ぼけて黒くゑぐるもの
ひしめく微塵の深みの底に
きたなくしろく澱《よど》むもの

こうした書き換えを、私は普通作家が行うような「推敲」というプロセスとして見做すことに大きなためらいを感じます。それは、自作をより完成度の高いものへと吟味しながら改稿し、最終形態へと近づける行為とは、およそ本質的に異なった実践であるように思えるからです。彼の手入れの痕跡をたどっていくと、賢治にとってはどこにも作品の最終形は存在しないのだ、ということがなぜか直観されてくるのです。しかも、三種類の手入れ本のそれぞれにおいて、異なった書き換えが施されている点も無視できません。未刊の原稿だけでなく、刊行された自著にたいしても、死ぬまで手入れを行いつづけた賢治。『春と修羅』のある刊本が病気の枕元にあれば、その瞬間瞬間に、彼は、不意に訪れる刹那の「心象」をすでに印刷されていた文字の上に上書きし、それによって「修羅の十億年」をつらぬいて流れる「かげとひかり」の綾織りの風景を、たえず更新しようとしていたのではないでしょうか。

賢治のいう「心象スケッチ」とは、「推敲」という、作品生成における単線的な変化によってではなく、作品世界があらわそうとする風景や人間や感情そのものが示す揺らぎある生成変化の相によって理解されねばならない、と私が考えるのもそうした理由のためです。賢治が自作改稿を繰り返したのは、一つのテクストを固定的で完成された「作品」として永続化するための手続きではまったくなく、むしろそれが「心象」としてたえず可変的な姿をとどめ、そのことによって一万年あるいは一〇億年の時間の経過ののちに異なった組成と組立と歴史・地理学をそなえた未知のヴィジョンとして甦ることを期待したからではなかったでしょうか。

それをまた別の角度から確認するために、すでに引いた「心象スケッチ朝餐」が改作された作品「朝餐」を見てみましょう。賢治が刊行を意図していたとされる『春と修羅　第二集』のなかに置かれた「朝餐」は、雑誌に発表された「心象スケッチ朝餐」の「異稿」あるいは「改作」といっていい作品ですが、それはこう始まり、こう終わります。

苔に座ってたべてると
麦粉と塩でこしらへた
このまっ白な鋳物の盤の
何と立派でおいしいことよ
裏にはみんな曲った松を浮き出して、
表は点の括り字で「大」といふ字を鋳出してある
この大の字はこのせんべいが大きいといふ広告なのか
あの人の名を大蔵とでも云ふのだらうか

さうでなければどこかで買った古型だらう
たしかびっこをひいてゐた
発破で足をけがしたために
生れた村の入口で
せんべいなどを焼いてくらすといふこともある
（……）
林のバルサムの匂を呑み
あたらしいあさひの蜜にすかして
わたくしはこの終りの白い大の字を食ふ

（「朝餐」『全集　1』四七九―四八〇頁）

ここでは作品の視点はすっかり変わり、パンケーキそのものの温かくふくよかな美味しさではなく、そこに刻まれた「大」という文字への執着とそれを焼いている人への複雑な思いを描いた心象スケッチとなっています。以前の作では、農閑期に百姓が焼いていたとされていたパンケーキは、ここでは足を引きずって人目を憚りながら生きる隠者のような男が、生まれ故郷の村の入口でひっそり売る「大」の字の刻まれたいわくありげな「まっ白な鋳物の盤」として描き出されています。イーハトヴの「主食」にも、けっして朗らかだけとはいえない、仄暗い背景も隠されていることを賢治は暗示したかったのでしょうか。いわくつきのようにも見えるパンケーキですが、しかし作品の末尾では、「こんなのをこそspeisenとし云ふべきだ」という同じ一行が登場し、語り手はこのパンケーキを「すきとほった風といっしょにむさぼりたべ」、そして同じように林のバルサムの香りと朝日の蜜を付け合わせにしながら美味しくいただくのです。最後の行の「終りの白い大の字」とはつまり、パンケーキの真ん中にある大の字の部分だけ残してまわりを齧り、最後にこの「大」をむしゃっと食べて幸福感に包まれる、ということでしょう。子供たちが、そして記憶のなかの私たちが「パン」を齧り食べるときの普遍的な習性は、たしかにそのような遊戯的機知と幸福を分泌していたことが思いだされます。

賢治の「心象スケッチ」はこのようにして、パンケーキをめぐる一つの光景を、幾重にも重層した「心理学」の配置・組立のもとに描き出すことのできる柔軟な方法論なのです。もうここまでくれば、パンケーキをめぐるこの二つの異稿を、「推敲」とか「手直し」とかいった概念で理解することが不可能であることが分かるでしょう。そう、これらはまさに二つの、別々の「心象スケッチ」として固有の生命をもち、それぞれの心理学、歴史学、地質学を志向するものなのです。賢治の創作とは、つねにそのような可変的な風景にたいする、時空間を超えたあらたな組立のヴィジョンを創造しようとする、真に独創的な実践だったのでした。

あらゆることが可能な小宇宙

あらためて「心象スケッチ」とは何か、と問うとき、生前に刊行された賢治唯一の童話集『注文の多い料理店』(一九二四)に付された「序」は、『春と修羅』の「序」と比べればはるかにやさしい語り口で、まさに小学生ぐらいの子供たちに語りかけるように、賢治が考える「心象スケッチ」なるものの核心を、みごとに伝えているように思われます。賢治はこの「序」をまず、「わたしたちは、氷砂糖をほしいくらゐもたないでも、きれいにすきとほつた風をたべ、桃いろのうつくしい朝の日光をのむことができます」と書きはじめます。貧しい子供たちにはきっと贅沢なお菓子である「氷砂糖」。でも、そんな高価なものを口にしなくとも、風や光がもたらしてくれる美しい食べ物や飲みものがある。それが『注文の多い料理店』で描こうとした賢治の物語です。そして「序」は、「これらのわたくしのおはなしは、みんな林や野はらや鉄道線路やらで、虹《にじ》や月あかりからもらつてきたのです」としながら、賢治が考える「心象スケッチ」なるものの本質を、こうやさしく解説しています。

ほんたうに、かしはばやしの青い夕方を、ひとりで通りかかつたり、十一月の山の風のなかに、ふるへながら立つたりしますと、もうどうしてもこんな気がしてしかたないのです。ほんたうにもう、どうしてもこんなことがあるやうでしかたないといふことを、わたくしはそのとほり書いたまでです。

(「注文の多い料理店（序）」『全集　8』一五頁)

どうしてもこんな気がしてしかたない。どうしてもこんなことがあるようでしかたない。けっして虚構ではなく、作り話でもない、ただ風や光のなかに立ったとき、どうしようもなく心のなかに現象してくる少し不思議な風景、出来事——。これこそが賢治の「心象スケッチ」というもものの核心的な真実にほかなりませんでした。賢治はさらにこう続けます。

ですから、これらのなかには、あなたのためになるところもあるでせうし、ただそれつきりのところもあるでせうが、わたくしには、そのみわけがよくつきません。なんのことだか、わけのわからないところもあるでせうが、そんなところは、わたくしにもまた、わけがわからないのです。けれども、わたくしは、これらのちひさなものがたりの幾きれかが、おしまひ、あなたのすきとほつたほんたうのたべものになることを、どんなにねがふかわかりません。

(同書、一五—一六頁。改行省略)

どうでしょう。日常の効用に役立つとは限らない、別の価値観と美学と倫理をもったものがたりの断片。わけのわからない、すなわち日常の理屈では解けない、論理的な説明の届かない、現実の縁《へり》のようなところに生まれる世界。けれどもその断片こそが、「あなたのすきとほつたほんたうのたべものになる」というのです。賢治の創造する物語が、しばしば「たべもの」の変容体として語られていることの重要性に、いま一度注目しておくべきでしょう。

詩ではなく「心象スケッチ」である、と賢治は言いました。それは文学における既成のジャンルの話ではなく、ことばの高められた存在論の問題でした。それはより高次の文学形式でもありました。賢治にとっての「ことば」は、詩とか小説とか童話とかエッセイとかいった通常の文学的なジャンル分類が生じる秩序の外部にあるものなのです。刹那の真理をつかみだす「心象」のはたらきを媒介に、日常の時空間に縛られた法則性を変容させることによって、歴史や宗教や地質学の位置を変えること。時空間をつらぬくヴィジョンによって世界の組立や質をあらたに創造し直すこと。そうした冒険的な行為に、賢治は「ことば」そのもののもつ飛翔力・膂力《りょりょく》をもって踏み出そうとしたのです。そしてそれは、「童話」と呼ばれているようなテクストにおいてもまったく同じでした。

「イーハトヴ童話」と背文字に書かれて出版された『注文の多い料理店』が「心象スケッチ」の至高形態でもあることを語る、賢治自身が書いたと思われる「広告ちらし」の文言をここに引いてみましょう。

> イーハトヴは一つの地名である。強《しひ》て、その地点を求むるならばそれは、大小クラウスたちの耕してゐた、野原や、少女アリスが辿つた鏡の国と同じ世界の中、テパーンタール砂漠の遥かな北東、イヴン王国の遠い東と考へられる。実にこれは著者の心象中に、この様な状景をもつて実在したドリームランドとしての日本岩手県である。そこでは、あらゆる事が可能である。人は一瞬にして氷雲の上に飛躍し大循環の風を従へて北に旅する事もあれば、赤い花杯の下を行く蟻と語ることもできる。罪や、かなしみでさへそこでは聖くきれいにかゞやいてゐる。深い椈《ぶな》の森や、風や影、月見草や、不思議な都会、ベーリング市迄続く電柱の列、それはまことにあやしくも楽しい国土である。この童話集の一列は実に作者の心象スケ

ツチの一部である。それは少年少女期の終り頃から、アドレッセンス中葉に対する一つの文学としての形式をとつてゐる。

（「注文の多い料理店　広告ちらし」『全集　8』六〇二―六〇三頁。ただし原文の誤植と思われるものは引用者の判断で直し、ルビを加え、改行は省略した）

ここにあるように、賢治のイーハトヴは、古今東西の作家や詩人たちの生きた風土や彼らの想像した事物のめくるめく統合体のような小宇宙です。「大小クラウス」とはアンデルセンの「大クラウスと小クラウス」から。少女アリスとはいうまでもなくルイス・キャロル『鏡の国のアリス』。テパーンタールは賢治が訳書で読んだタゴール詩集『新月』に出てくる砂漠です。イヴン王国というのは架空の地名のように思えますが、おそらく賢治が大きな思想的影響を受けたトルストイが作品化したロシア民話『イワンのばか』におけるデクノボー的な農民イワン（＝イヴァン）。愚直な王になって人民のために働く）に由来するものでしょう。これらの物語風土と地勢をすべて兼ね備えて岩手あたりに現象する夢の国こそ、賢治のイーハトヴです。

「そこでは、あらゆる事が可能である」。この表現は、「心象スケッチ」のはたらきをめぐる究極の真理を突いているでしょう。賢治の「童話」とは、まさにこの世界ではあらゆることが可能であるという真実を子供たちに伝えるために書かれているのです。現実における「存在」の限界を破り、心象における「存在」の可変性と自由とを宣揚しているのです。それは、現実の輪郭を社会通念や常識なるものによってあっさりと固めてしまう前の識閾にいる「アドレッセンス」（青少年期）に向けての、賢治の渾身の挑発でもあるのです。

この広告ちらしの文章のつづきで、賢治は「心象スケッチ」の特色を列挙しながら、それをより倫理的なことばづかいによって説明しようとしています。それは第一に、正しいものの種子を有し、その美しい発芽を待つものです。それはけっして既成の疲れた宗教や、道徳の残滓を、色あせた仮面によって純真な心意の所有者たちに欺きつつ与えようとするものではありません。

第二に、それはよりよい世界の構成材料を提供しようとするものです。未知の、たえざる驚異をはらむ世界自身の発展のかたちであり、捏造された煤《すす》色のユートピアではないのです。

第三に、それは偽でも架空でも窃盗でもなく、多少の内省と分析はあっても、たしかにこの通りに心象に現れたものです。それがどんなに難解で馬鹿げてみえたとしても、それは心の深部においては万人共通のもので、卑怯な成人たちがそれを理解できないだけなのです。

こう簡潔に「心象スケッチ」の核心的思想と方法を語ったあと、最後の第四の特色として賢治はこう宣言しています。


これは田園の新鮮な産物である。われらは田園の風と光との中からつやゝかな果実や、青い蔬菜と一緒にこれらの心象スケツチを世間に提供するものである。

（同書、六〇四頁）


「広告ちらし」という平易で啓蒙的な形式が功を奏しているのでしょう。ここでの賢治は、ことばの微細な修辞や比喩を捨てて、じつにまっすぐに誠実に、「心象スケッチ」のこころを誰にもわかるように伝えようとしています。そして最後に語られる、風と光がうみだすつややかな果実、青々とした蔬菜、それらすきとおった食べ物のイメージ。賢治はここでも、彼の信じる慎ましくも深い「農」の実践から生まれるであろう「食べ物」という幸の存在に仮託しながら、ことばによる彼の「心象スケッチ」の究極の美質とその民衆哲学を提示しようとしたのでした。そのことを確認したいま、あの、美味しそうなふっくらしたパンケーキの素朴な香りが、ふたたび私たちの前に匂い立ってはこないでしょうか？

ひかりがお菓子になるとき

「銀河鉄道の夜」で、ジョバンニの、日常世界から天空世界への不思議な移行が起こった場面を最後に思いだしておきましょう。ジョバンニは天の川がしらしらと渡る夜空から降りてくる「天《てん》気輪《きりん》の柱」の下の草むらに身を投げだすことで、銀河鉄道が走る天空の異空間へと誘われました。この「天気輪の柱」とは、おそらく「薄明光線」とも「ヤコブの梯子」とも呼ばれている気象現象のことで、朝や夕暮れの薄明の時間帯に、雲の切れ目から太陽光が放射状に地上に降りそそぐ神秘的な自然現象を指しています。「ヤコブの梯子」という別名が、『旧約聖書』におけるヘブライ人の族長ヤコブが、天から地上に伸びる光の梯子を天使が上り下りしている光景を見たという「創世記」の文言に由来することからもわかるように、この薄明の特異な光の現象は、多くの人びとにとって霊的な含意を持ったものとして受けとめられてきました。

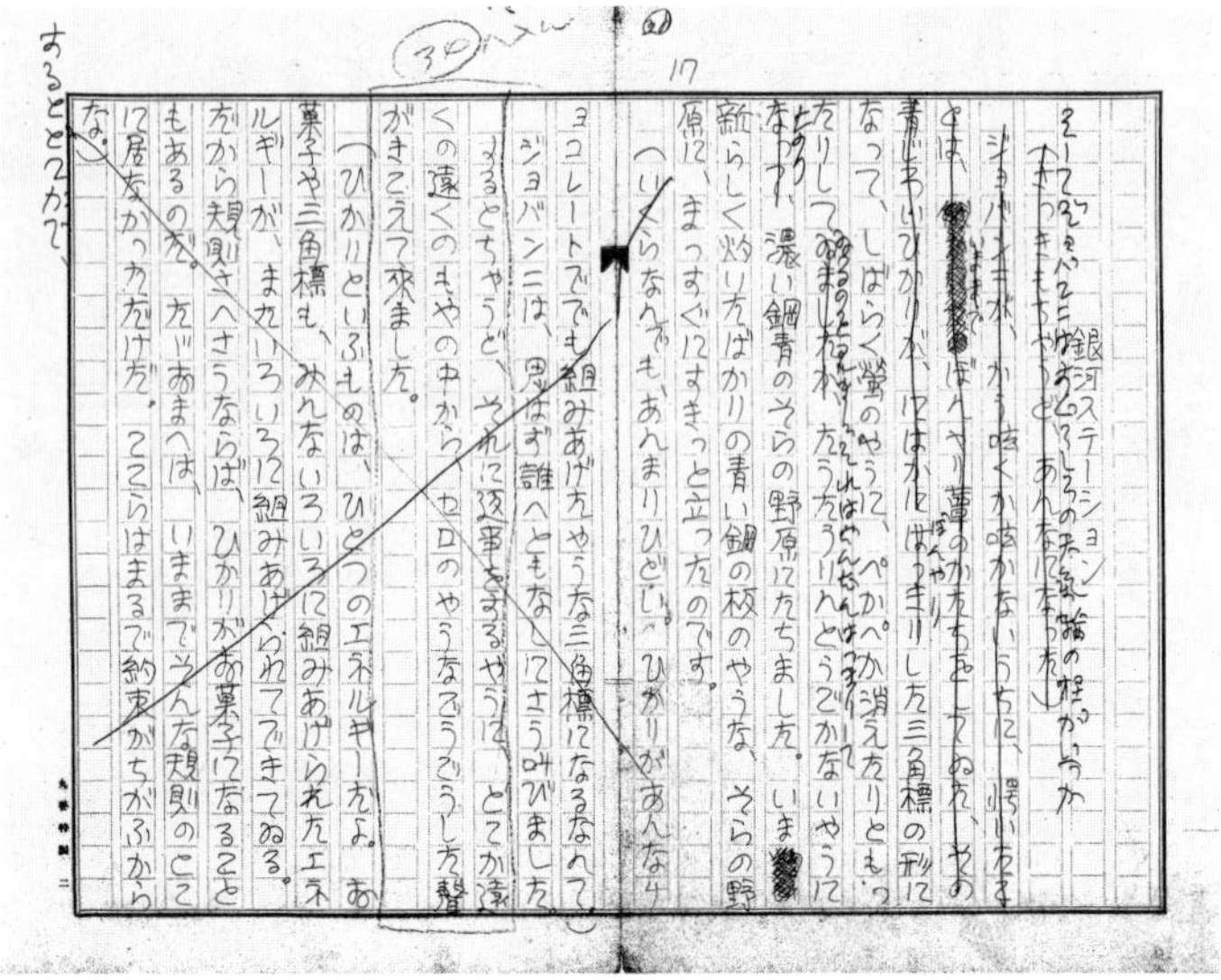

「銀河鉄道の夜」の「銀河ステーション」の章の原稿冒頭。複雑な改訂の跡が残る。×印が最終稿で削られた部分　資料提供：宮沢賢治記念館

画家レンブラントが風景画の背景に好んで描くことが多かったため「レンブラント光線」とも呼ばれるこの神秘的な光の帯。それはまさに、「かげとひかりのひとくさり」としての心象スケッチの姿が天空に投影されたものだともいえるでしょう。その光線を浴びることでジョバンニは天空の異次元へと誘われていったのでした。

「銀河鉄道の夜」の最終稿では削られてしまったのですが、その前の「第三次稿」と呼ばれている手稿の「銀河ステーション」の章には、銀河鉄道へと誘われてゆくジョバンニに向けて、靄のなかからこんなくぐもった声が響いてくる場面がありました。

（ひかりといふものは、ひとつのエ

ネルギーだよ。お菓子や三角標も、みんないろいろに組みあげられたエネルギーが、またいろいろに組みあげられてできてゐる。だから規則さへさうならば、ひかりがお菓子になることもあるのだ。たゞおまへは、いままでそんな規則のとこに居なかっただけだ。ここらはまるで約束がちがふからな。)

(「銀河鉄道の夜　第三次稿」『全集　7』五一〇頁)

改稿途上の刹那に訪れた別の「心象」によって、賢治自身によって×印をつけられて削除されてしまったこの「セロのやうなごうごうした声」で、賢治は、たしかに「心象スケッチ」の原理をもういちど繰り返すように語っていたのです。それがひかりのはたらきによるものであり、だから何にでもなれること、あらゆる事を可能にするものであり、その帰結として「お菓子」がもたらされることを。そして天空からのレンブラント光線のあまねきひかりの条が、そのお菓子の完成を最後に仕上げるのです。

そう、ひかりのエネルギーの「規則」をさえ変えることができれば、私たちはそこからすきとおったうつくしくも美味しい「お菓子」をいつでも生みだすことができるのです。心象スケッチとは、この規則の変容をうながす至高の方法です。この心象のレンブラント光線は、私たちの日常が縛られている時空間の歴史と地理、心理と信仰を、その規則ごと、その位置づけや組立ごとすっかり変換することによって出現する、夢のような平行世界への梯子なのです。そして賢治の夢は、この平行世界を人間の実在の感覚のなかについに呼び込み、あらたな道理と倫理とによって生きられてゆく社会を創造することに最後まで賭けられていました。

ひかりがお菓子になること。その深い真実を受け入れたとき、「心象スケッチ朝餐」の、あのパンケーキのことがふたたび思いだされます。そして、あのパンがどうしてあれほど美味しそうだったか、どうしてあれほど慎ましく美しかったかが了解されるのです。「主食」としてどっしりかまえたパンケーキを、賢治がなぜ「白い小麦の菓子」と呼んだかの理由も。賢治にとってのお菓子とは、心象のレンブラント光線が心を込めて焼き上げる、至高の「たべもの」であり「物語」のことだからです。

「すきとほつたほんたうのたべもの」をいただくこと。そのなかに、私たちの「道徳」なるもののもっとも深く簡潔な真実があることを、賢治とともに私たちはもう確信することができるはずです。

VII―方角の旅人たち

〈北〉について

私のうけとつた通信は（……）
われらが上方とよぶその不可思議な方角へ
それがそのやうであることにおどろきながら
大循環の風よりもさはやかにのぼつて行つた

――宮沢賢治「青森挽歌」

ことばと思考の極北

私たちの旅が、消費を前提にして人為的に作られた「観光地」をめぐる性急なものに変わりはじめたのはいつ頃からだったでしょうか。いまや、ただひたすらある「方角」を目指しながら、移動する土地土地の風光に意識を投げ出してゆくような思索的な旅は、ほとんど不可能になってしまいました。北でも南でも、あるいは東の地平線に浮かぶ山並みのはるか向こうでもかまいません。ある方位とのあいだに、自分の存在を決定づけるような特別の関係を直観し、そこから旅への希求を生み出し、なにものかとの思いがけない出遭いを求めて出立する深い憧憬の旅。そんな旅には、山野の景色や夜闇に沈む町々の灯がゆっくりと車窓を流れていくような、落ち着いた速度感が必要でした。けれども、目的の場所にいちはやくたどり着くためだけに徹底して合理化された高速交通網しか存在しなくなったいま、かつての旅のあり方じたいが社会によって否定されてしまったというべきでしょう。それはまた、旅によって生まれるはずの、ある精神の純粋性そのものの喪失でもありました。

青年時代、私は理由もなくひたすら北国への旅にとり憑かれていました。「北」という方位に、なにか自分にとっての、そして少し大げさにいえば世界にとっての、本質的な謎が隠されており、それを発見しないうちは何についても考えることができない、というような若さ特有の激した衝迫です。けれどそんな北への旅は、かならずしもロマンティックな陶酔を伴った自分探しの旅というわけではありませんでした。むしろ、自分という小さな存在をひとおもいに突き放し、人間の存在を無化してしまうような大自然や未知の精霊たちが躍動する世界に紛れ込んでしまいたいという衝動こそが、あのころの私の旅を突き動かしていたような気がします。そのとき、なぜか「北」という方角がいつも妖しい光を発して私を呼んでいました。北のみちのおく、すなわち東北地方こそがその魅惑的な燐光がやってくる源でした。上野駅から、夜の闇を突き抜けて本州の最果てへと北上してゆく列車の旅がはじまりました。能楽の古形を伝える勇壮な山伏神楽の華やぎに浸るため、岩手の霊峰早池峰《はやちね》山の麓の神社で行われる祭礼に毎夏のように通ったものでした。柳田國男が『雪国の春』に書きつけた「をがさべり」(=男鹿について土地の人が自慢してしゃべること）という音にたまらなく惹かれて、ある年の暮れ、男鹿半島の小さな岬に自生する日本最北端の椿の群落を見にいったこともありました。大晦日の夜に出現した「なまはげ」と目を交わし合い、年が明けると内陸の雪深い鹿角《かづの》の山中まで鉄道で入り込み、大日堂舞楽の踊りにたむろする見物衆の熱気のなかにぽつんと紛れていたこともあります。早春の霞のなかにけぶる津軽半島の根元、五能線の大間越《おおまごし》の白波立つ海岸で、蒸気機関車に牽かれた四両の蒼黝《あおぐろ》い列車が通りすぎるのをひとり淋しく待っていたこともあったでしょうか。そしてさらなる北の最果ての地、北海道。一六歳のとき、青函連絡船を降りて函館の港に降り立った私は、いてもたってもいられない衝迫とともに、さらに夜行列車で北を目指し、ついに宗谷岬の突端に行きついて、「日本」なる領土の最北端の地に吹きすさぶ風雪にかろうじて耐えながら白い息を吐いていたのでした。樺太《サハリン》は、オホーツクの灰色の海の彼方に隠れて姿を現すことはありませんでした。

人はなぜ「北」に惹かれるのでしょうか？　「南」ももちろん、旅を駆動する憧憬を誘う重要な方角の一つです。ゴーギャンの『ノアノア』（一九〇一）のような作品にもっとも濃密に流れている感覚こそ、「南」へと誘われる人間の奥深くにある心持ちでした。それをひとことでいえば、私たちの簡素な「身体」を蘇生させることの愉楽といえばいいでしょうか。生暖かく湿った南の空気は、頭脳のはたらきによって抑圧されてしまった文明人の奥底に隠れていた野生の身体を目覚めさせ、そうしたまっさらの身体に宿るべき心の平安を啓示的に教えるのです。

けれども「北」へと引き寄せられる意識とは、その対極にあるようなもう一つの大きな衝動にかかわっています。それは、夾雑物《きょうざつぶつ》にまみれた日々の社会生活から、北国の冷たく澄んだ物質世界がもたらす生の純粋なかたちの方に向けて逃れていこうとするときに浮上する衝動です。氷が、雪が、樹々が、石が、そして寡黙な獣たちが、そこでは純粋な意思の凝固体のようにしてあらわれます。そこではことばも贅肉を落とし、鉱物の結晶のように研ぎ澄まされ、物質と言語の境界はほとんど無に近づいてゆきます。北では、純粋で透徹したことばの核心が、森羅万象と並び立つようにしてあるがままに大地や大気を満たしているのです。うわすべりで饒舌なことばの氾濫は消えていきます。手なずけることばでも、従わせることばでも、誘《おび》き出すことばでもない、生の簡素な運動そのものをまっすぐに名指す慎ましく純粋なことばだけが、そこでは凜として存在しているのです。まるで人間の存在など忘れたかのように……。

そう、北とは不必要なことばが徹底してそぎ落とされた、とても寡黙な土地なのです。ことばが沈黙と境を接する場所。それはすなわち、ことばを持って行う「思考」にとっての極北の地でもあります。ことばにまみれた自分が意識の混迷に突き当たったとき、人は自らの言語意識をまっさらの状態へと更新するために「北」へと赴かねばならないのかもしれません。その意味では、「北」とは、すべての方位のなかで、唯一、ある種の認識論的で、抽象的ですらある「方角」だと言うこともできるでしょう。北を目指すべての旅=思想とは、どこかで、現実の具体的な「北」のさらに彼方に、より抽象化され、より象徴化された、静謐な「北のヴィジョン」を抱えているのです。それはこの世界の臨界と境を接するような、肉体も言葉も消えかけてしまうような、思考のまさに極北でした。

それを「死」の領域、と言い切ってしまうのは性急にすぎるでしょう。ですが、ことばと肉体を失った者が、「後の生」を凜乎《りんこ》として営む透きとおった地帯があるとすれば、それは「北」の方角を措いてほかにないかもしれません。

渡り鳥と北上川

宮沢賢治の詩や物語は、本質的にそのような「北」を志向する因子を宿していました。賢治自身もまた、妹とし子を病で失った翌年の二七歳のとき、傷心のまま樺太という当時の日本領土の北の最果てに向けて、彼のその後の創作のすべてを決定づけるといってもいいほどの、きわめて啓示的な旅を行いました。この前後から、賢治の物語は、しばしば北から吹いてくる風に乗って読者のもとにやって来る、というかたちで語られるようになります。そのことの意味をこれから考えてゆこうとするいま、私はまず一つの簡潔な問いを立ててみたいと思うのです。賢治の意識が北へと誘われ、賢治の物語世界（イーハトヴ）がつねに北を志向していたのは、もちろん彼自身の意思や衝動にかかわる主体的な問題ではありましたが、しかしそれ以前に、賢治のまわりで、彼の意思とはかかわりなく、すでに北へと向かうなにかが存在していたのではないか、という問いかけです。

その一つの仮説的な答えとして「渡り鳥」があります。そもそも「鳥」は、賢治が作品のなかでもっとも頻繁に使用した語の一つでした。「すきとおった」「風」が吹きぬける「空」を飛ぶ「鳥」……。この、賢治世界を成立させているひとまとまりの物質で構成された原-風景のことはすでに指摘しましたが、そのときの「鳥」とは、うたがいなく東北の風土に特徴的な渡り鳥のことであったにちがいないのです。

いうまでもなく、賢治が生まれ生きた花巻、盛岡一帯は、温帯から亜寒帯に移行する風土の典型として、数多くの冬鳥が渡ってくる土地でした。秋にシベリアやアメリカ大陸の北極圏から飛来して越冬し、春になると北に還ってそこで繁殖する習性を持った冬鳥たち。ガン、カモ、ツル、ハクチョウといった冬鳥の仲間たちの季節的遍在は、賢治の生きた風土そのものが、こうした冬鳥の「渡り」のリズムによって統率されていたことを物語っています。群れをつくり、北へ旅するものとしての渡り鳥。賢治世界における北という方向への特別の執着は、まずなによりも、この冬鳥たちの行動と賢治の心象とのあいだの深い共振の力によるものではないかと私は考えてみたいのです。賢治は、鳥が自らの真の生地に還るように、北を目指した……。こんな素朴な自然現象との繋がりを、賢治の意識の内面に深入りする前に、私たちは思いだしておくべきかもしれません。

「銀河鉄道の夜」の「ジョバンニの切符」の章にとても印象的な言葉があります。それは、銀河鉄道に乗ってはくちょう座（北十字）の方角（＝すなわち北天）を目指していたジョバンニとカムパネルラが、車窓から数万匹とも見える鳥が隊列をなして飛んでゆくのを見ているときの描写です。そこでは、赤帽の信号手が青い旗を振りながら、こう叫んでいました。

「いまこそわたれわたり鳥、いまこそわたれわたり鳥。」

（「銀河鉄道の夜」『全集　7』二七九頁）

この、強い呼びかけと希求のトーンを宿した印象的な科白は、賢治が見たであろう北上川を北に還ってゆく冬鳥の群れの姿が、「銀河鉄道の夜」の物語のなかに移されて描かれていると考えてまちがいないでしょう。北上川の上空を渡る鳥たちの心象風景が、銀河に沿って北を目指す鳥たちの光景に置きかえられているのです。物語では、天の川が二股に分かれる場所にある島のやぐらに立って、赤い帽子をかぶった男が、赤と青の旗を振りながらオーケストラの指揮をするように空を見上げて信号を送っていました。賢治もまた、花巻の川べりに立って空を見あげ、渡り鳥の群れに向けて同じように指揮棒を振っていたことがあったのではないでしょうか（もしあったとすれば、そのときの天空に響いていた音楽は、亡き妹とし子との懐かしくも哀しい日々を想起させるベートーヴェンの「エグモント序曲」（「風林」）か、ヴァルトトイフェルのワルツ「エストゥディアンティーナ」（「青森挽歌」）だったかもしれません）。

そんなとき賢治が見ていたであろう光景は、そのまま「銀河鉄道の夜」の美しい渡り鳥の風景として物語に移植されました。つぎの一節はシベリアからやってくる冬鳥ツグミの渡りの光景でしょうか。

するとと空中にざあっと雨のやうな音がして何かまっくらなものがいくかたまりもいくかたまりも鉄砲丸《てつぱう》のやうに川の向ふの方へ飛んで行くのでした。ジョバンニは思はず窓からからだを半分出してそっちを見あげました。美しい美しい桔梗《ききやう》いろのがらんとした空の下を実に何万といふ小さな鳥どもが幾組も幾組もめいめいせはしくせはしく鳴いて通って行くのでした。

(同書、二七九頁)

鳥の主題は、たんに荘厳な「渡り」の光景を眺めることだけに終わりません。「銀河鉄道の夜」の「鳥を捕る人」の章には、銀河鉄道に乗り合わせた赤髯の人をめぐる奇妙な挿話が出てきます。このぼろぼろの外套を着た男は、白い布でつつんだ気になる荷物を二つに分けて肩にかけていました。どこまで行くのか、と男に訊ねられたジョバンニとカムパネルラは、「どこまでも行くんです。」と答えるのですが、ではその男がどこへ行くのかを二人が訊こうとしたときのやりとりはこうなっています。


「わっしはすぐそこで降ります。わっしは、鳥をつかまへる商売でね。」

「何鳥ですか。」

「鶴《つる》や雁《がん》です。さぎも白鳥もです。」

「鶴はたくさんゐますか。」

「居ますとも、さっきから鳴いてまさあ。聞かなかったのですか。」

「いゝえ。」

「いまでも聞えるぢゃありませんか。そら、耳をすまして聴いてごらんなさい。」

二人は眼を挙げ、耳をすましました。ごとごと鳴る汽車のひびきと、すすきの風との間から、ころんころんと水の湧《わ》くやうな音が聞えて来るのでした。

「鶴、どうしてとるんですか。」

「鶴ですか、それとも鷺《さぎ》ですか。」

「鷺です。」ジョバンニは、どっちでもいいと思ひながら答へました。

「そいつはな、雑作《ざふさ》ない。さぎといふものは、みんな天の川の砂が凝《こご》って、ぼおっとできるもんですからね、そして始終川へ帰りますからね、川原で待ってゐて、鷺《さぎ》がみんな、脚をかういふ風にして下りてくるとこを、そいつが地べたへつくかつかないうちに、ぴたっと押へちまふんです。するともう鷺は、かたまって安心して死んぢまひます。あとはもう、わかり切ってまさあ。押し葉にするだけです。」


(同書、二六一—二六二頁)

とても不思議なエピソードだというべきでしょう。鳥の押し葉。荷物を解き、小さくなったそれを見せてもらったカムパネルラは「標本」のようだと思うのですが、鳥捕りの男は、それは食べ物でもあるから標本ではない、と否定します。そしてもう一つの包みから、くちばしを揃えて少し扁《ひら》べったくなった雁《がん》の押し葉をとりだし、チョコレートをつまむように、ジョバンニとカムパネルラにこう言って差し出します。「どうです。すこしたべてごらんなさい。」

その「お菓子」はチョコレートよりももっと美味しいものでしたが、そのとき雁は雁ではない何かもっとずっと精神的な価値を持ったものに、ジョバンニの心象のなかで変容しているのです。

賢治が「お菓子」というとき、それは、そのような価値が結実した、一つのかけがえのない生命の恩寵のことだったことも、もうすでに私たちは見てきました。この世のものとは思われないほど美味しいお菓子へと変貌してゆく雁。こんな不思議なエピソードからも、渡り鳥なるものが賢治の内面において意味する世界の広がりがいかに壮大なものであったかが、了解されてくるのです。

そもそも「銀河鉄道」が通過してゆく重要なステーションに「白鳥の停車場」とか「白鳥区」とか名づけられた駅や線区があったことには注意すべきでしょう。カムパネルラもこう言います。「もうぢき白鳥の停車場だから。ぼく、白鳥を見るなら、ほんたうにすきだ。川の遠くを飛んでゐたって、ぼくはきっと見える」。このときの「白鳥」は、渡り鳥のハクチョウを暗示するとともに、北十字とも呼ばれる星座「はくちょう座」を指していることはいうまでもありません。はくちょう座は北天のもっともよく知られた星座の一つで、天の川の上に翼を広げ、北から南に向けて羽ばたく美しい白鳥の姿をしています。はくちょう座のベータ星(アルファ星についで二番目に明るい星)である青と黄の美しい連星アルビレオのことも「アルビレオの観測所」として「銀河鉄道の夜」には登場します。賢治にとっては、この銀河鉄道じたいが、天空の渡り鳥であるオオハクチョウに乗って北の異界を飛翔するようなイマジネーションのなかで描かれていることを、こうした細部は示しているといえるでしょう。

ガンやハクチョウなどの渡り鳥は、賢治の他の作品にもしばしば登場します。「青い燐光の菓子でこしらへた雁は　西にかかって居りましたし……」(「〔古びた水いろの薄明穹のなかに〕」)というのは、おそらく北へと帰る雁の群れが夕暮れの西空にシルエットを描きながら飛んでいる姿でしょう。ここにも「菓子」という形容があらわれるのは賢治が雁をどのようなものとして見ていたかを示していて、とても示唆的です。あるいは、「青ざめた薄明穹《はくめいきゅう》の水底に少しばかりの星がまたたき出し（……）ラジュウムの雁《かり》、化石させられた燐光《りんくわう》の雁」（「ラジュウムの雁」）という詩句もあります。「燐光」ということばが雁にたいしてしばしば使われるのは、それが外部からのエネルギーを吸収したあとエネルギーの放出をやめても残る自然発光現象を指しているかぎり、たんに科学的な現象を超える、死しても残る光輝という人間生命の神秘を、賢治がどこかで雁のような渡り鳥に託して想像していたからだと思われます。

さて、「鳥」とともに、賢治の日常を構成する世界の中心にあって、北から流れてくるものがもう一つありました。それが「北上川」です。賢治二三歳頃の短歌には「銀の夜を　虚空のごとくながれたる　北上川の遠きいさり火」というものがありますが、岩手県の中心部を北から南に流れくだる大河は、昼も夜も、その大いなる存在感とともに、この地に生まれ育った人間の心のなかにも流れつづけるものとなるのでしょう。夜の川を「虚空」のごとく、と歌う若き賢治のなかには、すでに北上川を天空の銀河と結びつけようとする心が深いところではたらいているのがわかります。

よく知られた物語「イギリス海岸」で、北上川はこう描写されていたことをもう一度思い出してみましょう。

この百万年昔の海の渚《なぎさ》に、今日は北上川が流れてゐます。昔、巨《おほ》きな波をあげたり、じっと寂《しづ》まったり、誰《たれ》も誰も見てゐない所でいろいろに変ったその巨きな鹹水《かんすゐ》の継承者は、今日は波にちらちら火を点じ、ぴたぴた昔の渚をうちながら夜昼南へ流れるのです。

（「イギリス海岸」『全集 6』三三五頁）

すでにI章で触れたように、第三紀の終わり、鮮新世《プリオシン》の時代には、北上川が海の渚であったことを地質学的に深く理解していた賢治は、この事実をとても深く受けとめていました。人類がまだ存在しなかった時代、細長く大きな塩辛いたまり水として大地の生命を育んでいた北上川。そのような壮大な時間の凝集体が、いま北の源流から流れくだり、南北の軸を貫くようにして走っていることは、そのまま、賢治の宇宙的イマジネーションにおいて、北上川を、イーハトヴを南北に貫く銀河の流れへと投影する想像力へと牽引していったのです。賢治の地質学的時間と宇宙論的時間とは、つねにそのようなかたちで連続性を持って結ばれているのでした。

「銀河鉄道の夜」の始まりの部分で、先生は生徒たちに、人間は「天の川の水のなかに棲《す》んでゐる」のだと熱心に語っていました。まさにそれは、北上川がはぐくんだ命のことを語っているのでしょう。そして「銀河鉄道の夜」に登場する「プリオシン海岸」こそ、賢治が愛し名づけた北上河畔の「イギリス海岸」を天空へと移したものにほかなりませんでした。

北上川の源流を北へとたどる想像力は、こうしてジョバンニとカムパネルラを乗せた銀河鉄道が北をめざして走っていることの意味を、はっきりと照らしだしてくれます。「銀河鉄道の夜」

と主題的に深くかかわる詩「薤露青《かいろせい》」には、北上の流れを指して「よもすがら南十字へながれる水よ」ともありました。北上川の流れは、まさに北十字と南十字をつなぐ天空の壮大な銀色の筋のようなものとして、賢治には意識されていたのです。

こうして「北」をめざす志向性にとっての、二つの源泉が賢治の日常に存在していたことがわかりました。「鳥」と「北上川」。それを一つにまとめれば、それは、渡り鳥が北上川に沿って北へ南へと飛ぶ姿であった、と言うことができるでしょう。そして、渡り鳥たちが還ってゆく北への憧憬は、そのまま、賢治の体内を流れる命の水としての北上川の「天空の源流」を訪ねようとする衝迫と、まっすぐに結ばれていたのです。

賢治の「北」は、現世の地上を離れて、彼岸へと至る天空に向けて飛翔する衝迫そのものでもあったことになります。

永遠の未踏地「ベーリング」

あらためて、賢治の物語における「北」という方角の強度ある位相を、具体的な作品に即して見てみることにしましょう。第一の命題《テーゼ》として指摘したいのは、賢治の多くの物語が、冷たい北の方角からの風に吹かれてやってくるお話として設定されている、という重要な事実です。

そのもっとも典型的な例は、童話「氷河鼠《ひょうがねずみ》の毛皮」（一九二三年四月に「岩手毎日新聞」に発表）のこんな書き出しかもしれません。

このおはなしは、ずゐぶん北の方の寒いところからきれぎれに風に吹きとばされて来たのです。氷がひとでや海月《くらげ》やさまざまのお菓子の形をしてゐる位寒い北の方から飛ばされてやつて来たのです。

十二月の二十六日の夜八時ベーリング行の列車に乗つてイーハトヴを発《た》つた人たちが、どんな眼にあつたかきつとどなたも知りたいでせう。これはそのおはなしです。

（「氷河鼠の毛皮」『全集　8』一四七頁）


これ以上はっきりとした物語の語りだしはない、といえるほど、賢治の語る物語じたいが北からの風に吹かれてやってきたものであることが、ここで強調されています。賢治が「書く」ことの根源に、北からの風による「風聞」があることをこうした語り方は示しています。それは説話のための方法論的な「設定」である以上に、賢治の創造《ポイエーシス》そのものの霊感源が「北」にあることを指し示しているともいえるでしょう。

そして、その北からの風が語りだすのが、ここでは、イーハトヴからベーリング行の列車に乗って北へと旅立つ者たちの物語なのです。「北」は賢治の列車が進む、ほとんど唯一の方角だ、と言ってもいいでしょう。その意味で、ここにあらわれる「ベーリング」は、現実の地図上の地名（ベーリング海峡）のことというよりは、賢治宇宙にとっての「北」の極限の地を意味する架空の土地、昇華された魂の黄泉路の涯てを示す一種の符牒と考えていいでしょう。だから、ここでの第二のテーゼはこうなります。賢治の乗る、あるいは賢治の想像力が乗る列車は、いつも北の最果てに向かってひた走っているのだ、と。こんな詩の一節もありました。

ベーリング行XZ号の列車は
いま触媒の白金を噴いて、
線路に沿った黄いろな草地のカーペットを
ぶすぶす黒く焼き込みながら
梃々として走って来ます
（「「春」　変奏曲」『全集　1』四〇一頁）

「氷河鼠の毛皮」や、この「「春」　変奏曲」などにあるように、北へと走る列車の終着点はいつも「ベーリング」らしいのですが、その極北の地のイメージはまた、賢治が心を夢想に遊ばせながら野原を散歩し、天空を眺めているようなときにも、あらわれてきます。

松がいきなり明るくなつて
のはらがぱつとひらければ
かぎりなくかぎりなくかれくさは日に燃え
電信ばしらはやさしく白い碍子をつらね
ベーリング市までつづくとおもはれる

すみわたる海蒼《かいさう》の天と
きよめられるひとのねがひ

（「一本木野」『全集　1』二三七頁）

「ベーリング」あるいは「ベーリング市」へとつづく鉄路、あるいは空。ですがどのような場合でも、賢治の物語はけっしてこの最終目的地に到着することはありません。賢治のことばはつねに注意深く「ベーリング行」あるいは「ベーリング市まで」となっており、ベーリングでの出来事が語られることはけっしてないのです。道中の、ただひたすらベーリング（市）へとつづく「北」の方角へと向かっているその過程で出来事は起こるのですから。すべての「きよめられ」た思いが、その道程で結実し、物語として結晶してゆきます。目的地よりも、その方角こそが重要であることが、これで分かるでしょう。だからこう言うことも可能です。「北」という固有の場所がないのと同じように、「ベーリング」という場所も特定することはできないのだ、と。賢治世界において、「ベーリング」とは北を示す方位そのものなのです。

「氷河鼠の毛皮」の物語の始まりの部分にはこう書かれていました。

ところがそんなひどい吹雪でも夜の八時になつて停車場に行つて見ますと暖炉の火は愉快に赤く燃えあがり、ベーリング行の最大急行に乗る人たちはもうその前にまつ黒に立つてゐました。何せ北極のぢき近くまで行くのですからみんなはすつかり用意してゐました。

（……）汽缶車《きくわんしや》はもうすつかり支度ができて暖さうな湯気を吐き、客車にはみな明るく電燈がともり、赤いカーテンもおろされて、ベーリング行。プラットホームにまつすぐにならびました。『ベーリング行、午後八時発車、ベーリング行。』一人の駅夫が高く叫びながら待合室に入つて来ました。すぐ改札のベルが鳴りみんなはわい〳〵切符を切つて貰《もら》つてトランクや袋を車の中にかつぎ込みました。間もなくパリパリ呼子が鳴り汽缶車は一つポーとほえて、汽車は一目散に飛び出しました。何せベーリング行の最大急行ですから実にはやいもんです。見る間にそのおしまひの二つの赤い火が灰いろの夜のふゞきの中に消えてしまひました。

（「氷河鼠の毛皮」『全集 8』一四八頁、改行一部省略）

つい旅情に誘われて賢治とともにこの列車に乗り込みたくなってしまいます。「最大急行」とは、この時期に実際使われていた呼称で、いまの「特急列車」のことだと考えればいいでしょう。けれどそれはいまと比べれば、けっして速くはなかったのです。新橋―神戸間で明治三九年（賢治一〇歳の年）に最初の最大急行が運転を始めたとき、その平均速度は時速四四キロメートルだったといわれています。それでも、賢治世界では、ベーリング行の列車の赤い二つの尾灯は、闇夜のなかにすうっと消えていくのです。「北」に向けて旅立つとは、どこかで、現実から離れてゆく、そのような決然とした意思を宿した行為でした。

賢治が現実と彼岸との避けがたい断絶を味わったのが、一九二二年一一月二七日、最愛の妹とし子を亡くしたときです。みぞれの降る寒い一日、このいまわの時にとし子の最後の魂《プシュケー》の叫びを深く受けとめた賢治の思いは、その日に書かれ『春と修羅』に収録された、直後の挽歌群の三篇「永訣の朝」「松の針」「無声慟哭」に、鮮烈に、余すところなく書きつけられています。「けふのうちに　とほくへいつてしまふわたくしのいもうとよ」で始まる「永訣の朝」。「ああけふのうちにとほくへさらうとするいもうとよ　ほんたうにおまへはひとりでいかうとするか」と嘆く「松の針」。「おまへはひとりどこへ行かうとするのだ」と問いかける「無声慟哭」。彼方のくにへと旅立つとし子と、青ぐらい修羅を歩くほかない現世の自分との間の断絶が、これらの挽歌でくりかえし問いかけられています。とし子の行く先、それがどれほどはるかに遠いところであろうと、そこに自分も赴こうとする強い憧憬がすでにここには示されています。

翌年の六月四日に書かれたさらなる挽歌「白い鳥」では、ひとつの幻影の光景が呼び出されます。そこでは、二羽のおおきな白い鳥がするどく啼きかわしながら、朝の光のなかを飛んでいます。「それはわたくしのいもうとだ　死んだわたくしのいもうとだ　兄が来たのであんなにかなしく啼いてゐる」と賢治は書きつけていますが、幻とはいえ、渡り鳥の女神ともいうべきオオハクチョウの姿がここに現れることには注意すべきでしょう。さらに、それがなぜ二羽なのかがとても重要です。賢治の理解はこう書きとめられています。「どうしてそれらの鳥は二羽　そんなにかなしくきこえるか　それはじぶんにすくふちからをうしなつたとき　わたくしのいもうとをもうしなつた　そのかなしみによるのだが」(「白い鳥」『全集　1』一七〇―一七一頁)。そう、この二羽の白鳥は、二つの決定的な悲嘆の象徴なのです。一つはもちろんとし子の喪失によるものですが、もう一つは、賢治自身に「救う」力がなかったことへの、深い悔恨の産物です。それはたんにとし子を病から救えなかったという現実的な意味だけにとどまらない、賢治自身の、人間存在としてのもっとも本質的な救済の力の不在を嘆く、深く倫理的な悲嘆にほかならなかったのです。そうであれば、この、とし子でもあり、自らの存在論的な限界をも示す幻の白鳥を追って、賢治が「北」へと旅立とうと決心するのは、もはや時間の問題でした。

「オホーツク挽歌」の旅

それから二ヶ月もしない一九二三年七月三一日、賢治は樺太（賢治は古い呼び方で「サガレン」と書きました）に向けて花巻駅を夜行列車で旅立ちます。夏ですから、駅舎に暖炉の火が燃えてはいなかったでしょう。「ベーリング行、ベーリング行！」と叫ぶ駅夫もいなかったでしょう。ですが、列車の二つの赤い尾灯は、発車とともに夜の闇のなかにあっという間に消えていったことはまちがいないでしょう。この北へと向かう旅の目的は、名目上は大泊（ロシア名コルサコフ）の王子製紙樺太分社に勤めていた知人に、花巻農学校での教え子二人の就職を依頼することにあったようです。しかし賢治の内面では、それは、とし子の鎮魂であり、さらにいえば彼女の死後の行方を極北の空のもとに確かめに行く、彼岸への旅にも等しい道行きにほかなりませんでした。そしてそれが、当時の日本領土の北限の地である樺太への旅――ちょうどこの年に上野から樺太の栄浜までの、連絡航路も含む鉄道路線が全通したばかりでした――であったことは、賢治の想像する「北」の最果てへの旅として、まさにふさわしいものだったといえるでしょう。

この往復一二日間ほどの旅のなかで、とし子を想う絶唱ともいうべき挽歌群が、それまでの数ヶ月の詩的沈黙から迸り出るようにしてつぎつぎと生まれていきました。まず、出発の翌日である八月一日に書かれた二五二行におよぶ長詩「青森挽歌」は、北へと向かう列車からの、夜から明け方へと至る（幻影もまじえた）心象の描写から成っていますが、それはこうはじまっています。

こんなやみよののはらのなかをゆくときは
客車のまどはみんな水族館の窓になる
（乾いたでんしんばしらの列が
せはしく遷《うつ》つてゐるらしい
きしやは銀河系の玲瓏《れいろう》レンズ
巨《おほ》きな水素のりんごのなかをかけてゐる）
（「青森挽歌」『全集 1』一七四頁、ルビを一部追加）

風景やイマージュはすでに、現実と夢想のあいだをせわしなく往還しています。それは車窓からの風景のようでもあり、同時に、北行する列車の窓が水族館の水槽のように並んで夜闇に光る、という外部からの視線の介在によって多元化されています。賢治が、自分の旅を内側からだけでなく、より大きな外部の眼、天空からの眼のようなものによって客体化しようとする意識がこの冒頭からすでに感じられます。朝の青森の風景のなか、列車は赤い林檎の生る平原を実際にも走り抜けていったのでしょうが、その林檎はすでに、「巨きな水素のりんご」すなわち水素原子で満たされた球体状の可視宇宙そのものへと変容し、列車はその宇宙空間のなかを駆け抜けているのです。極小の物体と極大の宇宙とを一気に反転させる、賢治の物語世界の秘法です。

ついで「青森挽歌」は、北上する列車の旅をこう描き出します。

わたくしの汽車は北へ走つてゐるはずなのに
ここではみなみへかけてゐる
焼杭の柵はあちこち倒れ
はるかに黄いろの地平線
それはビーアの澱《おり》をよどませ
あやしいよるの　陽炎と
さびしい心意の明滅にまぎれ
水いろ川の水いろ駅
　（おそろしいあの水いろの空虚なのだ）
汽車の逆行は希求《ききう》の同時な相反性
こんなさびしい幻想から
わたくしははやく浮びあがらなければならない

（同書、一七五頁）

ここに興味深く語られているのは、北へと向かう汽車の方向性が本質的にはらんでいる、それと逆行する（「みなみ」へと向かってしまう）隠れたベクトルについてです。「わたくしの汽車は北へ走つてゐるはずなのに　ここではみなみへかけてゐる」。いっけん矛盾したような表現ですが、賢治はその意味を「汽車の逆行は希《き》求《きう》の同時な相反性」によるものであると自ら解説しています。こうした部分からも、賢治の「北」への超出の衝動が、ある種の弁証法的な力学を内蔵した形而上学であり、それが、相反する「南」への帰還のミッションをおのずから含んでいたことがわかります。「死」という彼岸の辺土に旅立ったとし子の魂を追い求める旅は、かならず「北」への陶酔的な希求に釣り合うように、「南」すなわち現世的な生の現場へと立ち戻るべき使命を、賢治に意識させつづけたのです。「挽歌」という形式こそ、まさに死者の領域に踏み込みつつ、そこから身を引き離してふたたび現世へと帰還しなければ成立しようのない、ある意味で矛盾をはらんだ言語的営為にほかなりませんでした。しかし詩のなかでそのことが再度はっきりと悟られるのは、もう少し先のことになります。

このあと「青森挽歌」はついにとし子の死出の旅の行方について語りだします。

あいつはこんなさびしい停車場を
たつたひとりで通つていつたらうか
どこへ行くともわからないその方向を

どの種類の世界へはひるともしれないそのみちを
たつたひとりでさびしくあるいて行つたらうか

（同書、一七七頁）

「どこへ行くともわからないその方向」という表現に私は立ち止まります。「方向」と賢治が書くとき、それが風や鳥や北上川や天の銀河のイメージを媒介にして、つねに「北の方角」を抽象的に指し示していることを私は直観するからです。とし子も、限りなく一つの「方向」にむかって自らの命を燃やしていったことを、賢治は信じようとしているのです。それは生者にとっては不可解な方向ですが、少なくとも賢治は、それが「北」につながる方向であることだけは知っていました。

とし子はみんなが死ぬとなづける
そのやりかたを通つて行き
それからさきどこへ行つたかわからない
それはおれたちの空間の方向ではかられない
感ぜられない方向を感じようとするときは
たれだつてみんなぐるぐるする
《耳ごうど鳴つてさつぱり聞けなぐなつたんちやい》

（同書、一七八頁）

ここでもまた、「おれたちの空間の方向ではかられない」「感ぜられない方向」と書きつけられています。「北」という方位の抽象性、形而上学的なありかたについて考えてきたいま、私たちは、ここでいう「方向」は、天空に投影された「北」のことでなければならないことを、ほとんど確信することができるでしょう。すでにそれは地図上の、あるいは磁石上の方位としての北であることを超え、「死」なるものと、もっとも深い共感＝共苦の位相において触れ合う方角を意味しているからです。生者が、そんな冥府とつながる「方向」を感じようとするとき、地上の方位磁石はぐるぐると狂いはじめます。引用部分の最後の一行はとし子の死の床でのことばを写したものですが、異界へと踏み出そうとする者の耳は、「北」からの風に翻弄されてごうと鳴りながら、この世の聴覚の世界から離脱してゆくのです。

それでも、なんとかしてとし子の声を聴こうとする賢治は、この北上する旅の途上で、かすかな通信を受けとったように感じます。

そして私のうけとつた通信は
われらが上方とよぶその不可思議な方角へ
それがそのやうであることにおどろきながら
大循環の風よりもさはやかにのぼつて行つた（……）

（同書、一八二―一八三頁）

大循環とは、「風の又三郎」の先駆形である童話「風野又三郎」で躍動的に語られる、地球の上層気流の大きな循環のことですが、それはとりわけ北極圏の、そしてベーリング海峡やアラスカの上空をめぐる壮大な風の旅として描かれていました。ここでもまた、とし子の通信の声は、「不可思議な方角」すなわち北の極地、おそらくは「ベーリング」へとつづく天空（「上方」）の彼方へと昇って行ったのです。賢治は、その通信の道筋を追うように、この「北」をめざす旅に出たのでした。

さらに「青森挽歌」で、賢治はまだ津軽海峡すら渡ってもいないのに、この「北」への衝迫を可能なかぎり遠くから引き寄せようとします。賢治は、すでに北海道の北端稚内から樺太の大泊の港へと宗谷海峡を渡る連絡船の甲板に立っているはずの自分をここで想像するのです。この海峡こそ、「北」という異世界への真の入り口であると直観しているからでしょう。そのような先取りされた想像力のなかで賢治が書いた一節は、彼の壮絶な覚悟を語っています。

（宗谷海峡を越える晩は
わたくしは夜どほし甲板に立ち
　あたまは具へなく陰湿の霧をかぶり
からだはけがれたねがひにみたし

そしてわたくしはほんたうに挑戦しよう）

（同書、一八〇頁）

この「挑戦」とは、ひとことで言えば「北への投身」のことにちがいありません。賢治は、どこかで、とし子を追ってどこまでも行こうとしていたのです。そのとき、もし必要であるならば、海峡を渡る船の甲板から青海の銀河へと飛翔することも厭わない、と賢治は考えたのでした。とし子の行方に近づくため、そして自らの救いの力の不在をくつがえし、人々の「究竟の幸福」へと反転させることができるのであれば……。

翌日八月二日、実際に宗谷海峡を渡ったときに書かれた「宗谷挽歌」にはこうありました。

こんな誰も居ない夜の甲板で（……）
海峡を越えて行かうとしたら、（漆黒の闇のうつくしさ。）
私が波に落ち或いは空に擲げられることがないだらうか。
それはないやうな因果連鎖になってゐる。
けれどももしとし子が夜過ぎて
どこからか私を呼んだなら
私はもちろん落ちて行く。

（「宗谷挽歌」『全集　1』二六九頁）

とし子はまっすぐにのぼって行ったので、もう賢治を呼ぶ必要のないところにいる……。このことを、賢治はすでにどこかで敏感に感じとってはいました。それでも彼は、自分がこの「北」への旅をどこまでもつづけようとするかぎり、波濤のなかに落ち、暗い空へと擲《なげう》たれることを拒否するつもりはなかったのです。彼は「北への投身」の究極の意味、その極限世界の恩寵に、自己の存在を賭けようとしたのです。生身の人間としての、そして詩人としての存在を。このとき「挽歌」の意味は反転しました。それは、ただ「北」だけを向いてがむしゃらに突き進むことではなく、どこまでも北天の銀河を渡りながらも、その道がついには彼の世俗の生をいとなむ場所へと還ってゆくことをうべない、受け入れる魂の平安をよびだしたのです。

詩「宗谷挽歌」の最後は、幾行かの元原稿の欠落によってことばの不気味な深淵をはさんだあと、賢治のこの強い意思の表明によって擱筆《かくひつ》されます。

永久におまへたちは地を這ふがいい。
さあ、海と陰湿の夜のそらとの鬼神たち
私は試みを受けよう。

（同書、二七五―二七六頁）

「地を這ふ」とは、北への飛翔の可能性など思いもせず、徒《いたずら》に現世を生きることでしょう。そして彼がいま受けようとしている試練とは、とし子もいるあの異世界へと身を躍らせることとの昂揚のなかで高められた意識を生きつつ、その鬼神たちの世界、暗く光る海＝天の世界に永遠にとどまることとの究極の不可能性を受容する、この苦渋の逆説のことかもしれません。しかし、実際の旅の北端、樺太鉄道に乗り換えて鈴谷平原までたどり着いた賢治の内面で、「希求の相反性」のはたらきによって、なにかがふっと消え、世界が反転します。そこでは決死の感情は去り、「サガレンの八月のすきとほつた空気」（「樺太鉄道」）がしずかにゆたかに醱酵しはじめます。とし子の幻影は霧散し、八月七日に書かれた樺太での最後の挽歌「鈴谷平原」では、「クリスマスツリーに使ひたいやうな　あをいまつ青いとどまつ」の傍らで「わたくしはこんなにたのしくすわつて」いるのです。

詩人はもう帰還の旅をここで想像し、こう書きつけています。

こんやはもう標本をいつぱいもつて
わたくしは宗谷海峡をわたる

（「鈴谷平原」『全集　1』二〇三－二〇四頁）

ここで唐突に登場する「標本」が何なのか、それをひとことで語ることはできないでしょう。賢治は、樺太の海岸で、珍しい方孔石《ほうこうせき》（円や菱形の孔のある、頁岩の摩滅した欠片）を採集していた可能性もあります。けれどここでいわれているものが地質学的な「標本」以上のものであるとすれば、ふたたび渡り返す宗谷海峡での賢治の思いは、淡い希望に彩られているでしょう。そう、この標本とは死者の魂の遺物を北の最果てで彼がたしかに拾ったことの証しであり、それこそが「挽歌」となっていま彼の手帳にすきとおった命の軌跡を描きだしているからです（さらにいえば、賢治にとってのとし子が一羽の白鳥の姿をしているかぎり、ここには、後に「銀河鉄道の夜」で語られる、あの「鳥の押し葉」の標本のようなイメージの前成が語られている、とも言えるのかもしれません）。

北の涯て「ベーリング」はいまだはるか彼方の霧の中です。そこに、死という「そのちがつたきらびやかな空間」（「噴火湾（ノクターン）」）へと入ってゆく入り口があることもまちがいないのです。だからこそ、「ベーリング」は未踏地のままでありつづけねばならない。ただベーリングの夢幻的存在の確証として、賢治の手には何篇かのかけがえのない「標本」がもう握られているのです。

「北」はこうして、賢治のひたむきな魂の旅がたどられる「方角」として、純粋なままに守られました。未踏地ベーリングをどこまでもめざす、まったくあらたな精神の道行きは、賢治がその後書き継いでゆくすべての「心象」スケッチとして生み出されてゆくことでしょう。それは、とし子の死を乗り越え、自らの救済の力の可能性をもういちど試す、一途な旅の航跡を描き出すでしょう。「銀河鉄道の夜」も「風の又三郎」も、そうした天空の旅の記録でした。

そしてその「方角の旅」がひとえに「北」をめざしていることは、もういうまでもありません。

清教徒とインディアンが出会う場所

「北」をめぐる考察の結び《コーダ》として、一つの興味深い符合について書きとめておきましょう。

現実の現象世界のたよりなさ、あてのなさ、その未完成であるところからくる、光の微塵が散乱するあざやかな軌跡。賢治の物語の旅は、その軌跡を北に、天空の方角に投影し、命の救済の可能性を深く問いかけようとする試みでした。樺太への旅から帰って二ヶ月ほどして書かれた詩「過去情炎」のなかに、賢治が自らの潜在的な「旅人」としてのあり方をとても喚起的な表現で語る部分があります。

截られた根から青じろい樹液がにじみ
あたらしい腐植のにほひを嗅ぎながら
きらびやかな雨あがりの中にはたらけば
わたくしは移住の清教徒《ピュリタン》です
雲はぐらぐらゆれて馳けるし
梨の葉にはいちいち精巧な葉脈があつて
短果枝には雫がレンズになり
そらや木やすべての景象ををさめてゐる
わたくしがここを環に掘つてしまふあひだ
その雫が落ちないことをねがふ

なぜならいまこのちひさなアカシヤをとつたあとで
わたくしは鄭重《ていちよう》にかがんでそれに唇をあてる
（……）
なにもかもみんなたよりなく
なにもかもみんなあてにならない
これらげんしやうのせかいのなかで
そのたよりない性質《せい》が
こんなきれいな露になつたり
いぢけたちひさなまゆみの木を
紅《べに》からやさしい月光いろまで
豪奢な織物に染めたりする

（「過去情炎」『全集　1』二三五―二三六頁）

雨上がりのみずみずしい木々と対話する野良仕事の日常が、一気に宇宙的な次元へと引き上げられてゆく賢治特有の世界です。枝にとどまったままの雫に唇をあて、凸レンズとなった水の半球への浸透をてがかりにして、異世界への飛躍（＝入水）の旅を想像する賢治。愛する者への、どこか官能的ですらある感覚が漂うこの作品で、賢治はまだ、あの北の最果てへの鎮魂の旅のことをどこかで反芻しているのかもしれません。

ここにあらわれる「移住の清教徒《ピュリタン》」という表現に、私はとても惹かれます。これは賢治自身の自己規定であり、同時に東北農民の集合自我をあらわすことばとして使われているにちがいないからです。「移住」の「清教徒」。ここには、農村の定住者もまた、一人の移住者、すなわちある方角を求めてやってきた「旅人」にほかならないことが示唆されています。しかもその旅人たちが実直で慎ましい「清教徒」であること。たよりなく、あてのない現象世界のただなかで生きることのなかで生まれるひそやかな恩寵は、もしかしたらあてのない、しかし一途な信仰を宿した、ある「方角」への旅の帰結として生まれたのではないか。私にはそんな直観がひらめくのです。

ピューリタンの移住という出来事は、現実の歴史をただちに想起させます。それは「ピルグリム・ファーザーズ」と呼ばれる、北アメリカへと移住した最初のピューリタンたち一〇二人のことで、彼らはイギリス国教会に対立し、徹底した宗教改革を目指した清教徒の分離派でした。一六二〇年、純粋な魂の成就と信仰のまったき自由を求めてメイフラワー号に乗って大西洋を横断した彼らの多くは、開拓農民でもありました。その移住の旅は、いわば「アメリカ」という一つの方角（この場合は「西」）に向けて生命の新天地を求める、ユートピア的な希求の旅であったと言うことが可能です。賢治は、このアメリカへと渡った清教徒たちの旅の歴史を、自らの存在に響き合うものとして受けとめていたようなのです。こんな詩もあります。

　そもそも拙者ほんものの清教徒ならば（……）
　これこそ天の恵みと考へ

町あたりから借金なんぞ一文もせず
八月までは
だまってこれだけ食べる筈

（「〔そもそも拙者ほんものの清教徒ならば〕」『全集　2』三五八頁）

これは、荒れ畑から湧き出したような菊芋だけをひたすら食べ、お金には執着しない、という清貧の思想をやや突き放して書いた短詩の一節です。こんな作品からも、賢治が自らも含む東北の開拓農民たちの生き方を、「清教徒」の質実な生活哲学になぞらえていたふしがあるのです。
さらにもう一つ「清教徒」が登場する詩があります。

……塩を食べ水をのみ
　塩を食べ水をのみ……
わづかな積雲が崩れて赭くなり
山地で少しの雨を降らせれば
その中でぼんやりかすむ早池峰の雪の稜
……そのときにもしも
　トラクターの
一つの螺旋が落ちたなら

清教徒たちがみんないっしょに祈るであらう……
（「〔川が南の風に逆って流れてゐるので〕」『全集　2』二二一頁）

不思議なほど、賢治の自我は、みずからの「農の人」としての実存を、アメリカへと渡った「清教徒」たちの軌跡に重ね合わせようとするのです。そして私にとって興味深いのは、その「アメリカ」に、もう一つ、一途な方角をめざしてこの広大な大陸へと渡った旅人たちの集団がすでに存在していた、という歴史の事実です。それがインディアン、すなわちアメリカ先住民です。

極寒の地シベリアから最初にベーリンジア（いまのベーリング海峡にあたる部分）を渡った人々はパレオ・インディアンと呼ばれています。彼らこそ、いまのすべての北米インディアンの祖先です。パレオ・インディアンたちはマストドンやマンモス、カリブーなどの獣を追って、ウルム氷期（最終氷期）の終わり頃、約一万数千年前に、陸続きだったベーリンジアを渡ったのでした。この場合、方位的にいえば「東」ですが、それは旅人たちの意識からすれば、伸びている細い氷の地峡地帯を、あらたな一つの方角にむけて新天地開拓のために一歩踏み出してゆく、そのような決意と憧憬を込めた旅立ちにほかなりませんでした。

ベーリンジアを渡ってゆく旅人パレオ・インディアン。この遠いはるかな人類の一つの画期的な「移住」の記憶をどこかで私たちが自らの内部に喚起したとき、賢治のいう「ベーリング」や「ベーリング市」はかならずしも「架空の地名」ではなく、ベーリング地峡という、一万数千年前に消えてしまった、ある地質学的・歴史的移動民の「旅立ち」の記憶を宿した場所への具体的な想像力に根ざしてはいなかったか、というあらたな問いかけも生まれてきます。そのような連想を誘いだすほど、賢治の作品に登場する「インデアン」はいつも印象的なのです。

たとえば「銀河鉄道の夜」のある不思議な場面では、「まっ黒な野原のなかを一人のインデアンが白い鳥の羽根を頭につけたくさんの石を腕と胸にかざり小さな弓に矢を番《つが》へて一目散に汽車を追って来る」のでした。

まったくインデアンは半分は踊ってゐるやうでした。（……）にはかにくっきり白いその羽根は前の方へ倒れるやうになりインデアンはぴたっと立ちどまってすばやく弓を空にひきました。そこから一羽の鶴《つる》がふらふらと落ちて来てまた走り出したインデアンの大きくひろげた両手に落ちこみました。インデアンはうれしさうに立ってわらひました。そしてその鶴をもってこっちを見てゐる影ももうどんどん小さく遠くなり電しんばしらの碍子《がいし》がきらっきらっと続いて二つばかり光ってまたたうもろこしの林になってしまひました。

（「銀河鉄道の夜」『全集　7』二八三頁）

「インデアン」はここで狩猟をしているのでしょうか、それとも狩猟の模倣《ミメーシス》としての原初的な踊りを踊っているのでしょうか？　農民芸術は人生と自然を巨大な演劇舞踊として観照享受することを教えるものである（「農民芸術概論綱要」）と考えた賢治。狩猟という原初的な労働のなかにこそ、舞踊へと昇華する芸術の原形が隠されているのです。「芸術をもてあの灰色の労働を燃せ」とも賢治は書いています。彼は、インディアンの所作のなかに、そのような農民芸術のもっとも結晶化された範例を幻視しました。この場面には、そんな賢治のインディアンへの深い自己投影の気配がにじみ出ています。

さらに賢治は、インディアンがアメリカの荒野での長年の移動生活のなかで習得してきた独特の農法を、日本の自然環境に適応させながら学んでいた形跡があります。賢治は伊豆大島に農芸学校を開こうとしていた友人を訪ね、農法の助言をしていますが、そのとき生まれた詩のなかにこんな一節があるのです。

非常な旱魃続きのときに
巨きな粒の種子を播きつけしますには
アメリカンインデアンの式をとります
棒で三寸或は五寸も穴をあけ
中に二つぶぐらゐもまいて
わづかに土を投げて入れます

（「三原　第三部」『全集　3』三八五頁）

賢治のインディアンへの思い入れは、とても深いものがあったのです。そして彼らの移動の軌跡、彼らの「農」への謙虚な態度、そして彼らの遊戯的な身体所作、それらすべては、一つの行為の結果としてあらわれたものなのです。そう、陸続きとなった地峡を渡り一つの「方角」へと歩み出てゆく、あてどのない、しかし決然とした旅立ちの結果としてです。

インディアンもまた、一人の〈方角の旅人〉の先人として、「アメリカ」という場に謙虚な生活の知恵と技術とをもたらしていったのです。そしてこの「アメリカ」という場において、「清教徒」たちは「インデアン」と出会いました。その後の「弾圧」や「征服」の歴史を声高に語る前に、私は、賢治とともに、これら二つの慎ましい〈方角の旅人〉の集団があらたな土地で思いがけなく出逢ったことの偶然を、その奇蹟を、深くかみしめてみたいのです。

その省察の地点から、私たちは私たちのもっとも深い憧憬にみちた「北」への旅を、敢然と始めることができるはずです。

Ⅷ―終わらない植民地《コロニー》

〈未完〉について

諸君はこの時代に強ひられ率ゐられて
奴隷のやうに忍従することを欲するか
むしろ諸君よ　更にあらたな正しい時代をつくれ
――宮沢賢治「生徒諸君に寄せる」

〈未完〉という創造原理

あるとき、興味深い符合の発見にしばらく興奮していたことがあります。それは、宮沢賢治、マウリッツ・コルネリス・エッシャー、そしてホルヘ・ルイス・ボルヘスの三人が、同年代の生まれだということに気づいたときでした。賢治の生年が一八九六年、エッシャーが一八九八年、そしてボルヘスが一八九九年。一つの世紀が終わろうとする歴史の転回点で、二〇世紀という更なる試練の時代の仄暗い陰影がいまにも世界に差し込もうとしていたとき、このそれぞれに特異な詩人、版画家、そして短篇作家は、日本、オランダ、アルゼンチンという相互に遠く離れた場所に生を受け、お互いを知らないままに、不思議にも類似した主題への持続的関心を持って精力的な創作活動をしていったのでした。その主題こそ、変容、生成変化、迷宮、無限、永遠、循環、そして夢、といった相互連関する諸テーマです。

すでに私たちは、賢治の詩や物語の核心となる「心象スケッチ」なるものが、気圏のひかりの揺らぎある変容体であり、時間や空間において固定化することのできない変幻自在の「可能態」世界の描写であることをさまざまに考察してきました。それは、現世の、日常の時空間に縛られた法則性（それは物理学的な意味での「重力」や「光学」から地理、歴史、そして心のはたらきとしての宗教までを含んでいました）を打ち破り、安易な完成形をめざすことなくひたすら明滅しつづける、終わりのない、無窮の地平線です。その探求は、私たちが、限界づけられた意識と身体を持ちながら、いかにしてそうした高次の可能態の地平と触れ合うことができるかを模索する、一つの壮大な夢でもありました。こうしたテーマにおいて、賢治、エッシャー、ボルヘスの三者の作品は不思議に濃密な響き合いをみせているように思われるのです。

エッシャーは、「平面正則分割」という特異な描画技法を一九二二年ごろから試みています。それはちょうど賢治が『春と修羅』に収録されることになる瞠目すべき詩群を書き継いでいたのとまったく同じ時期なのですが、このエッシャー独自の表現手法は、均一の絵柄・モティーフをモザイク・タイルのように敷き詰めながら無限に反復させることによって、絵柄と地の固定的関係性や、枠づけられた視覚のユークリッド幾何学的世界の臨界を超えてゆこうとする、西欧絵画史上例のない造形的冒険にほかなりませんでした。さらにエッシャーは、一九三七年ごろから

「メタモルフォーゼ」のシリーズに取り組みましたが、これは形が漸進的に変化しながら図形や無機物がいつのまにか鳥になったり人に変容したりする、夢のような変幻宇宙を二次元空間に表象するものでした。さらにその後のエッシャーが、これらの手法を複雑に組み合わせながら、ありえない迷宮や永久運動の装置（「だまし絵」とも呼ばれていますが）を描き出し、私たちの固定化された物理学的想像力に遊戯的な挑発を仕掛けつづけたことはよく知られています。

ボルヘスもまた、まったくの同時代人として、短篇小説において同じような主題を追求しつづけました。「バベルの図書館」（一九四一）は、文字で書きうるあらゆる作品が収蔵された六角形の書庫が無限大に上下左右に連なって続く果てのない宇宙を、言語だけで創造してしまおうとする未曾有の試みでした。「エル・アレフ」（一九四九）は逆に、世界のすべてがその一点に収束するという特異点である玉虫色の小球体（それは宮沢賢治の描く「インドラの網」の姿によく似ています）を地下室に発見してしまう主人公の物語でした。そして「円環の廃墟」（一九四〇）は「夢見」を媒介にして自己の分身を生み出しつづけ、時空間を無限の流動体へと変容させることによって生死の識閾を問い直す寓話でした。このように、迷宮、永遠、無限は、ボルヘスがその八六年の生涯を通じて探求しつづけた、もっとも根源的な主題となりました。しかも、ボルヘスの作品自体が、つねにどこかで通常の意味での「完成」を回避し、無限の多様体へと変身してゆこうとする気配を見せていることが重要です。迷宮、永遠、無限といったテーマ群は、だから、作家が自らの創作テーマとして選びとったものというだけでなく、便宜的な「完成」や「目的地」へと至り着くことに特別の価値を与える合理主義的な思考（それは二〇世紀に勃興する資本主義経済の価値観と明確に連動するものでした）にたいする根源的な異議申し立てを、自らの作品そのもののあり方においても表明しようとする、徹底した批判精神によるものだといえるでしょう。

永遠や迷宮、無限に取り憑かれた彼らは、どこかで、自らの作品を「完成」させ、「最終形」に導くことにためらいを感じていました。そのような「完成」を、彼らは拒んでいた、といってもいいでしょう。エッシャーの作品には理念上の外枠がなく、その造形の可能性はひたすら無限と永遠を指向しています。ボルヘスの短篇の多くは物語的構造というものがほとんど見られず、断片的な奇想が絢爛たる混沌のもとに投げ出されているだけで、どこで終わっても、あるいはどこで中断されても、語りの真の内実にはほとんど影響がありません。そして彼らにとっては「世界」なるものも、そうした未完の、永遠に生成と変容を繰り返すものとして意識されていたのではなかったでしょうか？　彼らは、まさに彼らが信じる世界そのものの果てしのなさ、未完のあり方に倣うようにして、自らの作品をもそうした無窮を指向するものとして投げ出したのでした。作品は、世界そのものの一部として世界の果てなき流れに連なるべきものだったからです。

彼らの同時代人、宮沢賢治もまた、未完成と永遠の思想に深く染め上げられた詩人でした。この点においては、エッシャーやボルヘスをも凌ぐほどだった、といっても過言ではないでしょう。なによりも、賢治の「作品」と私たちが呼んでいるもののほとんどすべては、発表されないままに手稿として残され、たび重なる（終わることのない）加筆や書き直しの痕跡をあらわにした、「未定稿」の膨大な集積以外の何ものでもなかったからです。代表作とされる「銀河鉄道の夜」も、いうまでもなく、見事なほどに「未完」の作品でした。これは、一九二四年の夏以降に書き始められ、亡くなるまでのあいだほぼ一〇年にわたって、繰り返し繰り返し複雑な手入れや差し替えが行われ、死によってそのプロセスが中断した原稿です。現在の本文として全集や文庫本に活字化されている「最終稿（第四次稿）」なるものも、賢治の手入れや差し替えの過程で生じた齟齬や矛盾を最小限校訂して成った、便宜的な「未定稿」にすぎません。

しかも、それはある意味で「未完」あるいは「無限」をめぐる想像力の物語である、とさえいえます。物語を牽引してゆく「銀河の川」のイメージは、まさに限りない無窮の流れとして、物語の未完のありかたと響きあっているようにも思われます。たとえば、「北十字とプリオシン海岸」のパートのこんな印象的な場面をあらためて読み直してみましょう。

きらびやかな銀河の河床の上を水は声もなくかたちもなく流れ、その流れのまん中に、ぼうっと青白く後光の射《さ》した一つの島が見えるのでした。その島の平らないただきに、立派な眼もさめるやうな、白い十字架がたって、それはもう凍った北極の雲で鋳たといったらいゝか、すきっとした金いろの円光をいただいて、しづかに永久に立ってゐるのでした。

（「銀河鉄道の夜」『全集 7』二五四頁）

こんな場面は、賢治が夢想する「銀河鉄道」とその分身＝投影である「川」の流れそのものが、果てしのない、悠久の道程として描き出されていることをはっきりと物語っています。「銀河鉄道の夜」は本質的に「終わらない」物語なのです。

賢治の残した未完の断片のなかでも、盛岡中学校の生徒たちに向けて書かれた「生徒諸君に寄せる」(一九二七)は、その苛烈なメッセージ性を擁する内容も相まってよく引用されます。けれどこの原稿もまた、赤やブルーブラックのインク、さらに鉛筆も交えて、さまざまな機会に、何ヶ所もの空白をはさみながら書きつけられた未完の八つの断片の集積体にすぎず、これをただ継ぎ合わせただけでは、賢治の過激な呼び掛けの本意を伝えるテクストにはまったくなりません。

しかも科学はいまだに暗く
われらに自殺と自棄のみをしか保証せぬ、
誰が誰よりどうだとか
誰の仕事がどうしたとか
そんなことを云ってゐるひまがあるのか
さあわれわれは一つになって〔以下空白〕

(「生徒諸君に寄せる」『全集 2』三〇四―三〇五頁)

この、第八番目の断章の最後の中断、そのあとに来る空白……。それを見つめながら私たちにできることは、このつぎにどのような言葉が続いたかを想像することではなく、むしろこのテクストがここで中断されるほかなかった、その、避けがたく「未完」へと収斂してゆく賢治の創造原理じたいの秘密に、深く思いをいたすことかもしれません。「終わらないこと」こそが孕む創造的な意味、その苛烈な真理を、私たちはあらためて考えてみなければならないのです。

サガレンまたは永遠の闘争

賢治の数ある物語のなかでも、未完成稿の代表ともいうべき作品が「サガレンと八月」です。この、物語のほとんど端緒の部分でぷっつりと途切れたまま残された物語の芽。それは、賢治の「オホーツク挽歌」の詩群が書かれたサガレン(サハリン)への旅の、死者(妹とし子)を奪還しようとする理念的な「永遠性」や「果てしなさ」の裏面を構成する、賢治のもう一つの、終わりのない、おそらくは決死の「造話」の試みであったにちがいありません。それはおそらく、サガレンという「北の果て」を舞台にして語られるほかなかった物語なのであり、だからこそ、逆説的にも、完結することが始めから不可能な物語であったともいえるでしょう。これを読むと私は、賢治のなかで「北」と「未完」とが見事に合体しているような、そんな不思議な納得を感じてしまいます。この北の最果ての物語は、賢治の「未完」への希求それ自体を示している、そんな思いさえ、私には感じられてくるのです。

「サガレンと八月」の冒頭は、オホーツクの冷たい風と、旅人である「私」とのあいだのこんな会話から始まります。

「何の用でこゝへ来たの、何かしらべに来たの、何かしらべに来たの。」

(……)

「おれは内地の農林学校の助手だよ、だから標本を集めに来たんだい。」
（「サガレンと八月」『全集　6』三〇〇頁）

この冒頭は、すでにたびたび考察した、賢治の説話語りの特徴である「風聞」（風に聞いた物語）という形式が採用されたものです。冒頭からしばらくは、「何してるの」「何かしらべに来たの」としつこく来訪の目的を訊ねようとする風と「私」のあいだで対話が続くのですが、この強い詰問の調子は、どこか通常の賢治童話のはじまりとは違います。ここでサガレンの風と「私」（賢治の分身）とは、あきらかに北の大地の地霊とそのテリトリーへの闖入者ともいうべき対抗関係として描かれているように見えるのです。

浜辺で「私」は「小さな白い貝殻に円い小さな孔《あな》があいて落ちてゐる」のを発見し、それを標本として収集するのですから、たしかにこの語り手は生物学とか地質学とかいった領域の研究者なのでしょう。それは、石や貝殻を採集しつづけた現実の賢治そのもののありようですが、そこには、野外調査をする研究者というものの侵略者・搾取者としての側面が、どこかでかすかに漂いはじめているようにも感じます。この小さな孔のあいた貝殻（石）は、おそらく方孔石《ほうこうせき》のことだと考えられます。方孔石とは、頁岩の団　塊《ノジュール》が波に洗われて脱落・摩滅した欠片のなかの玄能石の部分が溶けて、円や菱形の空洞があいたもので、一九〇一年に南三陸女川の浜で偶然発見されたのが最初だといわれています。賢治の少年時代の、地質学における大きな「発見」の一つだといっていいでしょう。「私」がその珍しい標本を拾って雑嚢《ざつのう》にしまうと、それを見ていた波が、先刻の風と同じような態度でふたたびこう問い詰めてきます。

「貝殻なんぞ何にするんだ。そんな小さな貝殻なんど何にするんだ、何にするんだ。」

「おれは学校の助手だからさ。」私はついまたつりこまれてどなりました。（……）

「あんまり訳がわからないな、ものと云ふものはそんなに何でもかでも何かにしなけぁいけないもんぢゃないんだよ。そんなことおれよりおまへたちがもっとよくわかってさうなもんぢゃないか。」

するど波はすこしたぢろいだやうにからっぽな音をたててからぶつぶつ呟《つぶや》くやうに答へました。

「おれはまた、おまへたちならきっと何かにしなけぁ済まないものと思ってたんだ。」

私はどきっとして顔を赤くしてあたりを見まはしました。

ほんたうにその返事は謙遜《けんそん》な申し訳けのやうな調子でしたけれども私はまるで立っても居てもゐられないやうに思ひました。

（同書、三〇一―三〇二頁）

ここでの波と「私」のあいだの会話はとても重要です。学校の助手であるという立場が、石を採集する理由としてまったく正当なものであるとつい思い込んでいた「私」。ところが、北の最果ての島（日露戦争を経て一九〇五年に日本の植民地となった南サハリン）に標本採集にやって来る内地人、という構図は、そのようなナイーヴな思い込みを許してはくれなかったのです。主人公の顔が赤らみ、「立っても居てもゐられな」くなってしまうのは、まさに自分の特権的な立場に気づいたからです。ここには、他者の土地に赴いて、そこから何らかの成果物（戦利品）を奪い取り、それを「利用」（「何かに」）しようとする、いわゆる近代の「植民地主義」的な搾取の構図が、そうした観念的な言葉づかいからは離れたところで、より深い水準において暗示されているといえるでしょう。

こうした風や波とのやり取りのあと、「サガレンと八月」は、「私」が聞く「風のきれぎれのものがたり」の中身へと入っていきます。それは、海へ孔石《あないし》をとりにいった童子タネリが、母親の警告を無視して拾ったクラゲをレンズのように透かして風景を見てしまったため、ギリヤークの犬神によって蟹に変えられて蝶鮫《ちょうざめ》の下男にされるという物語のようです。しかしこのお話の部分は本にしてわずか五ページほどでぷっつりと中断されてしまい、蝶鮫のせりふである「うう、おれはいま病気でね、どうも苦しくていけないんだ。」という一文を最後に、以下の原稿はまったくの空白として残されてしまったのです。

たしかに中断されてしまったのですが、賢治自身これを彼にとって重要な物語の「胚」であると考えていたらしいことが下書き稿への赤インクでの書き込みでわかっています。賢治はここから、どのような物語を構想していたのでしょう？　なぜここで書くことを放棄してしまったのでしょう？　母親から言われたタブーを破ったため蟹に変身させられてしまい、海の底へと沈められたタネリ。「ギリヤークの犬神」はタネリにたいして容赦なく、タネリを「ぴしぴし遠慮なく使ふがいゝ」と蝶鮫に告げて、タネリを蝶鮫の巣のなかに追いやります。タネリは、黒と白の棘だらけの蝶鮫の顔を見て「こんなやつに使はれるなんて、使はれるなんてほんたうにこはい。」とぶるぶる震えています。そこで、先ほど引用した蝶鮫のせりふが来るのです。物語はここでぷっつりと途切れてしまいました。

あまりにもあからさまな未完の物語。たしかにここには、北の植民地サハリンを舞台に、土地の神や精霊と侵入者とのあいだの確執を深いところで孕んだ、なんらかの力関係をめぐる、支配と服従をめぐる寓意譚が構想されていたことが想像されます。タネリが何者であるかはよくわかりませんが、このまだ小さな子供らしき存在が、蝶鮫にこき使われて苦しむ展開が予想されます。無垢の眼（「悪いものを見ないやうにすっかりはらってある」眼）を持ったタネリが、クラゲで風景を透かし見てしまったため（タブーの侵犯）、邪悪なものの住む世界へと引き込まれてしまい、困難に直面する寓話でしょうか。そして一つ気をつけたいのは、タネリが蟹にされて青海に引きずり込まれるとき、陸にいる母親に向かって「おっかさん、もうさよなら。」と叫ぶところです。この「水際」に、現世と異世界、此岸と彼岸、生と死の境い目があるらしいことが了解されるのです（この点は、もう少し先でふたたび考えてみましょう）。

ともかく、「サガレンと八月」が圧倒的な「未完」のまま、書き継ぐことを放棄されたことをどのように受けとめるべきでしょうか。そこに完成しえない何かがあったこと。さらにいえば、ここで問いかけようとしていた主題が完結しえないことを示すためにこそ、この物語は放棄されたのではないかということ……。そのとき、やはりこの物語の舞台が、南サハリンという、日本があらたに領有することになった外地（植民地）に設定されたことには、深い意味があったと考えることはできないでしょうか。賢治は寓話という手段によって、彼が生きていた時代のもっとも苛烈で暴力的な力として世界を席巻していた「植民地主義」の動きにたいし、永続的な闘いを挑もうとしていた可能性はないでしょうか。

植民地主義に染め抜かれた世界を生きるという条件は、この時代の誰にとっても不可避のものでした。自分自身が誰であろうと、加害者であれ被害者であれ、たとえどれほど弱く貧しかろうと、この強大な力のメカニズムと自分とがなんらかのかたちで共犯者であるという深い宿命の地平を、容易に超えることはできなかったのです。賢治もまた、そのことをよく知っていました。永遠の、未完の闘争の意味も、その事実に賭けられています。

経済と無垢のはざまに佇む象

さて、北の島から地図に沿ってぐっと視線を下ろしてゆき、アジアの南の大地へのまなざしを濃厚にはらんだ賢治の物語として私たちが見いだす特筆すべき作品が「オツベルと象」（一九二六）です。その物語の舞台は、釈迦の生誕地でもあるガンジス川の支流ガンダク川の流域にほど近いルンビニあたり、インド・ネパール国境地帯の健やかな沙羅樹の林が広がる地帯であると想定されます（谷川雁の『賢治初期童話考』は、この物語の舞台がどのあたりでありうるかを、稲・稲扱器《いねこき》械・象・沙羅樹をめぐる細部の記述から実証的に割り出そうとしていて示唆的です）。仏教にかかわる土地や雰囲気を物語の背景にとった賢治作品は「雁の童子」「四又の百合」「インドラの網」「竜と詩人」などけっして少なくないのですが、「オツベルと象」はそうした仏教的な暗示や意匠を極力抑えて、舞台の土地の南方的な素材だけを前面に押し出して書かれた、ある意味では特異な作品だといえるでしょう。

「オツベルと象」は、詩人尾形亀之助主宰の詩誌『月曜』の創刊号（一九二六年一月刊）に掲載された、賢治の数少ない生前発表の童話の一つです。つまりこの作品は「完成」されたものとして発表されたことになり、この点でも例外的だといえます。悪辣な主人オツベルのもと、徹底的に搾取されながら懸命に働く一匹の白象の、艱難辛苦とそこからの救済の物語として、しばしば中学校の教科書などにも採用されてきた物語です。けれど、この作品も、不思議な二重構造（枠の構造）を備えており、終わり方も唐突で、一筋縄では行かない読解を読者に要求します。

まずタイトルに「オツベルと象」（これを「オッベル」と促音抜きで読むか「オッベル」と促音入りで読むかは不明）とありますが、その傍らに「……ある牛飼ひがものがたる」と一行あることに注意しなければなりません。そして最初のセクションには「第一日曜」と見出しがあり、物語が進行するにつれて順に「第二日曜」「第五日曜」と見出しがついており、三つのパートによって構成されたお話が展開していきます。つまりこれは、牛飼いが、学校も仕事もない日曜日ごとに、木陰かどこかで子供たちに話を聞かせている、という設定のなかで描かれた物語であるように思われます。

最初のお話はこう始まります。

オツベルときたら大したもんだ。稲扱器械《いねこき》の六台も据ゑつけて、のんのんのんのんのんのんと、大そろしない音をたててやつてゐる。十六人の百姓どもが、顔をまるつきりまつ赤にして足で踏んで器械をまはし、小山のやうに積まれた稲を片つぱしから扱《こ》いて行く。藁《わら》はどんどんうしろの方へ投げられて、また新らしい山になる。(……)そのうすくらい仕事場を、オツベルは、大きな琥珀《こはく》のパイプをくはへ、吹殻《ふきがら》を藁に落さないやう、眼を細くして気をつけながら、両手を背中に組みあはせて、ぶらぶら往《い》つたり来たりする。

(「オツベルと象」『全集 8』一八三頁。改行省略)

七五調を基調としたリズミカルな語り出しです。一読しただけで、威張りくさったオツベルの権勢と、小作人か奴隷のように働かされている百姓たちの姿の対照が鮮烈に印象づけられる冒頭です。「大したもんだ」と賛嘆されているらしいオツベルの経済的成功は、たしかに普通の物差しを超えるもののようです。腹をすかした労働者たちを尻目に、なんとオツベルの昼ご飯は分厚いビフテキと巨大なオムレツだったりするのです。一方、百姓といいつつ、そこでこき使われているのは土地を持った農民というよりは、稲扱工場に囲い込まれた哀れな無宿労働者のようですらあります。この、のんのんのんのんと稲扱器械が回りつづける薄暗い小屋に、ある日、図体の大きな闖入者が訪れます。

そしたらそこへどういふわけか、その、白象がやつて来た。白い象だぜ、ペンキを塗つたのでないぜ。どういふわけで来たかつて？　そいつは象のことだから、たぶんぶらつと森を出て、ただなにとなく来たのだらう。

（同書、一八四頁）

「なぜ象がとつぜんやって来たの？」と話を聞いていた子供の一人が牛飼いに訊いたのかもしれません。「ぶらっと森を出て、ただなんとなく来た」というのが牛飼いのとりあえずの答えですが、多分そんな単純なことではないのです。白象は仏教で釈迦の化身であり、叡知を象徴する普賢菩薩が白象の背に乗った姿をとることからして、この白象は聖なる存在の化身かもしれません。たとえそうした仏教的な深読みを退けたとしても、白い象とは皮膚の色素を欠いたいわゆる突然変異のアルビーノ（白子）として、群から疎外される「有徴性」（特別の記号性を備えた存在としてしばしば差別化／聖別化の対象となる特徴）を持っていたのでしょう。だからこの象は、差別と崇拝の両極を潜在的に宿す（谷川雁の言い方に倣えば）「貴種」として、森から人界に流れてきたマレビト的存在に近そうです。

さてともかく、象が小屋の入り口にいきなり顔を出したので、働いていた農夫たちはびっくりしましたが、知らぬ顔で稲扱をつづけます。象が、刺激すると暴れ出す危険な動物でもあるのを彼らはこの土地の民としてよく知っていたからでしょう。けれども主人オツベルはこのまたとない機会をすぐに利用しようとします。オツベルは、あきらかに土地の民衆の一人ではなく、それを支配する側、おそらくは西欧人（または西洋文明に同化したアジア支配階級の一人）の経営者なのでしょう。白象はまだ子供のようでしたが、それでも彼にはそれが途方もない労働力、「経済」を生み出す源泉に見えたのです。

オッツベルはみごとな手練手管で象をすばやく彼の工場で働く財産としてしまいました。オッツベルは、鎖や分銅をまるでアクセサリーであるかのように偽って象の前肢や踵にとりつけたので、象はむしろ「なかなかいゝね」と喜んですらいるのです。こうして象には足かせがはめられ、オッツベルによる白象の酷使と虐待がはじまります。けれど象は少しも疑わず、嬉々として自発的に働くのです。川への五〇杯の水汲み。森への九百把の薪とり。鍛冶場での半日ぶっ続けの炭火吹き……。しかし、日ごとに餌の藁の量は減らされ、最初は一日十把与えられていた藁も七日後には三把になっていきます。さすがにこんな少量の藁ではとても象は元気に生きていけません。白象は疲れを感じてきます。すでに餌が七把の藁に減らされた夜、白象は空の月を見て「ああ、つかれたな、うれしいな、サンタマリア」と呟きます。労働することの嬉しさを疑うこともなく、無垢《イノセンス》をつらぬきながらも、オッツベルの過酷な仕打ちは白象のからだと精神を少しずつ蝕んでいくのです。そしてお話の後半部分(「第五日曜」)です。

あの象を、オッツベルはすこしひどくし過ぎた。しかたがだんだんひどくなつたから、象がなかなか笑はなくなつた。時には赤い竜の眼をして、じつとこんなにオッツベルを見おろすやうになつてきた。ある晩象は象小屋で、三把の藁をたべながら、十日の月を仰ぎ見て、「苦しいです。サンタマリア。」と云つたといふことだ。

こいつを聞いたオツベルは、ことごと象につらくした。ある晩、象は象小屋で、ふらふら倒れて地べたに座り、藁《わら》もたべずに、十一日の月を見て、
「もう、さやうなら、サンタマリア。」と斯《か》う言つた。

（同書、一八九―一九〇頁。改行一部省略）

気のいい、純朴で愚直な白象、酷使に堪えかねて力尽きた白象、というだけではない何か、もっと深く複雑な嘆きのトーンを、私はこうした語りの細部に感じとります。牛飼いの物語の背後から、賢治自身の声調がたしかに聞こえてくるからです。たとえばあの「サガレンと八月」のタネリによる「おっかさん、もうさよなら。」とおなじ声調が。不条理な状況の識閾に立たされた白象は、すべてをはじめから了解し、人間世界のすべての過剰と狂騒と業果を引き受けたまま、どちらの方向に向けて世界から決別していこうとしているのでしょうか？

それを宙吊りの問いとしたまま、お話の最後まで見ておきましょう。簡単にまとめます。「もう、さやうなら」とつぶやいた夜、同情した月の助言で、白象は「ぼくはずゐぶん眼にあつてゐる。みんなで出て来て助けてくれ」と仲間に救助を求める手紙を書き、その手紙を突然現れた赤衣の童子が沙羅樹の森に集う象の群れへと届けます。それを読んだ象の「議長」は、「オツベルをやつつけよう」と高く叫び、「グララアガア、グララアガア」と仲間の象たちが呼応してオツベルの小屋までの突進が始まります。百姓たちは慌てふためき、オツベルの命じるままに屋敷の門にかんぬきをかけ、白象を小屋のなかに閉じ込めます。ですが怒った象の群れの勢いを止める

ことはできませんでした。塀はついに破られ、ピストルで防戦していたオツベルは塀からどっと落ちてきた象たちによってくしゃくしゃに潰されてしまうのです。象たちは屋敷になだれ込み、牢につながれていた白象は助け出されました。お話の最後の部分です。

白象は大へん瘠《や》せて小屋を出た。
「まあ、よかつたねやせたねえ。」みんなはしづかにそばにより、鎖と銅をはづしてやつた。
「ああ、ありがたう。ほんとにぼくは助かつたよ。」白象はさびしくわらつてさう云つた。
おや、〔一字不明〕、川へはひつちやいけないつたら。

（同書、一九三頁）

これで物語は終わりです。そしてここでも、牛飼いの声の背後から、賢治の声調がはっきりと聞こえてくるのを私は否定することができません。「白象はさびしくわらつてさう云つた」という含みのある描写は、直接このシーンを目撃したはずはない「牛飼い」の声ではもはやあり得ないのです。横暴な主人から救い出されたのに、なぜうれしく、ではなく、さびしく笑ったのでしょう？　そしてさらなる謎は、最後の一行です。「おや、〔一字不明〕、川へはひつちやいけないつたら。」――これは誰の言葉なのでしょう？　話をしていた牛飼いの近くを流れる川に、子供たちの誰かが（あるいは牛が）入ろうとしたので止めた、というのでしょうか？　そんなことを、賢治が物語の最後に書く意味があったでしょうか？　謎はますます深まっていき、私たちは物語の終わりのない霧の中に誘われて迷宮をさ迷います。

残酷で薄情な権力者による搾取と虐待。それに耐えられなくなって助けを求める白象の、仲間による救出劇。これが従来の読解の図式ですが、この物語を象の正義と仲間意識が悪者に復讐する勧善懲悪の物語として読むのは素朴すぎるでしょう。悪辣な資本家に対する労働者の蜂起の寓話であると読み替えるのも、あまりに政治化されすぎた解釈といわねばなりません。天沢退二郎は、この物語を搾取者と被搾取者の二項対立的な寓話として図式的に読む因習を排しています。彼は白象や語り手の牛飼いのなかに潜在的に見えるオッベルへの賛嘆や従順の気配を感じ取って、オツベルを「細心にして豪気、素早い判断と冷徹な実行によりつねに利益を引き寄せる術に長けたヒーロー」として位置づけたうえで、それを世俗における人間の本質を形作る「経済」の精霊であろう、とまで踏み込んで読み取っています（天沢退二郎「収録作品について」『新編　銀河鉄道の夜』新潮文庫、四一一頁参照）。この考えを少し敷延し、白象を釈迦の再来の気配を宿した聖なる無垢の精霊としてとらえれば、これは二つの精霊（すなわち和魂と荒魂、あるいは聖霊と世俗霊）が相互に「争《すま》ふ」、神話的なレヴェルでの抗争の寓話であると考えることも可能かもしれません。そこにはたらいているのは善悪の軸ではなく、これは物事の、世界の、表裏一体となった全体宇宙を形成する、二つのせめぎ合う力の軸において語られている寓話である、ということになります。

たとえそうだとしても、私はここに、賢治という最終的な物語作者の陰影ある声調が深く響いているのではないか、という直観を否定することができません。そしてその声調が、どのような世界ヴィジョンを目指す声であるのかを、最後まで考えつづけてみたいと思うのです。そのためには、「オツベルと象」の舞台となっているおなじ南アジアの風土を舞台に描かれた、象をめぐるもう一つの示唆的な物語によって、思考の補助線を引いてみるのも面白いかもしれません。

オーウェルと植民地主義の恥辱

植民地主義下のアジアにおける、象と人間の、深い共苦と共感をにじませた確執をめぐる物語として、すぐに思い当たるのが、イギリスの作家ジョージ・オーウェルの短篇「象を撃つ」Shooting an Elephant（一九三六）です。この物語は、「オツベルと象」が雑誌に掲載されたまさに一九二六年に、イギリス植民地のビルマ（現ミャンマー）南部、モールメインの町で警官として働いていたオーウェルの実体験にもとづいて書かれています。オーウェルはイギリスの植民地インドで植民地統治に携わっていた官吏を父にもち、賢治が生まれた七年後の一九〇三年にインドのビハール州で生まれています。幼少時に母とともにロンドンに戻ってイギリスの名門カレッジを出たあと、一九歳でふたたび英領インドに渡ってマンダレーにあるインド警察の訓練所に入り、その後ビルマで警官として五年ほど勤務していました。その経験は、帝国主義の片棒を担ぎながら、異民族社会に支配階級の少数白人として暮らす矛盾と嫌悪を、強くオーウェルの心に刻み込むことになりました。

そうした矛盾に満ちた経験を、脱走した象をめぐるある特異な事件として鮮烈に描き出したのが、短篇エッセイ「象を撃つ」でした。それはこんなふうに始まります。

南《ロワー》ビルマのモールメインでは、私はたくさんの人々に憎まれていた——たくさんの人々に憎まれるほど重要な存在となったことは、私の生涯でこの時だけである。私は町の分署の警官をしていたが、この町ではヨーロッパ人への反感がきわめて激しく、それが無目的に、愚劣な形で発揮されるのだった。（……）私は警官であったから、当然嘲弄の的になり、手を出しても大丈夫と思われる場合にはいつでも、悪さをしかけられた。

（「象を撃つ」井上摩耶子訳、川端康雄編『オーウェル評論集 1』平凡社ライブラリー、二〇〇九、一九頁）

南ビルマの港湾都市（一九世紀半ばまで英領ビルマの首都）モールメイン（現モーラミャイン）。この都会には、ゴムのプランテーションを経営するイギリス系の人々が集中的に住んでいた「リトル・イングランド」と呼ばれる地区もあり、そこで特権をもって植民地支配を続ける厚顔な西欧人たちへの反感が、あからさまに日常を覆うような場所でした。オーウェルは、民衆が嚙んでいるキンマの葉の汁を吐きかけられて着物を汚されたり、サッカーをしていて足をかけられて転ばされたり、若者たちの冷笑や侮辱的な野次を受けたり、若い僧侶たちから嘲りの目線を射られつづけるような毎日だったと回想しています。警官という職務とその服装は、さらに特別の権威を持ったものとして、民衆には植民地支配の象徴とすら見えたことでしょう。そしてオーウェルは、その立場を外部からの目によっても見、英国が誇示する植民地帝国としての威信と傲慢を、内実のない観念的な幻想として突き放す批判意識をそなえた、例外的な在外白人だったのです。しかしそうした覚醒の場に出るためには、一つの決定的な試練が彼には必要でした。それが「象を撃つ」で描かれた体験です。

二三歳のオーウェルは、モールメインの町で、自分が仕える帝国への漠然とした嫌悪と、警官の職務を妨げる性悪な民衆たちへの怒りとのあいだで板挟みになりながら、終わりのない「植民地主義」的な支配と圧迫の心意のなかで沈みかける自らのやり場のない感情を持て余していました。ところがある日の早朝、その事件は起こります。一匹の象が市場で暴れている、という報を受けたオーウェルは騒動を鎮めるためにライフルを持って現場に駆けつけることになったのでした。彼は書いています。

野生の象ではなく、飼象が「さかり狂い」で荒れているのだった。「さかり狂い」の起こる時期になると飼象は鎖でつながれることになっており、この象もつないであったのだが、前の晩に鎖を引きちぎって逃げたのであった。（……）ビルマ人の住民たちはまったく武器を持っておらず、どうすることもできなかった。象はすでにだれかの竹の小屋をこわし、牝牛を一頭殺し、果物売りの露店をいくつか襲って、商品をむさぼり食ってしまっていた。さらに、町のごみ回収車に出くわし、車夫がとびのいて逃げ去ってしまうと、車をひっくり返して乱暴を働いた。

（同書、二二二頁）

オーウェルが混乱した現場に駆けつけると、象はどこかに消えていました。人々の言うこともまちまちで、オーウェルはすべてが嘘の情報だったのではないかとさえ疑います。しかしちょっと離れたところから大きな叫び声が上がり、行ってみると小屋の角に、泥のなかに手足をぶざまに伸ばして横たわった男の死体が見えたのです。それはたしかに象に襲われ踏みつぶされた一人の苦力《クーリー》の男で、オーウェルはそのねじ曲った顔の「歯をむきだし、耐えがたい苦悶の表情」に強い衝撃を受けます。

こうしてオーウェルは、住民の安全を守る警官という職務の威厳を示すためにも、象と対峙しなければならないという不可避の状況に立たされていきます。持っていた非力なライフルではなく、象狩り用の大きなライフルと五発の薬包を使いの者に持ってこさせ、少し離れた水田のなかでおとなしく草を食《は》んでいた象に近づいていくのです。そのときでもまだ、オーウェルはほんとうに象を撃ち殺すつもりではいませんでした。ライフルは護身のためのつもりでした。けれど、武器をもって象に近づく警官の姿を見たビルマ人たちは、ぞろぞろとオーウェルのあとについてきたのです。これからまたとない見世物が始まるのだという好奇心と高揚感が、押し合いへし合いする住民たちのざわざわした様子に感じられました。ふとオーウェルが振り向くと、驚いたことに群衆は二千人をこえる数になり、人々はあたりの道路を完全に塞いでいたのです。オーウェルの大きな決断が行われた瞬間の記述はこうです。

私は、けばけばしい衣服の上に広がっている黄色い顔の海を眺めた――それらの顔々は、ひとつ残らず、このちょっとした見物に満悦し興奮しており、象が射殺されることを確信していた。これから手品を始めようとする奇術師を見るように、彼らは私を見つめていた。彼らは私を嫌っていたけれども、魔力のある銃を手にしているとなると、私もしばらくのあいだは注目に値するのだった。そして急に私は、結局のところ象を撃たなければならないだろうと悟った。人々が私にそれを期待している以上、私はそうしなければならなかった。二千の意志がいやおうなしに私を前に押し進めていくのが感じられた。この瞬間、ライフルを手にしてそこに立っていたこの瞬間に、初めて、東洋における白人の支配のむなしさ、愚かしさがわかった。私はここで、銃を持った白人として、武器を持たない原住民の群れの前に立っていた――一見、劇の主役であるかのように。だが実のところ、私は、背後の黄色い顔々の意のままにあちこちと動かされる愚かなあやつり人形にすぎないのだった。

（同書、二二六―二二七頁）

植民地主義的支配のいびつな構図に、オーウェルが真に目覚めた瞬間です。しかし彼は超越した部外者であるはずもなく、民衆を統治する警官という職務においてこの植民地主義の権威的な力を体現し、それを誇示せねばならない役割を負っているのでした。自らの置かれた状況がはっきりとわかったからこそ、「愚かなあやつり人形」としての彼にはもはや別の選択肢はなかったのです。続いてオーウェルは書いています。

この時私は悟った。白人が暴君と化すとき、彼は自らの自由を破壊するのだと。彼は、見せかけだけの、ポーズをとったかかし《ダミー》の一種、型にはまった旦那《サーヒブ》となってしまう。なぜなら、白人が「土民たち」を感服させようと努めながら一生を費やすことこそ、白人支配の条件であり、それゆえ重大な場面ではつねに、白人は「土民たち」の期待に応えるようにふるまわねばならないからである。彼は仮面をかぶる。すると、しだいに顔の方が仮面に合うようになってくる。私は象を撃たなければならなかった。

（同書、二七頁）

じつはこの文章で「私は象を撃ちたくなかった」とオーウェルは何度も書いているのですが、にもかかわらず、彼は「旦那《サーヒブ》」として、「土民」たちの前で「威厳」と「勇気」を示し、彼らの視線が求めている見世物《スペクタクル》を挙行することのできる誇り高い独演者としてふるまうほかなかったのです。意を決したオーウェルが象に近づくと、まわりの群衆はしーんと静まり返りました。ドイツ製の精巧なライフルを構え、十字線のはいった照準で狙いを定め、オーウェルは象の耳孔の数インチ前をめがけて引金を引きました。象はすぐには倒れることもなく、固まったようになっていましたが、その姿が突然打ちひしがれ、しなびたようになってゆくのをオーウェルは見のがしませんでした。やがて象はへなへなとくずおれ、膝を突きました。オーウェルは二発、三発と、とどめの発砲を繰り返し、象は地響きを立てて泥のなかに倒れ伏します。喘ぐ象の薄桃色ののどの奥深くまでが目に入り、どうしようもなく恐ろしい気持ちにとらわれたオーウェルはさらに弾丸を撃ちつづけるのですが、象は身動きもせずに、ただ長いあいだ苦しげな息づかいを続けていました。もはや自分の銃弾が象を殺すことはできないのだ、とついにオーウェルは悟ります。

彼は、ごく緩慢に、激しく苦しみながら、死に向かいつつあった。しかし、私から遠く離れたどこかの世界で、弾丸でさえもはやそれ以上彼を傷つけることのできない世界で、彼は死につつあったのである。

（同書、三三二頁）

象とのあいだの途方もない、うめがたい距離、断絶。植民地が警官に強いる、こちら側とあちら側のあいだの、終わることのない乖離。死にゆく象の前に立ちつづけることは、もはやオーウェルにとっては耐えられない恥辱でもありました。撃ちたくなかった象を撃ち、なおかつ結局は、自らが象を殺すことはできないと悟ったオーウェル。彼は自分の自由を自ら破壊し、仮面のはずの虚栄心は彼自身のほんとうの顔となってしまったのです。結局自分が周りから「ばかに見られたくない」というだけの理由で引金を引いたのだと、誰かに見抜かれているような、そんな恥辱のなかで、オーウェルのなけなしの自尊心も木っ端みじんに吹き飛んでいきました。

オーウェルの手にはもう届かなくなった象は、どこに向けて死んでいったのでしょう？　植民地がつくりだしたいまの「世界」の彼方にある、もう一つの（失われかけた）「世界」。この世の不条理が到達不可能な彼岸。そのような彼岸の存在をかすかに想像しえたとき、もうどこにも勝者はおらず、敗者もいません。悪人も、善人も。英雄もいなければ、救済者もおらず、救われる犠牲者のように見えた者はそんな自覚もなく永遠の「無垢」をただ生きつづけるだけです。あの「白象」のように。「植民地」という制度がたまたま見せてくれた、私たちが唯一のものと信ずる「世界」の向こう側に広がる畏るべき深淵からは、謎めいた音をたてて流れる濁り川の音が聞こえてきます。その深淵に踏み込み、なおかつ眼を見開いていることは可能なのでしょうか？　南アジアの沙羅樹の陰にうずくまるように座って、そのような場がいまの人間に残されているのか、沈思してみたいと私は思います。オーウェルのためにも。そして賢治のためにも。

誰が「川へはひつちやいけない」のか

ここで「オツベルと象」の、あの最後の謎の一文がふたたび思い出されます。狡猾で悪辣な支配者が象の攻撃により圧死し、救い出された白象が「ありがたう」とさびしく笑ったとき、牛飼いの声の背後にいる賢治はなにを思ったのでしょうか？　あの、謎の最後の一行です。

おや、〔一字不明〕、川へはひつちやいけないつたら。

この「川へ入っちゃいけないったら」と読める一文には、従来からさまざまに異なった解釈がほどこされてきました。初出誌『月曜』で、おそらく原稿の判読不明の文字を仮に埋めておく措置としてとられ、印刷のミスでそのまま残ってしまったと思われる黒塗りの■の部分（「〔一字不明〕」とされている部分）。ここにどのような一語が入るかによって、この文の解釈は変わることでしょう。多くの読みは、初期の賢治全集（筑摩書房版、一九五六）なども含め、確定的な根拠はないものの、ここに「君」という呼び掛けの二人称が入ると想定し、その「君」を、物語を聞いている子供たち、あるいは牛飼いが連れている牛のどちらかであると判断して、それが「川に入る」ことを危険だとして牛飼いが警告している、と解釈するものになっています。

　けれども、すでに示唆したように、私にはどうしても、物語の最後の一文で、牛飼いが子供に語り聞かせているという説話の「外枠」をふたたび持ち出す意味がうまく理解できないのです。「川へはひつちやいけないつたら」。この唐突な最後のことばに、私ははっきりと賢治自身の声調の侵入を感じます。「銀河鉄道の夜」の結末にもこんな重要な場面があったことを忘れることはできないでしょう。

「ジョバンニ、カムパネルラが川へはひったよ。」

（……）

　みんなもじっと河を見てゐました。誰《たれ》も一言も物を云ふ人もありませんでした。ジョバンニはわくわくわくわく足がふるへました。魚をとるときのアセチレンランプがたくさんせはしく行ったり来たりして黒い川の水はちらちら小さな波をたてて流れてゐるのが見えるのでした。下流の方は川はゞ一ぱい銀河が巨《おほ》きく写ってまるで水のないそのまゝのそらのやうに見えました。ジョバンニはそのカムパネルラはもうあの銀河のはづれにしかゐないといふやうな気がしてしかたなかったのです。

（「銀河鉄道の夜」『全集　7』二九六―二九七頁、改行省略）

賢治にとって「川へ入る」とは、「死ぬ」ことの隠喩にほかならなかったのではないでしょうか？　カムパネルラの溺死は、いうまでもなく夢の銀河の流れへと合一するための、人間にとって可能な究極の行為をあらわしています。それは、かならずしも「悲劇」ではありませんでした。この点では、「サガレンと八月」のタネリもまた、海に引き込まれて彼岸へと渡ってゆくときに、「おっかさん、もうさよなら。」と言っていたことに注意しておくべきでしょう。これもまた生死の水際の描写であり、彼岸での再生への希求ですらあります。

「オツベルと象」の最後の一文、「おや、〔一字不明〕、川へはひつちやいけないつたら」。この奇妙に唐突な感じを与えるせりふ（地の文なので、牛飼いが語ったおはなしの登場人物たちのせりふではないことは重要です）は、語り手である牛飼いの物語の外部から、つい作者である賢治がいたたまれなくなって登場したときのひとことであると読むことは不可能でしょうか？　賢治はここで物語の最後に割って入るようにして、競争と勝利と利得の肥大化だけを目指すこの不条理世界と決別するために自ら死という名の自己犠牲を選ぼうとする白象を、なんとかこの世界に押しとどめようとしている。つまりここで賢治は、物語のなかの白象に向けて「死んじゃいけないったら」と言っているのではないか？　それが私の最後の――もう言葉を選ぶことが難しいのですが――

かすかな「希望」です。白象自身の希望でもあり、現世から決別しようとする白象の意思を深く理解していた賢治の希望でもあり、そしてその極限の思いを共有したいと願う私の希望でもあります。

賢治の存在論的な葛藤、意識の永遠の二重性は調停されることはありませんでした。生死のあわいにおいて思考しつづけることが、自分ととし子、自己と他者、知識人と農民、征服者と被征服者、人間と野生、といった不可避の関係性のどちら側にも完全には与することができない、私たちの宿命であることもよく知っていました。

「もう、さやうなら、サンタマリア。」そう白象はつぶやき、この世からの決別の意思を示しました。勇敢さからも、悲壮感からも離れた、ただ清明なだけの意思です。それは賢治の世界をその極限点において分ける、無限の彼方にある命の縁《へり》です。賢治の造形するものたちの多くは、その極限点へと、終わりのない歩みを進めていきました。そう、カムパネルラも、タネリも、さらにいえばグスコーブドリも、ベゴ石も、そして「よだかの星」のよだかも。白象の、そのような場へのダイブを、賢治は最後に、ふと思いとどまらせようとして声をかけたのではないでしょうか。まだ早い、まだ考えるべきことがあるはずだ、と。

植民地主義とは、世俗世界の地図に恣意的な線を引き、そこに強制された「支配」と「被支配」の観念によって、人間の心を二つの相容れない領域に染め上げるシステムです。オーウェルの物語の背後で、イギリスはインド（およびパキスタン、ビルマ、セイロン）での長きにわたる植民地政策を続けていました。賢治の物語の背後で、日本は、南樺太だけでなく、すでに台湾および朝鮮半島をも植民地的支配下においていました。その意味では、「サガレンと八月」も「オツベルと象」も、北の植民地と南の植民地の苛烈な状況への思いを背後に抱きながら、政治のはたらきを、人間の心のはたらきの場に移し替えて思考しようとした賢治の、生存をめぐる、終わることのないぎりぎりの闘いだったように思われるのです。

「永遠」の探究者ボルヘスが晩年に書いた最後の短篇の一つ「青い虎」（一九八三）。この作品もまたインドが舞台でした。そしてここでは象ならぬ虎が、しかも青い虎という「貴種」が、それを冒険行の戦利品として目撃しようとする西洋の旅人によって探し求められます。けれど青い虎は姿をあらわさず、かわりに虎は無限増殖する青い石へと変化《へんげ》し、この魔術的な石を拾ってしまった旅人は処分に困り、たまたま寺院の門前で物乞いをしていたターバン姿の男にその青い石を押しつけます。乞食は旅人に返礼としてあるものを渡しました。ボルヘスの物語の結末は残酷です。というのも、この青い石と引き換えに旅人が受け取ったものこそ「昼と夜、分別、習慣、そして世間」だった、というのですから。私たちの世界の、世俗の業果のすべてが、存在の淵を越えて、こうして私たちのもとにあふれ出したのです。青い虎、白い象がみずから放擲した、人間の果てることのない因果と報いが……。そう、虎や象の青白い無垢は、こんな代償を払った末の苦渋の宝物だったのです。

人間存在の本質的な「入植者」性

賢治は、「植民地」という当時はまだ生煮えの語を、作品のなかでたった一度だけ使っています。それは、賢治が花巻農学校で教鞭をとっていたときの経験をもとに創作された「或る農学生の日誌」（一九二七頃）で、これは一九二五年四月の新学期から約三年間のあいだの農学校生による日誌という体裁をとっています。この間、実際の東北では大雨と旱魃が交互に襲い、農作物に大きな被害が出た時期でした。自分が配合した肥料を使った田の稲が激しい雷雨でたおれてしまったのを知った農学生は、その状況を絶望しながら傍観するしかない自分の無力を知り、打ちひしがれています。寡黙な農民たちにどれほど科学や合理の教えを注入しようとも、自然がそれを破壊する。入植地東北の、現実の矛盾と痛苦の世界です。

そんな頃、農学生は北海道への修学旅行に出ることになります。

昨夜父が晩《おそ》く帰って来て、僕を修学旅行にやると云った。母も嬉しさうだったし祖母もいろいろ向ふのことを聞いたことを云った。祖母の云ふのはみんな北海道開拓当時のことらしくて熊《くま》だのアイヌだの南瓜《かぼちゃ》の飯や玉蜀黍《たうもろこし》の団子やいまとはよほどちがふだらうと思はれた。（……）ぼくはもう行ってきっとすっかり見て来る、そしてみんなへ詳しく話すのだ。

（「或る農学生の日誌」『全集　7』四七頁）

開拓地東北から、さらに北の開拓地北海道を眺める、興味深い遠近法です。その新たな開拓地の現実を知りたいという農学生の強い思いもにじみ出しています。こうして鉄道と連絡船を乗り継いで北海道に渡った「僕」が、蝦夷富士と呼ばれる羊蹄山の麓にさしかかったときに書きつけた日誌のなかに、たった一度だけの「植民地」という語が登場するのです。

いま窓の右手にえぞ富士が見える。火山だ。頭が平たい。焼いた枕木《まくらぎ》でこさへた小さな家がある。熊笹《くまざさ》が茂ってゐる。植民地だ。

（同書、五一頁）

「植民地」という語が、まだ生硬な翻訳語であったことを、農学生によるこんな書きとめ方が、うっすらと暗示してはいないでしょうか。「植民地」とは英語の「コロニー」colony に由来する近代日本語の訳語ですが、それは本来は開拓地、入植地を示すラテン語として古代地中海世界の時代から使われてきた「コロニア」colonia に発する概念でした。そこから転じてラテン語の「コロニア」は「定住地」「農村」をも意味するようになり、そこに暮らす農民は「コロヌス」colonus（耕す人）とも呼ばれたのです。「colonus」が派生した「colere」という動詞は、まさに「耕す」ことを意味しました。耕すために、人は森や原野などの処女地に入植し、開拓することから始めるほかなかったのです。これが定住労働の起源だとすれば、人間には「コロニー」がはじめから刻印されているのだともいえます。

いまでもスペイン植民地の名残りを引きずった中南米の土地では、農夫（小作人）のことを「コロノ」と呼んだりします。彼らはたしかに入植者でもありますが、それは白人が南米大陸を征服して始まった植民地主義の支配構造を背後にかかえた、無垢ではありえない存在形態でした。

その意味でいえば、私たちの近代の歴史は、世界のすべての「農民」の本源的な「コロノ性」を否定することができなくなります。東北農民もまた、そのような「コロノ性」を身にまとった、征服と被征服、支配と被支配のはざまに立つ不可避の宿命をかかえた存在なのです。農民がそこから逃れることはできるのでしょうか？　植民地（コロニー）が、政治的・地政学的概念であることに留まらず、それが定住者であり農耕民である人間の本源的な条件にほかならないことが、ここから直観されてくるのです。終わることのない「植民地」。

政治支配の歴史としては、近代「植民地主義」は終わりを迎えたようにもみえます。いまやあからさまに略奪植民地を支配者が宣言するようなことは、倫理的にも、政治的にも、また法哲学的にも、許されないでしょう。けれども、人間存在の本質的な「入植者」性、コロノ性については、歴史的な決着がついたとはいえません。そのことを深く思考しつつ、その業果の苦い帰結を受け止め、なお、コロニーに釘付けられることから逃れて、あのざわめく淵の水際に赴き、銀河の川を渡ろうとする勇気を、人は賢治とともに信じつづけるべきでしょう。

終わらない植民地を描き出す終わりのない物語。賢治の作品がその本質において「未完」であるのは、そのような物語の可能性を生涯求めつづけたからにほかなりません。

「オツベルと象」が発表されたのとおなじ一九二六年に書かれたと思われる断片的な書きつけ「農民芸術概論綱要」で、賢治はこう書きとめていました。

われらの前途は輝きながら嶮峻である

嶮峻のその度ごとに四次芸術は巨大と深さとを加へる
詩人は苦痛をも享楽する
永久の未完成これ完成である

（「農民芸術概論綱要」『全集　10』二五―二六頁）

農民、この終わらないコロノの未来の幸せを願って、賢治は終わらないこと、終わることのできない「永久の未完成」の前途を、無限の彼方に幻視したのでした。

Ⅸ――無何有郷《むかゆうきょう》からの通信 〈ユートピア〉について

そこへ夜行って歌へば、またそこで風を吸へばもう元気がついてあしたの仕事中からだいっぱい勢がよくて面白いやうなさういふポラーノの広場をぼくらはみんなでこさへよう。

――宮沢賢治「ポラーノの広場」

教えることの深淵に現れる青黝い世界

詩人、童話作家。野の人、百姓、地人、造園家。病をえて三七歳で亡くなる前には砕石工場の「技師」という肩書きで石灰肥料を売り歩く仕事もした賢治。そんな賢治のもう一つのなりわいが「教師」でした。いや、詩人としても童話作家としても耕作者としても造園家としても、彼は金銭的な収入を継続的に得ていたわけではないので、近代的な意味で彼の生業（職業）は「教師」以外にはなかった、と言ってもいいでしょう。けれども賢治の年譜を繙《ひもと》けばすぐにわかるように、彼が花巻農学校の教諭となったのが一九二一年（賢治二五歳）の一二月であり、自ら農の道に専念することを決意して学校を辞めたのが一九二六年の三月（賢治二九歳）ですから、彼が「教師」という職業に就いていたのもわずか四年と少しにすぎなかったのです。その意味では、賢治のなりわいを「教師」であると捉える視点もまた、ごく限定的な考えにすぎません。

ただ、こうは言えるかもしれません。それが職業であるかどうかを問わず、より深い意味で、賢治のなかに「教える」という行為についての本質的な情熱＝希求が継続的に存在していたこと、それだけはまちがいのない真実であった、と。この「教える」ことへの情熱と希求は、賢治にとっては、現実生活において「教師」であることによって自動的に満たされるようなものではありませんでした。むしろ、理念としての「よき教師」と現実生活での「よき教師」のはざまで、彼は根源的な乖離を経験していたように見えます。そして彼は、その乖離を最後まで調停することなく生き、教え、また書きつづけたように思えるのです。「書くこと」とともに、「教える」こともまた、賢治のなかでは永遠に未完のプロジェクトとしてあったというべきでしょう。

一人の本質的な「詩人」の生涯において求められた高次の真実のことを、ゲーテの自叙伝のタイトルに倣って〈詩と真実〉と呼ぶならば、「教える人」たらんとした賢治の〈詩と真実〉は、「教える」ことへの確信の表明というよりは、むしろ「教える」ことへの根源的なためらい、その現場での究極の葛藤、逡巡、迷いとして示されるような何かでした。賢治のなかにはたえずいくつかの問いが渦巻いていたと思われます。「教える」ことの実存とは？　「教える」場とは？　「教える」方法とは？　これらは、彼の詩や物語の創作の過程とつねに連動しながら、自分自身が社会のなかに、人々のなかに、どのようにして生き、生かされねばならないか、という深く倫理的な問いとして反芻されたものでした。「教師」賢治の〈詩と真実〉をあらためて問い直すことは、その意味で、「教える」ことが「教育」という制度内の問題として、人間の日々の生存の倫理や感情の場から遠く離れてしまった私たちの現在を照らし出す、重要な作業でもあるのです。

教える者の威厳と優しさ、そして「教えること」がどこかで直面する不可知の深淵が繊細に描かれている興味深い物語が、賢治の未完の童話「学者アラムハラドの見た着物」です。花巻農学校教諭時代の一九二三年頃に書かれ、中断されてしまったこの物語は、こんなふうに始まります。

学者のアラムハラドはある年十一人の子を教へて居《を》りました。

みんな立派なうちの子どもらばかりでした。

王さまのすぐ下の裁判官の子もありましたし農商の大臣の子も居ました。また毎年じぶんの土地から十石の香油さへ穫《と》る長者のいちばん目の子も居たのです。

けれども学者のアラムハラドは小さなセララバアドといふ子がすきでした。この子が何か答へるときは学者のアラムハラドはどこか非常に遠くの方の凍ったやうに寂《しづ》かな蒼黒《あをぐろ》い空を感ずるのでした。それでもアラムハラドはそんなに偉い学者でしたからえこひいきなどはしませんでした。

（「学者アラムハラドの見た着物」『全集　6』二〇八頁）

アラムハラドが教えているのは「街のはづれの楊《やなぎ》の林の中」にある鼠色の石畳が敷かれた塾、

ということになっています。これはふつうの公的な「学校」とは少し毛色のちがう学び舎のようです。なぜなら、そこで教えられる内容は、古い聖歌を暗誦することだったり、兆よりも大きな数を数えてみることだったり、鳥や木や石のことだったりするからです。こうした設定には、賢治も愛読したインドの詩人哲学者タゴールが子供たちに向けて開いていた「森の学校」という村外れの私塾のイメージがどこかで投影されているかもしれません。

さて、この冒頭部分で、セラバアドが質問に答えるときにふと現れる「非常に遠くの方の凍ったやうに寂かな蒼黒い空」とはなんでしょうか？　それはおそらく、教師と生徒という不均衡で一方的な権力関係のなかにいるにもかかわらず、不意に「教える」ことと「教わる」ことが同時に訪れる啓示的な瞬間にたちあらわれる不思議な心的光景のことのように私には思われます。無垢の子供がふと漏らす、「正しい」答えと考えられている正統的な理路の道筋をどこかで逸れ、それをくつがえすほどの驚きと洞察に満ちた非正統の答え。それを深く受け止めることは、「教える者」にとっては、自らの「教師」という存在の最終的な不可能性すら示唆する、決定的な啓示の瞬間でもありました。たしかに、そこには科学的知識や真理に収斂しない「存在の深淵」「理性の陥穽」のようなものがある。そしてそれは、素朴で純粋な知性を守る子供たちによって、唯一この世界に媒介されることがある。そんな深い直観が、この蒼黒い空が出現する場面を貫いてはいないでしょうか。

賢治が使う「蒼黒い」あるいは「青黝《あおぐろ》い」という語彙には注意が必要です。それが出てくるときは、かならず、この世の存在から離脱してゆく彼方の世界が感知されているからです。たとえば、のちに論じる「ポラーノの広場」で、伝説の楽園であるポラーノの広場にたどり着くための手掛かりとなる、神秘的な白いつめくさの花が出現する場面にはこうありました。

そのときはもう、あたりはとっぷりくらくなって西の地平線の上が古い池の水あかりのやうに青くひかるきりそこらの草も青黝《あをぐろ》くかはってゐました。

（「ポラーノの広場」『全集　7』一六八頁）

現実が一気に別様の世界に変容するときに、この「青黝《あおぐろ》い」色が差してくるのです。同じような例はいくつもあげることができます。「そしてガドルフは自分の熱《ほて》って痛む頭の奥の、青黝《あをぐろ》い斜面の上に、すこしも動かずかゞやいて立つ、もう一むれの貝細工の百合を、もっとはっきり見て居りました」（「ガドルフの百合」）。「やがて太陽は落ち、黄水晶《シトリン》の薄明穹《はくめいきゅう》も沈み、星が光りそめ、空は青黝《あをぐろ》い淵になりました」（「まなづるとダァリヤ」）。これらの表現もまた、風景の存在論的な亀裂のようなものが出現する前兆を描いています。であれば、アラムハラドは、小さな生徒の純朴な答えに、世界の大いなる変容の兆しをふと感じとったのでしょうか。

「学者アラムハラドの見た着物」では、まずアラムハラドがふだんどのような講義をしているかが語られます。その講義は、とても科学的で理路整然として説得力のあるものです。観念に頼らず、事実と具体的な観察に根ざした智慧を大切にしているように聞こえます。火は熱く、ものを乾かし、上へ騰《のぼ》ろうとする。水は冷たく、ものを湿らせ、下へと下る。鳥は大空を飛び、懸命に啼く。アラムハラドは、火や水や鳥たちの存在の根源にある原理を丁寧に解説し、このようにすべてのものの性質は、それが生まれつきそのようにしなければいられないという点から考えることができるのだ、と子供たちに語りかけます。そのうえで、彼は生徒たちにこう問いかけたのです。では「人が何としてもさうしないでゐられないこと」はいったい何か、と。

家柄のいい優等生たちの答はとても立派なものでした。「自己犠牲」の行動。「正義を愛する」こと。ところが、アラムハラドがいつも気にかけている生徒、小さなセララバアドの答えはこうでした。「人はほんたうのいゝことが何だかを考へないでゐられないと思ひます。」このセララバアドの答えを聞いた教師アラムハラドの内部に、ふたたびあの青と黄金の色彩の饗宴（ここでは「蒼黒い」とは書かれていませんが）があらわれます。

アラムハラドはちょっと眼をつぶりました。眼をつぶったくらやみの中ではそこら中ぼおっと燐《りん》の火のやうに青く見え、ずうっと遠くが大へん青くて明るくてそこに黄金《きん》の葉をもった立派な樹がぞろっとならんでさんさんと梢《こずゑ》を鳴らしてゐるやうに思ったのです。アラムハラドは眼をひらきました。

（「学者アラムハラドの見た着物」『全集　6』、二二三—二二四頁）

そんな幻影のような風景に心を動かされたアラムハラドは、子供たちに向けてこう説教します。

「うん。さうだ。人はまことを求める。真理を求める。ほんたうの道を求めるのだ。人が道を求めないでゐられないことはちゃうど鳥の飛ばないでゐられないとおんなじだ。おまへたちはよくおぼえなければいけない。人は善を愛し道を求めないでゐられない。それが人の性質だ。これをおまへたちは堅くおぼえてあとでも決して忘れてはいけない。おまへたちはみなこれから人生といふ非常なけはしいみちをあるかなければならない。たとへばそれは葱嶺《パミール》の氷や辛度《しんど》の流れや流沙《るさ》の火やでいっぱいなやうなものだ。そのどこを通るときも決して今の二つを忘れてはいけない。それはおまへたちをまもる。それはいつもおまへたちを教へる。

（……）」

（同書、二一四頁）

こう言って、アラムハラドは礼をうけ自分もしずかに立ちあがります。そしてふと眼をつぶると、ふたたびさっきの美しい「青い景色」がはっきりと見えてくるのです。そこでは、羽根のような軽い黄金いろの着物を着た四人の人物がまっすぐに立っていました。この謎をそのままにして、アラムハラドは眼をひらき、少し首をかたむけるようにして自分の部屋に入っていくのでした。

ここで物語の「㈠」のパートが終わり、子供たちと林に入ってゆく「㈡」が始まってまもなく物語は中断されて残りの原稿は空白となりました。賢治はここから先を書かずに終わったのです。この未完に終わった童話の表題にもある「アラムハラドの見た着物」とは何なのかは、もはや現存部分からでは類推することも不可能です。

けれども、ストーリーそのものの展開の如何にかかわらず、この物語が、教師が常識的に信じている「科学的真理」なる道を突き抜けたところにある、深遠な風景を描こうとしていることはおそらくまちがいありません。それは、教師という権威者が生徒という受動的存在に向けて「教える」、というような構図（学校教育の構図）においては失われてしまう、別種の洞察と智慧の世界です。世界のあらゆる清濁を知り尽くした知者ではなく、素朴な子供の無意識が守りつづけている野生の智慧です。そのような知の桃源郷のような風景にあらわれる、この黄金いろの着物を着た人物とは、いったい誰なのでしょう？　賢治がしばしば描く、天人、天女、あるいは天使のようなイメージがふと到来します。童話「インドラの網」の天の銀河にも黄いろや青の小さな火がちらちら瞬いていました。そこもまた「青い景色」の場所で、天頂の青空、四方の青白い天末を背景に、インドラの網は「透明清澄で黄金で又青く幾億互に交錯し光って顫《ふる》へて燃え」ていました。

アラムハラドの幻影のなかに浮かぶ「はねのような軽い黄金いろの着物」とは、あるいはインドラの網の繊維で織られた着物でしょうか？　それは、現世の真理、人間のまことのさらなる先にあるものの形象化でしょうか？　あるいはそれは、「教師」賢治にとっての、世俗的な「教え」が破綻する、真理の彼方、道徳の彼岸の比喩でもあったのでしょうか？

「農民芸術概論綱要」とウィリアム・モリス

「教える人」としての賢治の究極の思想がもっとも鮮烈に、かつ直截に示されているテクスト、それが断章的な書きつけとして遺された「農民芸術概論綱要」(一九二六)です。これは「教師」賢治が残した唯一の「講義録」といってもいいものでした。このテクストと、関連する書きつけである短い「農民芸術概論」および「農民芸術の興隆」の三篇は、一九二六年の一月から三月にかけて岩手国民高等学校で、そして同年夏以降に羅須《らす》地人協会でおこなわれた「農民芸術」をめぐる講義の概要とメモであると考えられますが、これらの原稿は一九四五年八月の戦災で焼失してしまい、もはや元原稿にまで遡って詳細に校訂することが不可能になってしまいました。したがっていま私たちが読むテクストは、焼失前に刊行されていた十字屋書店版の『宮澤賢治全集』(一九三九―一九四四)に収録されていた本文を踏襲し、わずかな校訂を加えてその後の全集各版に収録されてきた文章です。それらはもともと講義のためのノートかレジュメのようなものとして書かれており、エクリチュールとしてのその断片性と未完成の部分がいまの私たちの想像力に訴えかける部分は大きいものがあります。さらにこの講義全体の骨格をなす「農民芸術概論綱要」というテーゼ集の各論ともいうべき講義用メモ「農民芸術の興隆」には、賢治が当時参照し影響を受けていた多くの海外の作家・思想家たちの名前が具体的に書きつけられていて、「教える人」としての賢治が同時にいかなるかたちで他の著作によって「教えられて」いたかを考える重要な手掛かりをも与えてくれます。

「農民芸術概論綱要」で、賢治はひたすら「農民の芸術」がいま起こらねばならないことを強く、情熱をもって生徒たちに教えようとしています。「綱要」のなかの「芸術をもてあの灰色の労働を燃せ」とか、「われらのすべての田園とわれらのすべての生活を一つの巨きな第四次元の芸術に創りあげようでないか」とか、「まづもろともにかがやく宇宙の微塵となりて無方の空にちらばらう」とかいったきらびやかな文言は、きわめて直情的に、彼の農民芸術をめぐる思想が教えの現場で熱っぽく語られていたことの証でもあります。

ここで賢治が「農民芸術」という新たなヴィジョンをもって伝えようとしているもっとも重要な批判的論点は、まさに「労働」という頸木《くびき》からいかにして民が解放されるべきか、というこの時代における危急の課題です。産業社会における農民の周縁化と、都市における賃労働者への束縛と搾取にたいし、重圧となった「労働」という義務的観念を相対化し、それを人間の自発的で美的な行為へと解放しようとする考えが、この時代の西欧諸国の社会主義的な論者たちから生まれており、その思想は賢治にも大きな影響を与えていました。

実際、賢治は「農民芸術概論」を講ずるために、数多くの著述家の本を参照しています。たとえば「農民芸術の興隆」の項目における「いまわれらにはただ労働が　生存があるばかりである」というテーゼをさらにかみくだいて説明するためのメモとして、賢治はこんな書き付けを残していました。

Daniel Defoe　食物と労働との循環
Oscar Wilde　生活とは稀有なることである　多くはただ生存があるばかりである
Wim. Morris　労働はそれ自身に於て善なりとの信条（……）

（「農民芸術の興隆」『全集 10』二八頁）

これらは従来の、それ自体自明の価値を与えられてきた「労働」観の欺瞞と限界を指摘する文脈で書かれたメモであると考えていいでしょう。ダニエル・デフォーへの言及は、まちがいなく、ウィリアム・モリスの重要な論考「民衆の芸術」（一八七九）の冒頭に引用されたエピグラフの、デフォーによる次のような一節が参照されていると考えていいでしょう。

「そして労働者は労働をするに必要な力を維持するため、パンを得ようとして日々の苦闘のうちにその力を費した。かくて日々に悲しみをくりかえす生活をしている。働くために生活し、生活するために働いているのであって、あたかも日々のパンが退屈な生活の唯一の目的であり、退屈な生活が日々のパンをうる唯一の機会であるかのようだ」

——ダニエル・デフォー

（ウィリアム・モリス「民衆の芸術」『民衆の芸術』中橋一夫訳、岩波文庫、一九五三、六頁。旧字を新字に改めた）

賢治が正しく要約したように、ここでデフォー（いうまでもなく近代国家形成の〈原-物語〉ともいうべき寓意小説『ロビンソン・クルーソー』の著者）が主張するのは「食物と労働」とが、その必要性という水準において、完全に自動的に相互依存の関係としてあることの指摘です。食べるために働くことは、働くために食べることと同義となり、その自閉的循環からは生きることとの創造的な価値が生まれ出る余地がないのです。賢治はこの講義で、「食物と労働との循環」という矛盾を解説しながら、その落とし穴から農民たちが抜け出してゆく必要性を説こうとしたのでしょう。

さらにここでウィリアム・モリスの名のあとに賢治が書きつけた「労働はそれ自身に於て善なりとの信条」という一文もまた、近代社会の労働観における巧妙な隠蔽操作について賢治が注意を促そうとしている、という文脈で読まなければなりません。というのも、この一文はモリスの重要なエッセイの一つ「意味ある労働と意味なき労苦」Useful Work versus Useless Toil（一八八四）の冒頭の段落にあるこんな部分を賢治が援用していることが確実だからです。

> 今日ほとんどの人々にとって労働は価値あるものとみなされており、多くの裕福な人々は労働をつよく要望する。（……）つまり、すべての労働はそれ自体で善いものである、ということが近代的道徳の信条のひとつとなったのである。この信条は、とりわけ他人の労働で食っている人々にとってはたいへん都合の良いものであった。
>
> （William Morris, "Useful Work versus Useless Toil", *News from Nowhere and Other Writings*, London: Penguin Books, 1993, p.287 [orig. 1884]。私訳）

モリスがここで指摘するように、近代社会における「労働」という価値の神聖化は、労働それ自体に内在する価値を愛でる自由な精神によるものではなく、むしろ近代の産業国家体制が、資本家たちによる支配の構造を隠然と維持・発展させるための、欺瞞的な神話として定立させられたものだったのです。モリスらの批判的思想を深く受け止めた賢治は、こうした欺瞞的な労働のあり方を「灰色の労働」と呼び、生存《サバイバル》のためだけの労働からの脱却を農民たちに向けて促そうとしました。あらためて、「農民芸術概論綱要」のなかの〈農民芸術の興隆〉と題された項目全体を読んでみましょう。

……何故われらの芸術がいま起らねばならないか……

曾つてわれらの師父たちは乏しいながら可成楽しく生きてゐた
そこには芸術も宗教もあった
いまわれらにはただ労働が　生存があるばかりである
宗教は疲れて近代科学に置換され然も科学は冷く暗い
芸術はいまわれらを離れ然もわびしく堕落した
いま宗教家芸術家とは真善若くは美を独占し販るものである
われらに購ふべき力もなく　又さるものを必要とせぬ
いまやわれらは新たに正しき道を行き　われらの美をば創らねばならぬ
芸術をもてあの灰色の労働を燃せ

ここにはわれら不断の潔く楽しい創造がある
都人よ　来ってわれらに交れ　世界よ　他意なきわれらを容れよ
（「農民芸術概論綱要」『全集　10』一九頁）

このなかの「芸術をもてあの灰色の労働を燃せ」の部分にたいする賢治のこんなメモ書きにも注意すべきでしょう。

芸術の回復は労働に於ける悦びの回復でなければならぬ
Morris "Art is man's expression of his joy in labour."
（「農民芸術の興隆」同書、三〇頁）

これはモリスの講演「金権政治のもとでの芸術」Art under Plutocracy（一八八三）の一節から正確に抜き出された英文です。「芸術とは労働における人間の悦びの表現である」。この原文の典拠は、一九一五年にロンドンで全二四巻が完結した『ウィリアム・モリス選集』*The Collected Works of William Morris* (London: Longmans, Green & Co., 1910-1915) にあると思われ、このモリスの講演原文は、まさにこの時期に世界中ではじめて一般読者の目に広く触れるようになったテクストでした。賢治がそれを直接読んだのか、あるいは第三者を通じて間接的に参照したのかは不明ですが、こうした思想系統の書物への賢治の感度がとても鋭かったことがわかります。

賢治が「農民芸術概論綱要」を書いた一九二六年頃は、ウィリアム・モリスの芸術論や社会主義ユートピア思想をめぐる一連の著作の日本語での翻訳紹介が一気に開花した時期にぴったり符合します。それらは、堺利彦訳『理想郷』（一九〇四初版、一九二〇新版）を皮切りに、佐藤清訳『芸術論』（一九二二）、大槻憲二訳『芸術のための希望と不安』（一九二五）、本間久雄訳『吾等如何に生くべきか』（一九二五）、布施延雄訳『無何有郷だより』（一九二五）、白鳥省吾訳『理想国の処女』（一九二五）、矢口達訳『地上楽園』（一九二六）といった書目で、わずか数年のあいだに一気にモリスの思想の広範な紹介が進んだことがはっきりと確認できます（このあたりの事情は、壽岳文章『モリス論集』（沖積舎、一九九三）に詳しい）。賢治が「農の人」の視点から社会変革を夢見、モリスが主に「工匠の人」の視点から社会変革を夢見た、という立場の違いはありますが、この二人は、いずれも近代社会を支配する悪辣で非人間的な制度を廃絶し、名もなき農工の民や職人による慎ましくも純粋な美の境地の再興に自らを捧げようと考えた同志でした。

「芸術としての労働」という夢

一九世紀イギリスの、この多才で独創的な詩人、建築家、工匠、図案家、私家版書籍刊行者、環境保護論者、社会主義者ウィリアム・モリス（一八三四—一八九六）の没年が、宮沢賢治の生年と同じであるという偶然の事実は、私にとても豊かなイマジネーションをもたらします。場所と時代の懸隔《けんかく》を超えて、一人のロンドンの詩人思想家からもう一人の花巻の詩人思想家へと、人類にとってとても大切な価値が時の流れのなかでたしかに引き継がれているということが、この事実によってより深い実感として納得されるからです。

モリスが生きたヴィクトリア朝時代のイギリスとは、産業革命後の中産階級の成長によって、イギリス国家が商工業国として繁栄し、世界経済の中心に躍り出て豊かな物質文明をほしいままに享受していた時代でした。けれど一方で、その経済的恩恵がすべての人々に行き渡っていたわけではありません。とりわけ社会的分業の体制のもと、成長のための歯車となって働かされた都市の下層労働者の労働条件はひどくなる一方で、彼らの生活環境も劣化し、ついには工業都市の大気汚染の問題まで浮上してくるようになったのです。物質的繁栄と科学の進歩が、かならずしも万人の生活を幸福にするものではないという考えが、マルクス主義の大きな影響力のもと、一部の論者たちによってここで初めて真剣に主張されはじめました。物質文明の歪みを根源から問い直すそんな美学的・倫理的な議論の中心にいたのが、美術批評家であり社会批評家であったジョン・ラスキン（一八一九―一九〇〇）であり、そしてウィリアム・モリスでした。モリスはとりわけ、ラスキンのゴシック建築に関する著書『ヴェネツィアの石』に大きな思想的刺戟を受けます。この本のなかの「ゴシックの本質」と題された部分には、近代産業社会が到来する前のゴシック建築において、とりわけその石の粗野で堅固かつ創意と変化に富む装飾的な意匠が、それを生み出すのに貢献した石工たちの手技に隠れた深い精神世界の豊かさとして捉えられていました。芸術創造という観点から、無名の労働者の真の意義と役割を発見したこの著作から、モリスは彼の社会改革のヴィジョンへの大きな啓示を受け、「労働」概念を芸術にまで高めてゆく可能性を真に追求しようとしたのです。そこからモリスの、用の美を実現するための民衆工芸論が生まれ、慎ましくも美しい書籍出版の思想が生まれ、さらには近代産業社会の民衆的生存を脅かす物質主義と拝金主義を根源から批判して、文明の袋小路から抜け出してゆくユートピア主義的なコミューンの思想が誕生していったのでした。

その大きな思想的果実が、モリスの寓意小説『ユートピアだより』*News from Nowhere*（原著一八九二）です。舞台は二一世紀の革命後ロンドン。そこで人々は金銭的・物質的報酬のない「喜びとしての労働」にいそしんでいるのですが、それが可能なのは、そこに創造という報酬が約束されているからだ、という設定です。

ある日目覚めると未来社会に入り込んでいた語り手ウィリアム・ゲストにたいし、この未来社会の理念と美学を伝える説明役のハモンド老人が、こう語る場面があります。

「すべての仕事がいまでは楽しめるものになっているということです。それは、一つには自尊心が得られ、実りが得られるだろうという希望をいだいて仕事をするためです。それがあれば、実際の仕事が楽しくない場合だって、心地よい興奮が引き起こされます。また、たんに機械的で退屈な仕事でも、もうそれを楽しむ習慣ができていますから。そして最後に（われわれの仕事のほとんどがこの種のものなのですが）仕事そのもののなかにそれと意識できる感覚的な喜びがあるためです。つまり、芸術家として仕事をしているということですね」

（ウィリアム・モリス『ユートピアだより』川端康雄訳、晶文社、二〇〇三、一四一頁。一部改訳）

モリスの思想における、労働と芸術が一体となって美的な悦びへと昇華されるという理想がここに述べられています。そして重要なのは、ここで語られる「芸術」が、いわゆる高尚で洗練された、個人の才能の開花としての近代の「芸術《ファイン・アート》」fine arts 概念とはちがう、「小芸術《レッサー・アート》」lesser arts として語られているという点です。これは「民衆芸術」とか「装飾芸術」とか呼ばれることもありますが、いずれも、近代の「芸術」観念から除外されてしまった民衆の集合的な身体が伝承する手技、身体技芸、手工芸、日用の美学などの総体を示す概念で、それらがここで悦びの源として捉えられた芸術としての労働なのです。ラスキンやモリスの工芸思想をアジアの文脈においてさらに深く掘り下げた、民藝運動の創始者柳宗悦《やなぎむねよし》も、同時代人として賢治とさまざまに響き合う思想を展開した人ですが、柳もまた大きな芸術としての「上手《じょうて》もの」に対する「下《げ》手《て》もの」という用語によって、民衆の素朴な工芸のなかにひそむ生き方と感情の質的な美しさを称揚したのでした。

こうした視点を賢治世界に引き寄せたとき、賢治もまた、民衆芸術《レッサー・アート》としての農業がいかにして可能かを深く模索していたのだ、といえるでしょう。モリスの思想にも大いに触発された「農民芸術概論」はそのための概念図《エスキース》を農民の子弟に説くものでしたが、賢治には「第三芸術」と題されたこんな詩もありました。

蕪のうねをこさへてゐたら
白髪あたまの小さな人が

いつかうしろに立つてゐた
それから何を播くかときいた
赤蕪をまくつもりだと答へた
赤蕪のうね　から立てるなと
その人はしづかに手を出して
こつちの鍬をとりかへし
畦を一とこ斜めに掻いた
おれは頭がしいんと鳴つて
魔薬をかけてしまはれたやう
ぼんやりとしてつつ立つた
日が照り風も吹いてゐて
二人の影は砂に落ち
川も向ふで光つてゐたが
わたしはまるで恍惚として
どんな水墨の筆触
どういふ彫塑家の鑿のかをりが
これに対して勝るであらうと考へた

（「第三芸術」『全集　2』三四四―三四五頁）

ここで賢治は、名もなき農夫による赤蕪畑の畝《うね》への鍬《くわ》のひと掻《か》きが、いかなる水墨画家や彫刻家の「芸術」にも優ることを深く直観し、心打たれています。個人化された「芸術家」による職業的実践としての芸術行為とは位相のちがう、集団的・歴史的に伝承されてきた美と手技の統合された感覚とその表出こそ、賢治にとっての至高の芸術なのでした。これを「農民芸術概論綱要」における「農民芸術の（諸）主義」のテーゼに適応させれば、それは「芸術のための芸術」「人生のための芸術」の後に来る、第三の（最終の）形態としての「芸術としての人生」が、畝の優美な掻き跡として表現されているということになります。賢治がこの詩を「第三芸術」と名づけた理由も、ここにあったに違いありません。農という労働は、鍬のひと掻き（描き＝書き）というかたちで、大地をキャンバスにして美しい絵柄をそこに記すことができるのです。

さらに農は、描くだけでなく、踊ることもできます。賢治が花巻農学校の教師の職を辞した翌年の一九二七年に、盛岡中学校校友会雑誌への寄稿を依頼されて下書きされた未完の断片「生徒諸君に寄せる」には、労働を舞踊とする可能性についての賢治の夢がこう語られている部分がありました。

新らしい時代のコペルニクスよ
余りに重苦しい重力の法則から
この銀河系統を解き放て

新らしい時代のダーウヰンよ
更に東洋風静観のキャレンヂャーに載って
銀河系空間の外にも至って
更にも透明に深く正しい地史と
増訂された生物学をわれらに示せ

衝動のやうにさへ行はれる
すべての農業労働を
冷く透明な解析によって
その藍いろの影といっしょに
舞踊の範囲に高めよ

（「生徒諸君に寄せる」〔断章六〕『全集　2』三〇二—三〇三頁）

「教える人」としての例外的な情熱を内に秘めた賢治は、ここでも、農夫とその子弟たちに、深い学びの上に立った芸術創造の力を農業に与えよう、と呼びかけます。地動説の提唱者コペルニクスや、進化論を確立したダーウィン（アナキスト大杉栄訳によるダーウィン『種の起原』の刊行は賢治一八歳の一九一四年のことで、賢治はこの最新の生物学の学説に大いなる関心を抱いていました）らを因習にとらわれない思想の革命家として呼びだしながら、賢治は最後に「すべての農業労働を（……）舞踊の範囲に高めよ」と書いて、おずおずと時代状況に流されるだけだった農民たちを鼓舞しているのです。農村が伝承してきた古い民俗的な踊りは、もちろんここでいう高められた「舞踊」を生み出す母胎のひとつではありましたが、賢治の期待は村々の民俗舞踊のたんなる復活ではなく、農業労働そのもののなかにある美の発見と実践によって、それを舞踊の持っている「民衆芸術《レッサー・アート》」としての最高度の優雅さへと高めていくことにあったのです。

そしてその世界では、重力や地史や生物学の理論や法則もまた、従来の「教育」的な枠組みから大きく飛躍していかねばならないのでした。それらは透明化され、解放され、増訂されねばならない。農民芸術を説きながら、賢治は同時に「教える」ことの限界を突き破り、教師というあり方そのものをも銀河系宇宙に解き放つ至上の芸術性をもたねばならないと気づいたのです。

コミューン思想の興隆のなかで

賢治が生きた明治末期から大正期そして昭和初期にかけての時代は、広く見渡せば、農を生存の基本に据えた社会改革の思想や運動がさまざまな地域で展開された特異な時代でした。それは明治における近代日本のドグマ主義的な体制、すなわち工業化社会と技術革新と軍国主義を基盤にした抑圧的な国家体制に対抗し、農本思想に立脚して自立と個の思想の深化を目指すコミューン的な農村共同体を指向する傾向を持ったものでした。日本の帝国的な国家主義に対して新たな社会のあり方を模索した彼らの多くは、世界思潮としてのアナキズムや社会改革思想の大きな影響も受けており、なかでもその中心となったのは一連のキリスト教社会主義者たちであったといえます。

賢治が心を許して親交を結んだ花巻在住のキリスト者斎藤宗次郎は、キリスト教思想家・無教会主義者として当時の思想界に多大な影響を与えていた内村鑑三の忠実な弟子の一人でした。内村鑑三は一八八四年から四年ほどに及ぶアメリカ留学を通じ、当時のアメリカの倫理的で社会改革的な思想、とりわけエマソンやソロー、ホイットマンといった文人たちの精神を深く吸収し、帰国後に日本で刊行した著作（『櫟林集《らくりんしゅう》』など）においてそれらを日本の思想風土に媒介しました。その内村の知己でもあった東大図書館司書や姫路高等学校教授を務めた水島耕一郎は、ソローの主著『ウォールデン』（一八五四）を日本で初めて『森林生活』（一九一一）として翻訳紹介した人物で、水島はほかにもエマソンの『大英国民』や、ビルコフのトルストイ伝なども翻訳し、広くこの時代の社会改革思想の基本文献の紹介に努めた人でした。

内村鑑三の思想の強い影響下にあった改革的な農業経営者、堀井梁歩《りょうほ》もまたアメリカ留学や秋田での農業経営の試みを経て「野の人」としてのソローのアメリカ政府への反骨的な抵抗精神に共鳴し、特異なソロー伝『野人ソロー』（一九三五）を著しました。堀井はホイットマンの詩集『草の葉』の翻訳者でもあり、著書『大道無学』（一九二六）はホイットマンの「大道の歌」の翻訳を冒頭において、あらたな協同的農業経営思想を宣言していました。その堀井の『野人ソロー』に跋文を寄せている江渡狄嶺《えとてきれい》は、青森に生まれ、武蔵野に「百性愛道場」を開いて、穀物農業を軸にした百姓の求道的な学びを実践的に思想化する動きの端緒となった『或る百姓の家』

（一九二二）を著した、深遠なトルストイ＝クロポトキン主義者でした。江渡の周囲には、堀井のほかにも高村光太郎、中里介山、そして宮沢賢治の「農民芸術概論」とも深く響き合う特異な「土民」思想を展開したアナキストで社会運動家の石川三四郎らが参集して議論を重ねていました。マルクス・エンゲルスの著作の初期の翻訳者となった思想家の堺利彦も、内村鑑三や石川三四郎とともに「平民社」を主導し、非戦論と社会主義の論陣を張る同志の一人でしたが、この堺こそ、日本にはじめてウィリアム・モリスの『理想郷』（一九〇四。先述した『ユートピアだより』のこと）を翻訳紹介した人物でもあったのです。

ごく一部の人物群像を概観したにすぎませんが、これだけでも、この時代の、農を機軸とした社会改革思想、コミューン思想の有機的な連繫と創造的な人間関係の構図が、くっきりと浮かび上がってきます。ただ、ここで私たちにとって重要なことは、やはり賢治の置かれた位置です。このような複雑で刺戟的な人物相関図を描いてみたときでも、賢治はつねにそのもっとも周縁に、ほとんど孤独に位置しているのです。書物と大地のはざまで、静かにその孤独をことばの世界に移植しようとしていたのです。この孤独こそ、賢治の思想の唯一無二の創造性、その予言性の証であると私には思われます。そしてこの孤高の位置は、一九世紀アメリカのマサチューセッツ州におけるエマソンを中心とする超絶主義者たちの社会改革的な動きのなかで、そうした思想に共感を示しつつもただ一人孤独を守りつづけ、家族ももたず森のなかで独居を続けた詩人思想家、ヘンリー・D・ソローにとてもよく似ています。ソローは賢治よりは七年長く四四歳まで生きましたが、その、ひとところに定住しながら行われた短くも鮮烈な凝縮力を持った生涯は、賢治の三七年の生の軌跡と美しく響き合うように思われるのです。

産業化され、拝金主義に犯されはじめた社会のなかに自分の職業的な位置を見つけられずにいた若きソロー。周りからは無為徒食の暇人に見えていたソローは、あるとき、町外れに住む粗野で下品な金もうけ主義の男から、男の所有する牧草地の境界に土手を築くのを三週間ほど手伝ってほしいと頼まれます。ソローはすぐにこう考えます。もし土手作りを手伝えば、彼は自分の領地を囲い込んでますます金をため込むだろう。そして彼が死ねば、その遺産を彼の相続人たちがここぞとばかりに浪費するだろう、と。労働とは、そのような無益なことのために行うのではないことを、ソローは信じていました。けれど、世間の労働観はちがいました。ソローはこう書いています。

私がこの土掘り仕事を引き受ければ、世間は勤勉な働き者だといって褒めてくれるでしょう。ところが、その私が、実入りは少ないけれど、もっとまともな学びを得られるある労働に身を捧げることにすると、世間ではかえって私を怠け者とみるかもしれません。それでも私は、自分の身を取り締まるのに、無意味な労働という警察官は要りませんし、この男の事業のなかには、わが政府や他の政府の事業と同様に、いくら当事者にとっては面白くとも、私が心から感心できるような点は一つも発見できないので、私としては自分の教育を、別の学校で仕上げることにしたいのです。

（H・D・ソロー「原則のない生活」『市民の反抗』飯田実訳、岩波文庫、二二一頁。一部改訳）

資本主義的な生産・蓄積・消費の信仰のなかで「労働」の意味がゆがめられ、教育さえもがそうした方向にむけて整序されてしまったこと。ソローが嘆き批判するのはそうした現実であり、そうであれば、彼は自分自身の教育を「別の学校」(すなわち彼の言う「野生」)で仕上げるほかないと確信したのです。ソローもまた、この時期のアメリカの公教育制度に失望し、既存の学校への不信のなかで、「教師」という立場の限界を感じた例外的な一人でした。実際ソローは、大学卒業後すぐコンコードの町の初等中学校の教師の職を得るのですが、権威主義的な学則やカリキュラム、さらに鞭による体罰の横行に抵抗し、わずか二週間で学校を辞めています。これがソローが生涯で携わったほとんど唯一の職業的な賃労働であり、その後彼は兄とともに私設の「学び舎」をつくり、スイカを育てたりブラックベリーを森で収穫したり、インディアンの技を使ってカヌーで川を下ったりするような身体的な「学び」を実践しようと試みましたが、そうした「教え」のやり方についてくる父兄も生徒もほとんどいませんでした。ましてや、そこから生活のための収入をあげることなど、まったくできなかったのです。けれどソローの気持ちがくじけることは少しもありませんでした。彼は書いています。

働く者の目的は、生計を立てることや「実入りのいい仕事」にありつくことではなく、ある仕事を立派にやりとげることでなくてはなりません。そして金銭的な視点から見ても、町は労働者たちを大切に遇することで、彼らが単なる生活費の獲得といった低次元の目的ではなく、科学的・道徳的な目的のために働いているのだ、と感じさせる方がずっと経済的なのです。金のために働く人間ではなく、その仕事を愛するがゆえに働く人間を雇うべきなのです。

（同書、二一四―二一五頁。一部改訳）

ここには、モリスや賢治とおなじ、「芸術としての労働」の思想がたしかに語られているように私には思えます。奴隷制の時代、人間の自由なコミューンの確立にむけて、賃労働と資本主義的合理性のロジックにからめ捕られた社会に根源的な批判を浴びせ、自主的な抵抗をつづけたソロー。アメリカ東部の森から発せられたこの凛とした声は、「農民芸術概論」や「生徒諸君に寄せる」のあの情熱的な賢治の声とこだまし合いながら、人間社会の倫理と良心とをまっとうに問いつづけることを忘れかけた当時の社会、そして現代の社会へと、警鐘とともに響き渡ってくるのです。

生のユートピアとことばのユートピア

この時代の日本の農村共同体の経済的な貧しさや、精神と肉体労働とが乖離してしまった状況を根本的に変えてゆくには、現実と理念の両面からのさまざまな試みが不可欠でした。そうしたなかで、一九〇〇年代に入って政府により制度化された「産業組合法」は、とりわけ農村部に、信用・販売・購買・生産の諸領域で生活条件改善のために大同団結する仕組みをつくろうという新たな取り組みの一つの結果でした。当時の、まだ民俗学に打ち込む前の農政官僚だった柳田國男の『最新産業組合通解』（一九〇二）は、この仕組みの新しさを解説しながら、零細農民が多数を占める日本の農業構造のなかで、勃興しはじめた都市的資本主義体制の激烈な力に農村社会が適応してゆく可能性を探ろうとしたものでした。しかし近代主義者であった柳田のアプローチは、あくまで資本主義下での対症療法的な立場に終始しており、彼の産業組合にたいする肩入れは、農村を襲う経済的な危機を未然に防ぐため、という現実的な枠組みをついに超えることはなかったのです。

同じ時代を生きた宮沢賢治にも「産業組合青年会」という詩があります。この作品は、一九二四年（ちょうど柳田國男が農政官僚を辞めて民俗学者へと転身しかけていた頃）に執筆されていますが、賢治の死の直前の一九三三年九月に「北方詩人」に送稿されて翌月掲載された事実上の「遺稿」の一つです。この詩は、その見かけの表題にもかかわらず、賢治の深遠な生存哲学を暗示する部分を含んでいますが、彼が考える「産業組合」の内実にかかわる部分にはこのような言葉が連ねられていました。

（……）
部落部落の小組合が
ハムをつくり羊毛を織り医薬を頒ち
村ごとのまたその聯合の大きなものが

山地の肩をひととこ砕いて
石灰岩末の幾千車かを
酸えた野原にそゝいだり
ゴムから靴を鋳たりもしよう
（……）

（「産業組合青年会」『全集　1』四二二頁）

賢治がこの詩を雑誌に送稿した一九三三年は、政府の庇護から離脱して自立的な相互扶助システムを創造しようという協同組合主義《コーペラティヴ》的な運動をめざした、新たな産業組合運動が日本で盛り上がっていた時期にあたります。一九二〇年代の、キリスト教社会運動家の賀川豊彦による生活協同組合や農民組合の設立の動きにはじまり、三〇年代に入って、労働運動家千石興太郎らによる産業組合拡充運動と産業組合青年連盟の設立（一九三三年）などが次々と起こり、こうした状況が賢治の「産業組合」にたいする希望を時代背景として支えていたことはまちがいないでしょう。

しかし、「農民芸術概論」を旗印とした賢治の壮大な美学的ヴィジョンは、同時代の産業組合運動や生活協同組合運動の文脈のなかに位置づけるには、あまりに特異な相貌を見せているように私には思われます。いいかえれば、そうした現実における実践的な農村運動の効力といった意味づけをはるかに超えたところで、賢治の共同体ヴィジョンは大いなる「夢」を追い求めていたように思えるのです。それは、ひとことでいえば、ある「ユートピア」（＝「無何有郷《むかゆうきょう》」）のひたむきな探求であり、そうであるとすれば、かならずしも現実社会において「実現」することが目的ではなくなるような、現世においては到達不可能であることによってヴィジョンとしての純粋性を守ることができるような、そうした場の創造に向けられていたのです。それは、「ことば」というそれ自体も究極的には無何有郷であるような繊細な表現体によってかすかに感知されるようなものでしかなく、だからこそ賢治は、農民運動からも産業組合運動からも、そして教師という現実の職場からも距離を置いて、ついに「ことば」というユートピアへと沈潜してゆく道を選んだのだといえるでしょう。

そのことを考えるための特権的なテクストが、「銀河鉄道の夜」「風の又三郎」「グスコーブドリの伝記」とともに、賢治の長編童話としてきわめて強い存在感を持った代表作の一つ「ポラーノの広場」です。

この作品は、モリーオ市の郊外の野原のまんなかにあったとされる伝説の夢幻的・協働的祝祭空間「ポラーノの広場」を、あらたに農夫の青年たちが心のなかに「再興」させる物語である、とひとまず総括することができるでしょう。物語の流れに沿えば、それは人々の労働と学習と美意識とが一体化した場として、農民たちが自力で「立派な一つの産業組合」をつくる決意をするという結末を持った作品で、先に引いた詩「産業組合青年会」の「ハムをつくり……」といった細部が、物語のなかで実際に実現されているという意味でも、農村の未来に投影された賢治の理念的世界観をトータルに描きだした作品だといえます。これは、一九世紀初頭フランスの空想的社会主義者シャルル・フーリエが提唱した自給自足的農業共同体「ファランジュ」や、ウィリアム・モリスが『ユートピアだより』で描いた理想のコミューンのイメージ、さらにはアメリカ東部のエイモス・ブロンソン・オルコットら超絶主義者を中心としたフルートランズやブルック・ファームといった実験的農村ユートピア共同体設立の試み、そしてすでに触れた日本の大正期から昭和初期にかけてのさまざまな農村共同体思想の展開といった世界的な思想や運動のうねりと、たしかにある部分で深く共振する物語ではありました。

そうした理念的協働体、共生《コンヴィヴィアル》的なユートピア的共同体への、賢治の究極的な夢が描かれたと見られるこの重要な童話「ポラーノの広場」のいくらか錯綜した物語は、短いスペースで要約することが難しいかもしれません。それはまず冒頭で、モリーオ市（「盛岡市」のイーハトーブ的平行世界）の博物局で標本の採集や分類などをして働いていたレオーノキューストなる人物の過去の不思議な体験談を、作者賢治が訳して書き留めたもの、という仮構の枠組みとしてはじまります。キューストの飼っていたヤギの遁走、それを見つけてくれた農夫の少年ファゼーロとの出会い、ファゼーロの姉ロザーロの美しく微かな気配、ファゼーロや仲間の羊飼いミーロが探し求める「ポラーノの広場」探索に加わるキュースト、小さなつめくさの花が青白く咲き乱れている野原の彼方に滲みだすポラーノの広場の妖しい気配、傍若無人なデステゥパーゴ県会議員（山猫博士）による酒盛りの場に闖入して「ポラーノの広場」復活の噂が嘘であったことを確認するキューストたち、ファゼーロの失踪、山猫博士の消息不明、しばらくしてセンダード市の革染工場で働いていたファゼーロとの再会、山猫博士の倒産した密造酒工場の跡地であらたな産業組合を起こそうと決意するファゼーロたち、それに情熱をもって協力しようとする語り手のキュースト……。

物語は、より複雑で繊細な細部を含みながらも、ざっとこのように進んでいきます。

工場跡で仲間を囲んだファゼーロの決意表明は次のように書かれています。

「さうだ、ぼくらはみんなで一生けん命ポラーノの広場をさがしたんだ。けれどもやっとのことでそれをさがすとそれは選挙につかふ酒盛りだった。けれどもむかしのほんたうのポラーノの広場はまだどこかにあるやうな気がしてぼくは仕方ない。」

「だからぼくらはぼくらの手でこれからそれを拵《こさ》へようでないか。」

「さうだ、あんな卑怯《ひけふ》な、みっともないわざとじぶんをごまかすやうなそんなポラーノの広場でなく、そこへ夜行って歌へば、またそこで風を吸へばもう元気がついてあしたの仕事中からだいっぱい勢がよくて面白いやうなさういふポラーノの広場をぼくらはみんなでこさへよう。」

「ぼくはきっとできるとおもふ。なぜならぼくらがそれをいまかんがへてゐるのだから。」

（「ポラーノの広場」『全集　7』二二八—二二九頁）

こうした描写からも、「ポラーノの広場」なる場が、農民たちが夢想するユートピア的な理想共同体の一つの表象であることが暗示されています。それは、誰でもが上手に歌を歌えた、「むかし」「ほんたう」にあったとされる伝説的な空間のようでもあり、同時に、まだ実現されていない、これから「こさへ」ていかねばならない理想郷です。にもかかわらず、ファゼーロは「ぼくらがそれをいまかんがへてゐる」という事実のなかに、ポラーノの広場の現実的存在の確固たる根拠を求めようとしています。頭脳のなかの理想郷。さまざまな意味で、それは「ユートピア」（＝どこにもない場所）の理念的存在論をみごとに表しています。「ポラーノ」という名の由来についてはさまざまな解釈がありますが、農民の生活改善に努力を傾注した無政府主義者の作家トルストイが生涯を過ごした、モスクワから南に二〇〇キロほどのトゥーラ近郊にある居宅ヤースナヤ・ポリャーナ（＝「明るい林間の空地」）と「ポラーノ」の音（および意味）の類似性を指摘する説は、私に特別の霊感を与えてくれます。

ファゼーロの決意表明の後しばらく時が経って、結局組合の仲間には加わらずに、博物局員を辞めて仕事を転々としたあと東京で働いていた語り手キューストのもとに、団結を確認して昔一緒に歌った「ポラーノの広場」の歌が印刷された楽譜が届きます。懐かしさでいっぱいになったキューストの心情を描いた、物語のこの末尾部分を読んでみましょう。

それからちゃうど七年たったのです。ファゼーロたちの組合ははじめはなかなかうまく行かなかったのでしたが、それでもどうにか面白く続けることができたのでした。私はそれからも何べんも遊びに行ったり相談のあるたびに友だちにきいたりしてそれから三年の後にはたうとうファゼーロたちは立派な一つの産業組合をつくり、ハムと皮類と醋酸《さくさん》とオートミルはモリーオの市やセンダードの市はもちろん広くどこへも出るやうになりました。そして私はその三年目仕事の都合でたうとうモリーオの市を去るやうになり、わたくしはそれから大学の副手にもなりましたし農事試験場の技手もしました。そして昨日この友だちのないにぎやかなながら荒《す》さんだトキーオの市のはげしい輪転器の音のとなりの室でわたくしの受持ちになる五十行の欄になにかものめづらしい博物の出来事をうづめながら一通の郵便を受けとりました。

それは一つの厚い紙へ刷ってみんなで手に持って歌へるやうにした楽譜でした。それには歌がついてゐました。

ポラーノの広場のうた

つめくさ灯《ひ》ともす　夜のひろば
むかしのラルゴを　うたひかはし
雲をもどよもし　夜風にわすれて
とりいれまぢかに　年ようれぬ

まさしきねがひに　いさかふとも
銀河のかなたに　ともにわらひ
なべてのなやみを　たきゞともしつゝ、
はえある世界を　ともにつくらん

わたくしはその譜はたしかにファゼーロがつくったのだとおもひました。なぜならそこにはいつもファゼーロが野原で口笛を吹いてゐたその調子がいっぱいにはひってゐたからです。けれどもその歌をつくったのはミーロかロザーロかそれとも誰《たれ》かわたくしには見わけがつきませんでした。

（同書、二三二―二三三頁）

ファゼーロたちの産業組合が成功したこと、そしてそこでは「ハムと皮類と醋酸《さくさん》とオートミル」が生産されて、農民たちの生活に自立と潤いを与えていることが語られています。楽観的に見れば、「ポラーノの広場」は現実のものとなったように見えるのです。そしてキューストはそれに加わらず、大都会で新聞に記事を書く仕事をしながらポラーノの広場の実現を喜んでいるようです。

しかしここで注意しておかねばならないことがあります。一九二七年頃に「ポラーノの広場」の最終稿が成立する前、賢治はこの物語の最後の「六、風と草穂《くさぼ》」の章だけを、大幅に異なったテクストとしていったん書きあげていたのです。この「初期形」のテクストには、より象徴的な形で、ファゼーロたちの産業組合的なユートピアの夢と、語り手キュースト（すなわち賢治の分身）の実存との微妙なずれ、調停しえない乖離が、はっきりと語られているのです。原文とともに検証してみましょう。まず、この「初期形」における、かつて酒盛りのあった広場のような草原にたどり着いた一行にむけてのファゼーロの、最後の決意表明の演説の場面です。「ぼくらはぼくらの手でこれからそれ「ポラーノの広場」を拵えやうでないか」と熱く語ったあと、ファゼーロはこうつけくわえるのです。

「何をしやうといってもぼくらはもっと勉強しなくてはならないと思ふ。かうすればぼくらが幸になるといふことはわかってゐてもそんならどうしてそれをはじめたらいゝかぼくらにはまだわからないのだ。町にはたくさんの学校があってそこにはたくさんの学生がゐる。その人たちはみんな一日一ぱい勉強に時間をつかへるし、いゝ先生は覚えたいくらゐ教へてくれる。ぼくらには一日に三時間の勉強の時間もない。それも大ていはつかれてねむいのだ。先生といったら講義録しかない。わからないところができて質問してやってもなかなか返事が来ない。けれどもぼくたちは一生けん命に勉強して行かなければならない。ぼくはどうかしてもっと勉強のできるやうなしかたをみんなでやりたいと思ふ。」

（「ポラーノの広場」初期形、同書、五七九頁）

これを聞いたキューストは、深い同意と高揚とともに、はねあがってこう力説します。

「諸君、諸君の勉強はきっとできる。きっとできる。町の学生たちは仕事に勉強はしてゐる。けれども何のために勉強してゐるかもう忘れてゐる。先生の方でもなるべくたくさん教へやうとしてまるで生徒の頭をつからしてぐったりさしてゐる。そしてテニスだのランニングも必要だと云って盛んにやってゐる。諸君はテニスだの野球の競争だなんてことはやらない。けれども体のことならもうやりすぎるくらゐやってゐる。けれどもどっちがさきに進むだらう。それは何といっても向ふの方が進むだらう。そのときぼくらはひどい仕事をしたほかにどうしてそれに追ひ付くか。さっき諸君の云ふ通りだ。向ふは何年か専門で勉強すればあとはゆっくりそれでくらして、酒を呑んだりうちをもったりだんだん勉強しなくなる。こっちはいつまでもいまの勢で一生勉強して行くのだ。(……)
　ぼくらはだまってやって行かう。風からも光る雲からも諸君にはあたらしい力が来る。そして諸君はまもなくここへ、ここのこの野原へむかしのお伽噺よりもっと立派なポラーノの広場をつくるだらう。」
(同書、五七九―五八〇頁)

「学び」と「教え」をめぐる賢治のもう一つの大テーマが、ここでは農民のユートピア建設という筋書きのなかに組み込まれ、渾然一体となっているのです。学校教育の効率性だけでは測ることのできない、別様の身体的な学びの可能性がここで夢想されているのです。ともかく、このキューストの熱い応答に、聞いていたみんなはよろこんで叫びだし、心動かされたファゼーロがキューストに、自分たちの教え手になってほしいという願いをこう伝えます。キューストの答えとともに引用してみましょう。

「ぼくらはねえ、冬の間に勉強しやう。みんなで同じ本を読んで置いて、五日に一晩あすこの工場に集ってかはるがはるたづねたり教へたりするっこをしやう。ねえ、キュースト。あなたは何か教へてくれるだらう。」
「あゝ、ぼくはねえ、前に植物の先生をしたから、植物の生理のことやほかにも何か三つぐらゐは教へてあげるよ。それはねえ。いままでのやうにごたごた要らないことまでおぼえて物知りになることはいらないんだ。ほんたうに骨組みと要るとこだけやればいゝんだから。あとは仕事がひとりでそれを教へるし、だんだんじぶんで読んで行けるから。」

（同書、五八〇頁）

農閑期となる冬のあいだには工場でファゼーロが皮を染め、ミーロは帽子をこしらえ、チョッキや木工品をつくり、その傍らでキューストの教えのもとに、みんなで本を読み勉強してゆく。そしてここでの「教え」は、学校の制度的な教科からはすっかり自由なもの。これは労働と学びと芸術とが統合された美しいヴィジョンです。キューストは心昂ぶって農民の青年たちにこう支持を表明します。しかしそのあとの展開は意外などんでん返しを見せるのです。

「さうだ、諸君、あたらしい時代はもう来たのだ。この野原のなかにまもなく千人の天才がいっしょにお互に尊敬し合ひながらめいめいの仕事をやって行くだらう。ぼくももうきみらの仲間にはいらうかなあ。」
「あゝはいっておくれ。おい、みんな、キューストさんがぼくらのなかまへはいると。」「ロザーロ姉さんをもらったらいゝや。」たれかゞ叫びました。わたくしは思はずぎくっとしてしまひました。いや、わたくしはまだまだ勉強しなければならない。この野原へ来てしまってはわたくしにはそれはいゝことでない。「いや、わたしははいらないよ。はいれないよ。なぜなら、もうわたくしは何もかもできるといふ風にはなっていないんだ。わたくしはびんばうな教師の子どもにうまれてずうっと本ばかり読んで育ってきたのだ。諸君のやうに雨にうたれ風に吹かれ育ってきてゐない。ぼくは考はまったくきみらの考だけれども、からだはさうはいかないんだ。けれどもぼくはぼくできっと仕事をするよ。ずうっと前からぼくは野原の富をいまの三倍もできるやうにすることを考へてゐたんだ。ぼくはそれをやって行く。(……)

(同書、五八一頁)

初期形においては、このあと原稿用紙の三分の二は空白となっていました。農民と教師のあいだで宙吊りになった語り手。罪のない、素朴な思いからふと漏れ出た農民のひとことが、キューストに小さな、しかし決して癒すことのできない傷を与えました。逡巡、というよりは、むしろ強い拒絶の火が、ぎくっとする語り手の内奥から自分でもわけがわからないかたちで点火されたのです。それはまた賢治の内面に点火された、もう一つの大切な物語の火のようなものでもありました。物語ることを止めないための、詩人としての道行きを照らす灯火のようなものでした。ですが、その火は、物語のなかで語られてしまえば、傷として永遠にそこに刻まれてしまいます。最終的に、賢治はこのやりとりの部分をすっかり削除し、ファゼーロの決意表明のあと「さあよしやるぞ」と言ってみなで「ポラーノの広場」の歌を歌い、キューストとファゼーロたちは青い風の吹くかつてのポラーノの広場らしき場所で別れる、というストーリーに収束させたのです。彼は、一つの重い真実を、ここで秘密のままにとどめようとしたのです。

この初期形でのキュースト＝賢治の熱い語り、すなわち農民共同体のなかへと自らも一人の働き手として、そして「教師」として参画したいという内面の熱い思いは、まさに同時期に草された「生徒諸君に寄せる」や「農民芸術概論綱要」のあの昂ぶったテクストにまっすぐ通じる切迫した呼びかけのように見えます。そしてそのことを例証するように、「農民芸術概論綱要」のなかの「農民芸術の綜合」と題された断章のなかで、賢治は「ポラーノの広場」のなかのあの歌をほとんど同じかたちで引用しているのです。

……おお朋だちよ　いっしょに正しい力を併せ　われらのすべての田園とわれらのすべての生活を一つの巨きな第四次元の芸術に創りあげようでないか……

まづもろともにかがやく宇宙の微塵となりて無方の空にちらばらう

（……）

『つめくさ灯ともす宵のひろば　たがひのラルゴをうたひかはし

雲をもどよもし夜風にわすれて　とりいれまぢかに歳よ熟れぬ』

詞は詩であり　動作は舞踊　音は天楽　四方はかがやく風景画

（「農民芸術概論綱要」前掲書、二二四―二二五頁）

（……）

けれどもこの熱っぽい昂揚は、どこかで、沈静してゆかねばならない運命にあったのです。ユートピアは、その実現が目指された途端ユートピアではなくなり、ユートピアそのものの思想的な力、その夢の膂力《りょりょく》を失ってしまうからです。「ポラーノの広場」の初期形の削除された部分がそのことを告げていました。「ポラーノの広場」の物語の背後には、いまや見えないかたちで、この初期形における逡巡と決別のヴィジョンが、深く塗り込まれていると考えるべきでしょう。賢治の手稿とは幾重にも折り重なった心象と感情の見えざる束なのだ、という深遠な事実がふたたび意識されます。

「ロザーロ」という誘惑、それへの禁欲。物語におけるキュースト＝賢治の逡巡の背後には、ファゼーロの姉ロザーロの清らかな姿がちらついています。賢治はこの、エロスを現実の場へと引き寄せる誘惑を断つという物語的修辞をもって、ユートピアをユートピアのままに守ろうとしました。エロスへの傾斜は、学び、物語ること、すなわち彼のやり方で「野原の富をいまの三倍」にしてゆくという決意の方へと導かれていったのです。天沢退二郎は「ポラーノの広場」についての解説のなかで、ロザーロは「〈書くということ〉のエロティックな象徴」なのだ、と直截に書きつけていました。「書く」ために、「書きつづける」ために賢治が負った現世的犠牲を、私はいま深く思いやります。

ポラーノの広場が究極のユートピアであるかぎり、ロザーロの神秘は、広場が存在しない場所であるための最後の砦なのかもしれません。現実の教師はもちろん、理念的に完全な「教師」でさえ、そこにたどり着くことは不可能です。賢治の「ポラーノの広場」は、一つの「ユートピアだより」であり、賢治による「無何有郷《むかゆうきょう》」、「むかうのさと」からの通信にほかなりませんでした。ユートピアはどこにもない場所ですが、それは唯一、言葉《ことば》のなかに存在できる刹那を持っています。他のいかなる形態でも不可能な、無何有郷からの通信を、賢治はひたすら書きつづけようとしたのでした。それが賢治の「教える人」としての〈詩と真実〉の姿です。それが「かげとひかり」によって織り上げられた、賢治の「芸術」への夢でした。

X―血、虹、半影の夢　〈死〉について

たけにぐさの群落にも
風が吹いてゐるといふことである

――宮沢賢治「病床」

賢治が追い求めた「万象同帰」

「死」を個体の死であるととらえれば、それは一つのいのちの画然たる「終わり」を意味しています。人が二度生きることができないのであれば、死は一個の生命の絶対的な終焉であり、存在の不可逆的な消滅にほかなりません。私たちは、一人一人の個としての生命に不可避的におとずれるこの「死」という決定的な事実に、かならずいつかは向き合わざるをえないのです。それは宿命であり、ただちに悲劇や絶望を意味しているわけではありませんが、「死」という出来事をめぐる思いにひとりの人間として決着をつけることは、そう簡単ではないでしょう。そこには、個人的な悔恨や悲嘆、肉体的でも心的でもある「痛み」が、かならず埋め込まれているにちがい

ありません。そしてそれは、他者にたいしても投影されます。肉親や親しい者の死に際して抱く私たちの「悼み」の感覚とは、まさに自らの死をめぐる究極的な「痛み」の感覚の反映でもあるからです。

私たちは、こうした個としての「死」を真に乗り越えるすべを持たないのでしょうか。肉体と思考が終焉する地点。「死」がこうして究極の「終わり」になってしまうのは、そもそも近代の人間の「生」が「自我」という枠組みに沿って思考され、個としての「主体」のたしかな確立がめざされていることの裏返しでもあります。生命という存在の確かさへの信仰が強まれば、生命そのものが胚胎する本来的な弱さやあやうさ、あいまいさという属性は深く省みられなくなります。結果として人間の生命には確固とした、唯一無二の意義と価値が与えられ、したがってその喪失が決定的な悲劇として意識されてしまうのです。現代社会が基本的に依拠するヒューマニズムは、人間の個としての主体性を基礎におく「個人主義」的な成り立ちをしています。ヒューマニズムが「人命尊重主義」などと訳されることからもわかるように、私たちが依って立つ「人道主義」の倫理のおおもとには、人間中心主義、すなわち人間の命の個別性、絶対性を他のいかなる生命よりも尊いものとし、それを信奉する思想が潜んでいるのです。すでに、火山や熊について考えてきたように、そのような発想のなかでは、噴火や地震、津波や暴風といった激烈な自然現象は、人間の生命に「災害」をもたらすものと見なされるようになります。野生生態系の頂点にいる捕食獣としての狼も熊も、人間生活を脅かす害獣として「駆除」の対象へと零落してゆきます。人間と自然との離反をうながした、一つの決定的な思惟の構造がこうして創られていったのです。これはとりわけ近代社会において特徴的な考えとなりました。

　けれども、人間が自らの「個」を大切なものとして囲い込むことが、個の生命に脅威をもたらすものすべてを疎外し排除することであり、そのことによって人間は、より大きな環境世界全体にたいして親和性・共振性をもち、その大きなエコシステムに組み込まれて生きてゆく智慧を失ったのだ、という考え方の基礎も、おなじ近代において生まれてきます。すべての生命存在（＝生物種《スピーシーズ》）は人間と同じ価値を持つという「種間倫理」に根ざすディープ・エコロジーの思想は、二〇世紀の後半にノルウェーの哲学者アルネ・ネスによって提唱されて始まりましたが、その源泉はダーウィンの進化論のなかにすでに存在していたと考えられます。ダーウィンの『種の起原』（一八五九）は、ヒトという種の特権性を根底的に問い直し、種と種のあいだの変異を問題の根源におくことで、あらゆる生物種が横並びとなった生命の有機的連関への展望を開いたという点で、人間中心主義を脱する潜在的な方向性をも持っていたからです。そしてダーウィン主義を引き継いだドイツ人生物学者エルンスト・ヘッケルは、「エコロジー」（生態学）という語をはじめて使い、自然環境世界が有機的に相互連関する「全体論《ホーリズム》」的視点へとつながる思想をいちはやく打ち出しました。ヘッケルによれば、地球上のあらゆる生命は「単一の経済単位」single economic unit を形成しているのであり、ここでいう“economy”とは現代における狭義の「経済」の意味ではなく、生命の有機的な統合体のこと、すなわちギリシャ語の「オイコス」oikos（＝「家」）に起源を持つ、生命体としての「家」に結合するような有機的な生命諸関係の総体を示す概念でした。

宮沢賢治が考える「自然世界」もこの「全体論」のヴィジョンによって彩られていました。そこで人間生命は、独立した中心に位置するのではなく、すべての生き物と環境世界との相互依存性、相互共振性のなかにやわらかく包摂されていたのです。そこでは、「個」という意識はけっして外的な環境を疎外・排斥することなく、より大きな全体性のなかでつつましく、揺らぎながら住まう（＝棲まう）ことができるのでした。そもそも全体論においては、全体を部分（パーツ＝個）に還元することはできず、逆に、ある系（システム）の全体は、つねにそれを構成する部分の総和以上のものであると考えられたのです。

こうしたヴィジョンは、人間は自然世界にたいして、その全体性への能動的な参加者であるとともに、自然世界を対象化したときには、その神秘自体の偶然の目撃者にすぎないのだという考えを導き出します。人間が知覚しえない実在世界のリアリティに物語をつうじて近づこうとする賢治の試みについてはすでに語ってきましたが、この態度は賢治の物語世界がもつ、万物にたいして本質的につつましい人間の立場に立脚しています。それは、自らが包み込まれている本来言語化しえない全体性の世界を描き出すためには、徹底して謙虚な目撃者としてふるまう以外にないのだ、という創作原理に、彼があるとき気づいたことを意味しているのかもしれません。

人間は、個としての死ののちも、自然界、あるいは宇宙空間の全体性のシステムのなかに組み込まれて生きつづけることができる、という賢治の夢もまた、おなじ考えの延長線上において生まれました。賢治が、妹とし子の死後、長い詩的沈黙を破って書いた追悼詩「青森挽歌」。この二五〇行を超える長編詩は、まさに死して「そらのみぢんに」なったのちに賢治の前に生身の姿を保ちながら現われるとし子（「あいつ」）に呼びかける作品ですが、そのなかに生物学者ヘッケルの名を引用するこんな一節があることは注目されます。

それからあとであいつはなにを感じたらう
それはまだおれたちの世界の幻視をみ
おれたちのせかいの幻聴をきいたらう
わたくしがその耳もとで
遠いところから声をとつてきて
そらや愛やりんごや風　すべての勢力のたのしい根源
万象同帰のそのいみじい生物の名を
ちからいつぱいちからいつぱい叫んだとき
あいつは二へんうなづくやうに息をした
白い尖つたあごや頬がゆすれて
ちひさいときよくおどけたときにしたやうな
あんな偶然な顔つきにみえた
けれどもたしかにうなづいた
　《ヘッケル博士！
　　わたくしがそのありがたい証明の

任にあたつてもよろしうございます》
(「青森挽歌」『全集　1』一七九―一八〇頁)

記憶のなかのとし子の存在感を身近に呼びだしながら、ここで賢治は妹の魂との不可能であるはずの合体を強く希求しています。賢治は自宅にヘッケルの主著『生命の不可思議』*Die Lebenswunder*(一九〇四)の原著を所蔵していたことがわかっており、ダーウィンの著作からの影響とともに、ヘッケルが示唆する生態学的な全体論のヴィジョンと、非人間中心主義的な生命倫理への指向性を深く学んでいたことはまちがいないでしょう。一部の論者からは優生学的な思想の源流とも見なされてしまっている生物学者ヘッケルですが、彼は一方で特異な自然哲学者として宇宙の霊的な進化にかんする思想も展開しており、現代では評価の分かれる、きわめて曖昧な立場にある学者です。賢治は、ヘッケルの生態学的な生命哲学から必然的に導かれる、すべての生命体や自然現象が相互に自己を模倣・再生しつつすべてが同じところに帰着してゆく原理を「万象同帰」と呼び、この交響的帰一の関係をとし子の霊的な実在に求めたのかもしれません。そうだとすれば、ここで言われる「すべての勢力のたのしい根源」、そして「いみじい生物」とは、あるいはヘッケルが「モネラ」と名づけた、物質世界と精神世界の両方の生成を含み込んだ始原の生命体のイメージが投影されたものだといえるのかもしれません。賢治はヘッケル博士すら証明しえずに終わった、その「万象同帰」のメカニズムの困難な証明を、ここで引き受けてもいい、と宣言しているのでしょう。「ヘッケル博士!」というこの決意を込めた呼びかけのなかに、私は、自然科学における唯物論的な射程を「第四次延長」のなかで乗り越え、宿命的な生死の二元論をさえ超越していこうとする、賢治の覚悟のようなものすら感じてしまうのです。

死の床に吹く「すきとほった風」

宮沢賢治は、そのような「個」という枠組みからの自己解放をいつも志向していました。人間が縛られている個的な「自我」とは、「因果の時空的制約」(『春と修羅』の序)の産物にすぎないと考えていました。個という頸木から自由になった「自我の拡張」のあり方は、時空間を超越する「第四次延長」とも呼ばれたりしましたが、それこそが賢治の言う「そらのみぢんにちらば」る自己の身体の究極の夢でもあったのです。「死」という人間のあともどりできない宿命も、この全体論的な相互交響のヴィジョンのなかで、乗り越えられてゆくべきものでした。

賢治を読みながら私が希求するのは、その詩や物語世界のなかに、かならずしも宗教というかたちをとることなく、人間の「死」への対処をめぐる別様の可能性、それを喪失と悲劇の相に帰着させるのではない、生命倫理をめぐる未知の希望のヴィジョンが「ことば」として示されているのではないか、という思いなのです。

だからこそ、この「宮沢賢治」というヴィジョンを、一個の人間としての賢治の生涯とその思索の問題に還元したくない、という気持ちが私にはあります。どれほど賢治の生涯やそのテクストに寄り添って考えるときでも、宮沢賢治を一個の傑出した作家・詩人として聖別化してしまうのではなく、賢治を通じて私たちが接している、目には見えない、言葉も到達できない、ある

「外部」世界、ある統合的宇宙の感触にこそ、思考を向けてみたい、という思いです。それはまた、言語的思考の生産者であり受容者でもある「人間」というものの輪郭を、ことばを介在させえない外部世界との継続的な交渉のなかで問い直してみたいという思いからでもあります。まさに賢治が挑みつづけたように。

その意味で、私が試みてきたのは、「宮沢賢治」なるものを私たちの「夢」、あるいは私たちの心を象《かたど》る、永遠回帰する「神話的祖型」のようなものとしてとらえてみようとすることでした。そうした地平では、宮沢賢治という名の「個」の生も死も、実体的・経験的な枠組みから解放されなければなりません。そしてこの、生死をめぐる人間の宿命を超えてゆく可能性を探るためにも、やはりここで、自分自身の個としての「死」に臨んで書かれたと思われる賢治の詩の複雑な陰翳を受け止めてみることが必要でしょう。賢治自身が、自分の死を明確に予感した三つほどの異なった時期にそれぞれ書かれたテクストを、順に見ていくことにしましょう。

まず、もっともよく知られているものが、「疾中」と記入されたラベルのついた黒クロース表紙に挟まれていた詩篇群です。そこには「8.1928 — 1930」と日付が付されているので、通常これらの詩群は、一九二八年八月に発熱し、同年一二月から一九三〇年にいたる急性肺炎による病臥の時期のものと推定されています。そのなかの、何度かの危篤状態をやり過ごした後の時期と思われる、一九二九年四月二八日の日付を持った「夜」と題された詩にはこうあります。

こんやもうこゝで誰にも見られず

ひとり死んでもいゝのだと
いくたびさうも考をきめ
自分で自分に教へながら
またなまぬるく
あたらしい血が湧くたび
なほほのじろくわたくしはおびえる

（「夜」『全集　2』五三九頁）

「自分で自分に」とか「わたくし」とかいった自我を明示する言葉づかいにも現われているように、たしかにここで賢治は、血を吐きながら苦しんでいる自己の肉体の死を思いつつ、その不可知の深淵に一人の人間として「おびえ」ています。賢治はいまだここでは、深く「個」に囚われているように見えます。けれど、そうした個への拘泥は、だんだんと乗り越えられていきました。つぎに、「疾中」の詩篇群のなかでももっとも引かれることの多い、「眼にて云ふ」と題された作品の全篇を読んでみましょう。

だめでせう
とまりませんな
がぶがぶ湧いてゐるですからな

ゆふべからねむらず血も出つづけなもんですから
そこらは青くしんしんとして
どうも間もなく死にさうです
けれどもなんといゝ風でせう
もう清明が近いので
あんなに青ぞらからもりあがって湧くやうに
きれいな風が来るですな
もみぢの嫩芽《わかめ》と毛のやうな花に
秋草のやうな波をたて
焼痕のある藺草《ゐぐさ》のむしろも青いです
あなたは医学会のお帰りか何かは知りませんが
黒いフロックコートを召して
こんなに本気にいろいろ手あてもしていたゞけば
これで死んでもまづは文句もありません
血がでてゐるにかゝはらず
こんなにのんきで苦しくないのは
魂魄なかばからだをはなれたのですかな
たゞどうも血のために

それを云へないがひどいです
あなたの方からみたらずゐぶんさんたんたるけしきでせうが
わたくしから見えるのは
やっぱりきれいな青ぞらと
すきとほった風ばかりです。

（「眼にて云ふ」同書、五〇六―五〇七頁。ルビを一部追加）

この吐血の情景は、読んでいるだけでもその壮絶な（「さんたんたる」）様子が浮かび、自分の身体を呵《さいな》まれるような痛みすら覚えます。この作品が書かれていた紙片も「疾中」のファイルに挟まれていたものですが、執筆（ないしは改作）の時期はかならずしも他の作品と同じ時期かどうかは確定できません。伝記的な事実を照合してみると、もう少し後、死の前年の一九三二年晩春、壊血病による歯出血の際、花巻共立病院の佐藤隆房《たかふさ》院長による診察・治療の際のものとも考えられるからです。「もう清明が近いので」とあるのも、「清明」が二十四節気で四月はじめに透明な陽気がやってくる頃であると考えると、この詩の内容に符合します。賢治は、晩年の数年間のあいだ、病のなかで自らの死を予感して書きつけられたいくつもの詩片をある時一つにまとめ、それを「疾中」と書かれた表紙に挟んでおいたのかもしれません。自らの「死」への対処と、その言語的な表象を、どこかで賢治は相対化しようとしていたのだともいえるでしょう。

しかしいずれにしても、この「眼にて云ふ」という作品の、口から血が湧きだして止まらず、ことばを発することができないために、眼で意思を伝えるほかない、という情景への厳格な自己凝視は、すさまじいほどの迫力です。口からがぶがぶと湧きだす血の奔流のイメージは、たしかに「個」が終焉する瞬間に起こる、これ以上リアルなものはないといえるほどの肉体的な現実にほかなりません。しかし一方で、ここで賢治もいうように、この作品にはどこか「のんき」な、肉体の苦痛を超越する（「苦しくない」）不思議な気配が流れていることもたしかです。そこにはきれいな青空があり、すきとおった風がさやいでもいるのです。「疾中」の詩群の別の断片「病床」は「たけにぐさに／風が吹いてゐるといふことである／たけにぐさの群落にも／風が吹いてゐるといふことである」という四行でできていました。もはや病状のことにはいっさい触れず、ただキクの葉に似たタケニグサの葉叢《はむら》を渡る風だけが、賢治の病む肉体を透過してゆくかのように描き出されているのです。これらの詩篇から見えるのは、賢治に訪れる「死」が、風と「万象同帰」することによって個としての出来事を超えてゆく風景です。

一連の「疾中」の詩のなかにはこんな書きつけもありました。それはノートから破り取った紙葉に表題もつけず、やや乱れた鉛筆書きの文字で記されたものです。

そしてわたくしはまもなく死ぬのだらう
わたくしといふのはいったい何だ
何べん考へなほし読みあさり
さうともきゝかうも教へられても

結局まだはっきりしてゐない
わたくしといふのは
〔以下空白〕

（「〔そしてわたくしはまもなく死ぬのだらう〕」同書、五四二頁）

途中で書くのをやめてしまったと思われるこの直截な書きつけが、「わたくしといふのは」で終わっているのも示唆的です。「わたくし」すなわち賢治にとっての「自我」なるものの、答えのない深淵がここでは死の床において凝視されているのです。しかもここで問われているのは、「わたくし」そのものの実体というよりは、むしろ「わたくし」なるものの究極の探求が呼びよせる、「わたくし」の彼方にあるかもしれない謎の領域のようにも感じられます。その同じ紙葉の裏には、「（一九二九年二月）」という日付が余白に書かれ、こんな断片も見えます。

われやがて死なん
　今日又は明日
あたらしくまたわれとは何かを考へる
われとは畢竟法則の外の何でもない
　からだは骨や血や肉や
それらは結局さまざまの分子で

幾十種かの原子の結合
原子は結局真空の一体
外界もまたしかり
われわが身と外界とをしかく感じ
これらの物質諸種に働く
その法則をわれと云ふ
われ死して真空に帰するや
ふたゝびわれと感ずるや
（……）

（「（一九二九年二月）」同書、五四三頁）

ここではついに「われ」とは何かについての一つの答えが導き出されています。「われとは畢竟法則の外の何でもない」という重要な一行がそれです。自我とは一つの「法則」にすぎないのだ、という深い直観。賢治はここで「法則」の語が登場する行に「自然的規約」とか「因縁」とかいった注記のような書きつけを残しています。こうした言い換えとも思われる語句を相互につきあわせてみると、ここでの「法則」とは、『春と修羅』の序にあった、われわれのいう「歴史」や「地史」や「地質学」を便宜的に成立させているに過ぎない「因果の時空的制約」という概念とほぼ同じものであることがわかります。巨大な時間的集積のはてで起こるであろう、「組立や質」の変容、すなわち「法則」なるものの変容可能性についても賢治はおなじ「序」で語っていました。すなわち「わたくし」なるものも、その時々の限定された「法則」に縛られた現世的な因果を抱えた枠組みに過ぎないのです。そして、時空を超える新しい法則性をめざす「心象スケッチ」の実践こそが、揺らぎの変容体として、自我を超え、時空を超えた人類の共有物となってゆく夢を、賢治はとらえていたのではないでしょうか。『春と修羅』の「序」における、「わたくしといふ現象は／仮定された有機交流電燈の／ひとつの青い照明です／（あらゆる透明な幽霊の複合体）」とか、「（すべてわたくしと明滅し／みんなが同時に感ずるもの）／ここまでたもちつゞけられた／かげとひかりのひとくさりづつ／そのとほりの心象スケッチです」といった詩句もまた、そのように解することで、死に臨んだ賢治の、個の身体からの大きな離脱と飛躍のモメントと響き合っているように思われるのです。

さて、「疾中」の詩群から離れ、一般には「遺書」と呼ばれている未投函の書簡を読んでみましょう。これは没後に賢治のトランクのなかから発見されたものですが、東北砕石工場の技師としてのたび重なる出張等で疲弊し、上京した神田駿河台の旅館八幡館でひどく発熱し、死を覚悟して認《したた》められたものです。そこには「父上様　母上様」と宛名が書かれ、一九三一年九月廿一日の日付があります。

この一生の間どこのどんな子供も受けないやうな厚いご恩をいたゞきながら、いつも我慢でお心に背きたうとうこんなことになりました。今生で万分一もつひにお返しできませんでしたご恩はきっと次の生又その次の生でご報じいたしたいとそれのみを念願いたします。どうかご信仰といふのではなくてもお題目で私をお呼びだしください。そのお題目で絶えずおわび申しあげお答へいたします。

（「九月二十一日　宮沢政次郎・イチあて　封書」『全集　9』四九三頁。改行省略）

命の再生が信じられているような文面は、けれど賢治の死生観の哲学的な表現であるというよりは、むしろ想像される父母の悲嘆への配慮によるものだというべきでしょう。このような「遺書」をひそかに認めた賢治でしたが、東京で客死することはありませんでした。数日後賢治が花巻の実家にかけた電話で「もう私も終りと思いますので、最後にお父さんの声をききたくなりました」と告げられた父が、驚いてすぐに帰郷の手配を知人に依頼し、賢治はその翌朝に夜行列車で花巻に帰宅したのです。それから長い間、病臥の時期がつづきました。「雨ニモマケズ」を含む黒革の手帳が、病床での死の予感に満ちた書きつけで埋まっていくのも、この年の十月ごろからのことでした。

もう一つ、文字通り賢治の生涯の最後の時期、花巻農学校の教え子柳原《やなぎわら》昌悦《しょうえつ》あてに一九三三年九月一一日に書かれた書簡を見ておきましょう。これは、生前最後の手紙となったもので、死の一〇日前の日付を持っていますが、その内容は「遺書」以上に示唆的です。

（……）僅かばかりの才能とか、器量とか、身分とか財産とかいふものが何かじぶんのからだについたものでもあるかと思ひ、じぶんの仕事を卑しみ、同輩を嘲けり、いまにどこからかじぶんを所謂社会の高みへ引き上げに来るものがあるやうに思ひ、空想をのみ生活して却って完全な現在の生活をば味ふこともせず、幾年かが空しく過ぎて漸くじぶんの築いてゐた蜃気楼の消えるのを見ては、たゞもう人を怒り世間を憤り従って師友を失ひ憂悶病を得るといったやうな順序です。あなたは賢いしかういふ過りはなさらないでせうが、しかし何といっても時代が時代ですから充分にご戒心下さい。風のなかを自由にあるけるとか、はっきりした声で何時間も話ができるとか、じぶんの兄弟のために何円かを手伝へるとかいふやうなことはできないものから見れば神の業にも均しいものです。そんなことはもう人間の当然の権利だなどといふやうな考では、本気に観察した世界の実際と余り遠いものです。どうか今のご生活を大切にお護り下さい。上のそらでなしに、しっかり落ちついて、一時の感激や興奮を避け、楽しめるものは楽しみ、苦しまなければならないものは苦しんで生きて行きませう。(……)

(「九月十一日　柳原昌悦あて　封書」同書、五九八頁)

現世での業果として個人におとずれる病、そして死があるということ。こうした生の因果を賢治はこの手紙で認めているようです。省みれば蜃気楼のように儚く空しかったようにも思える一生。手紙はたしかに悔恨と自嘲のトーンを持ってはいますが、しかしここで注意すべきは、個としての「死」の避けえない宿命に屈しようとしているはずの賢治が、「風」についてふたたび触れている点です。「風のなかを自由にあるける」かどうか？　これは、病に臥せって身体の自由を奪われた者が、屋外で行動し働く自由を渇望している、という字義的な意味にとるだけでは、なにかが足りないように思えます。風のなかを自由に歩くこと。ここで賢治は、それが一人の人間の日常生活のもっともつつましい尊厳を決定する身振りであることを主張しつつ、さらに、その風が、現世における生と死を分ける臨界に吹く風でもあり、すなわちいまに繋ぎ止められた「法則」から離脱して「そらのみぢん」へと自己拡張してゆくときの、あの聖なる「すきとおった風」に一体化する風であることを希求しているのではないでしょうか。

自己の死に向き合っている賢治、その鮮血にまみれた現実の肉体を透過してゆく、淡い希望に彩られたこの透明な「象徴の風」に私たちは注意を向けねばなりません。この風の力を信じることで、賢治は自己の「死」の閉域から抜け出ようとしました。そして彼の詩や童話、すなわち「心象スケッチ」の創作こそ、すでにさまざまに考えてきたように、この「風」にたいする全的な信頼を示す証拠であり、そうした創作行為を通じて、賢治は個的な「死」をつねに相対化し、乗り越えようとしていたのにちがいありません。賢治の、「死」をめぐることばを受け止めてゆくと、ついにはそれが、つねにその裏面に「不死」への夢を孕んでいることが了解されてきます。宗教的な復活とも再生ともちがう、この万象同帰の夢としての「不死」は、死すべき賢治にとっての「救い」ではなく、むしろ詩人としての新たな「挑戦」だったというべきでしょう。

個をのりこえて「半影」の世界へ

創作において、賢治が個としての「死」を乗り越え、変転自在の「心象スケッチ」が永遠に揺らぎながら持続する世界を叙述してゆく道程には、二つの重なり合う方法論があったと思われます。その一つが、「平行世界の創造」とでもいうべき方法です。これはいうまでもなく、現実に繫ぎ止められた単一世界の限界を超えて、それを魔術的な鏡に映すかのように、別様の原理によって支えられたもう一つの「平行世界」をことばによって打ちたてる方法でした。賢治が愛読したルイス・キャロルにちなんで、「アリス」的方法とも呼べるでしょうか。「イーハトーブ」もまた、この平行世界に与えられた一つの名であることはいうまでもないでしょう。

すでに見てきたように、一連の「オホーツク挽歌」の詩篇群は、妹とし子の死がもたらした感覚世界の重層化をきっかけとして、天上のとし子への呼びかけを行いつつ、賢治自身をとし子の分身、その片割れとして極限まで凝視することで、とし子の死を不死の領域へと移行させようとする未曾有の試みでした。あるいは、「銀河鉄道の夜」においては、ジョバンニとカムパネルラという表裏一体の（生と死に別れた）存在を造形することをつうじて、個としての「死」は現世における不可避の二元論から解放されてゆくのでした。その物語が同時に、北上川の流れに沿った天空の「平行世界」において進行していることも、つけくわえておくべきでしょう。あるいはまた、「よだかの星」において、まわりの鷹たちに馬鹿にされ、自らも存在していることの罪悪感に呵まれたあげく、まっすぐ空にのぼりついには星になってゆくみにくいよだかも、ある意味で、平行世界での永遠の生を手に入れたのでした。賢治は、主人公のよだかが空の成層圏あたりで力を失って死ぬときの様子を「たゞこゝろもちはやすらかに、その血のついた大きなくちばしは、横にまがっては居ましたが、たしかに少しわらって居《を》りました」と描写しています。不思議なことに、賢治は自分の吐血の姿をここにすでに描き込むようにして、「いつまでもいつまでも燃えつゞけ」る星としての平行世界を手に入れたよだかを祝福しています。

こうした「平行世界の創造」とならんで、個を縛る「死」からの自由を目指すためのもう一つの賢治的方法を「集合世界の創造」と呼ぶことができるかもしれません。たとえば、童話「グスコーブドリの伝記」の末尾において、自らの命とひきかえにカルボナード火山の噴火を誘発させてイーハトーブを冷害から救ったグスコーブドリの最期を、賢治はこう書いていたことを思い出してみましょう。「そしてその次の日、イーハトーブの人たちは、青ぞらが緑いろに濁り、日や月が銅《あかがね》いろになつたのを見ました。けれどもそれから三四日たちますと、気候はぐんぐん暖くなつてきて、その秋はほぼ普通の作柄になりました。そしてちやうど、このお話のはじまりのやうになる筈《はず》の、たくさんのブドリのお父さんやお母さんは、たくさんのブドリやネリといつしよに、その冬を暖いたべものと、明るい薪《たきぎ》で楽しく暮すことができたのでした」(「グスコーブドリの伝記」『全集　8』二七〇—二七一頁)。

ここで重要なのは、本書の序でも触れたように、自己犠牲ともとれる死を選んだ主人公「グスコーブドリ」が、一人の英雄的な「個人」ではなく、集合的な人格として描かれているという点でした。一人のグスコーブドリが死しても、そこには次のグスコーブドリが控えており、たくさんのブドリやネリ、そしてたくさんの父と母もが、この別離と学びと共苦の物語を再生させつづけるのです。賢治は、人民を苦しみから解放する一人の救済者を描こうとしたのではありませんでした。むしろ、たくさんの（無数の）ブドリに象徴される、この生命の連鎖、集合的な「生」というものへの信こそが、「苦しみ」や「死」を個的な領域から解放するのです。

あるいは、「私」と「あなた」という、本来まじわりえない二者の相互浸透をテーマにしつつ、自他の区別が消える融合的・集合的な「いのち」の存在感を描き出そうとした不思議な寓話が「マグノリアの木」でした。霧におおわれた山谷の険しい細道を辿りながら、あたり一面にマグノリア（辛夷《こぶし》や泰山木《たいさんぼく》）の白い花が咲いている美しい高原にやってきた諒安《りょうあん》は、背後から彼に呼びかける不思議な声を聞きます。


「さうです、マグノリアの木は寂静印です。」

　強いはっきりした声が諒安のうしろでしました。諒安は急いでふり向きました。子供らと同じなりをした丁度諒安と同じくらゐの人がまっすぐに立ってわらってゐました。

「あなたですか、さっきから霧の中やらでお歌ひになった方は。」

「えゝ、私です。又あなたです。なぜなら私といふものも又あなたが感じてゐるのですから。」


（「マグノリアの木」『全集　6』一四〇頁）

　この物語の舞台設定は、あきらかに仏教的な絶対境か桃源郷のような趣を持っています。ですがそうした要素を外し、叙述することばの強度だけに注目したとき、この「えゝ、私です。又あなたです」というひとことの持つ表層的な論理矛盾と、その違和感をあっさりと凌駕するほどの不思議な存在の相互浸透の気配に、私は驚かざるをえません。個別化された「人格」という観念が雲散霧消してゆき、そこに出現する自他一体となった集合的な感情と記憶の世界こそが、私たちの真の魂が住みつく領域ではないのかと思われてくるのです。同じような夢幻的な寂静《じゃくじょう》世界を舞台とする「インドラの網」においても、秋風のなかで昏倒（＝疑似的な「死」）することによって天の空間へと導かれた「私」は、インドラの網が体現する、万象をむすぶ集合的な関係性の世界へと合一していくのです。「私」が、すなわち「あなた」でもあるような、すべてが同帰しつつ交響する宇宙です。

ここで、メキシコの詩人オクタビオ・パスが、詩が実現しうる自他の融合をめぐって、詩論集『弓と竪琴』でこう書いていたことが思い出されます。

> 詩的可能性は、われわれが決定的な飛躍をなした時、すなわち、われわれが実際にわれわれ自身から脱出し、〈他者〉の中に身を委ね、埋没した時にのみ実現される。その決定的飛躍の時、深淵でこれとあれの間に宙吊りになっている人間は、十全な存在であり、現存する充実である彼自身になることにおいて、電撃的な一瞬の間、これとあれ、過去の彼と未来の彼、生と死になる。今や人間は、彼がなりたいと願っていたすべてである――岩、女、鳥、他の男、そしてまた、他の存在である。（……）詩の声、〈他の声〉はわたしの声である。人間の存在はすでに、彼がなりたいと願うその他者を含んでいる。

（オクタビオ・パス『弓と竪琴』牛島信明訳、岩波文庫、三〇八―三〇九頁）

詩人によるこのような至高の方法叙説を受けとめたとき、賢治の「マグノリアの木」における「えゝ、私です。又あなたです。」という不思議な一節が、同時に、「詩」という行為の秘法をめぐることばでもあったことが深く了解されてきます。「人間の存在はすでに、彼がなりたいと願うその他者を含んでいる」。こうパスは言いました。そこでは「私」と「あなた」だけでなく、「これ」と「あれ」、過去と未来、生と死もまた、集合的・交響的・回帰的な時空間のなかで、相互に浸透し合い、変容し合っているのです。個の存在や自我の意識は、もはやこの領域では存在することができないのです。

オクタビオ・パスは晩年のあるインタヴューで、「詩人は目を閉じて書くのではない。なかば目を開いて、半影のなかで書くのだ」と言いました。詩人のいかなる幻想も飛躍も、眼を閉じた瞑想のなかでのイマージュと観念の遊戯として起こるのではありません。逆に、目を見開いて、そこに映る現実の像だけを捉えるのであれば、それもまた「詩」とは呼べないのです。詩の言語は、光でもない影でもない、その中間領域、すなわち「半影」penumbraと呼ばれる領域で起こる、とパスは断言します。この「半影《ペヌンブラ》」とは、日蝕や月蝕のときに出現する半暗部のことを指していて、蝕によって減光された影のなかで見えている微妙に明るい部分をさす、それじたい揺らぎと陰翳をかかえた言葉です。それは、明確な境界を持った「光」と「影」という二分法ではとらえられない、濃淡の間《あわい》を指しており、すなわち「私」でも「あなた」でもなく、同時にそのどちらをもふくみこんだ、揺らぎながら自足する不思議な中間的薄明領域なのです。

この、影のなかに差している曖昧な薄明の領域を賢治も月のなかに見いだし、それを特別視していたことを証言する詩があります。ここでの賢治の「半影」は、「月天子《がってんし》」と呼ばれており、それはインド神話のチャンドラ Chandra に起源を持つ仏教の十二天の一人、すなわち月の光明が神格化されたものです。それは月そのものというよりは、月蝕のような現象によってもっともみごとに暗示される、月の陰翳の変容への驚異に発する言葉であるといったほうが当たっているでしょう。

賢治の詩「月天子」は、病の床にあった一九三一年末頃に使われた、いわゆる「雨ニモマケズ手帳」と呼ばれている黒レザー装の手帳に書かれた鉛筆書きの書きつけで、これはすでに死への予感が濃厚な時期でした。全文を引いてみましょう。

私はこどものときから
いろいろな雑誌や新聞で
幾つもの月の写真を見た
その表面はでこぼこの火口で覆はれ
またそこに日が射してゐるのもはっきり見た
後そこが大へんつめたいこと
空気のないことなども習った

また私は三度かそれの蝕を見た
地球の影がそこに映って
滑り去るのをはっきり見た
次にはそれがたぶんは地球をはなれたもので
最後に稲作の気候のことで知り合ひになった
盛岡測候所の私の友だちは
――ミリ径の小さな望遠鏡で
その天体を見せてくれた
亦その軌道や運転が
簡単な公式に従ふことを教へてくれた
しかもおゝ
わたくしがその天体を月天子と称しうやまふことに
遂に何等の障りもない
もしそれ人とは人のからだのことであると
さういふならば誤りであるやうに
さりとて人は
からだと心であるといふならば
これも誤りであるやうに

さりとて人は心であるといふならば
また誤りであるやうに
しかればわたくしが月を月天子と称するとも
これは単なる擬人でない

（「月天子」『全集　3』四七三―四七五頁）

とても不思議な詩です。「蝕」という語がここに現われますが、これは賢治の全作品のなかでたった一度ここに出現するだけです。賢治の生涯の期間で、花巻・盛岡辺りで観測可能だった月蝕は部分蝕も含めると二〇回ほどはあったと考えられていますが、その日の天候や蝕の時間帯などを考慮すれば、三回の蝕を見たというのは、賢治のこの現象にたいする強い関心を示していると考えていいでしょう。月という天体の不思議、蝕の神秘だけでなく、その物理学的な成り立ちや潮汐との関係などを深く知り抜いた上で、賢治はそうした科学的な観測や記述を超える月の神秘性に心打たれ、それを畏敬とともに「月天子」と呼んだのです。詩では、そのように月を「月天子」と呼ぶことが、「人」をからだをもって物理的に定義するか、心をもって意識体として定義するか、という二者択一のどちらにも当たらない、すなわちそうした物心二元論では捉えることのできない領域への想像力に由来するのだ、と語られています。まさに「半影」の領域において、詩が捉える「月」なるものの感触こそが、「月天子」という語によって発見されているのです。

賢治とまったくの同時代人、ロシアの東洋学者・民俗学者ニコライ・ネフスキーの印象的なエッセイ「月と不死」(一九二八)がふと思い出されます。ネフスキーが調査した土地の一つである宮古群島では、太陽(日)と太陰(月)は夫婦であり、夫が妻に身を投げだしたときに月の光は曇って月蝕がおこり、妻が夫に身を預けたときに日蝕がおこる、という民話が語られていました。そして、月からの使者は人間界に「変若水《をちみづ》」をもって現われるのですが、この「変若水」こそ、地上界に「不死」をもたらす聖なる水なのでした。月は、蝕のような両義的な陰翳を持つことで、死をくつがえす不死の信仰とも深く繋がっていたのです。

岩手県遠野の民話収集家、佐々木喜善《きぜん》の家にネフスキーが来訪したのは一九二〇年のことでした。このころ、ネフスキーは東北の民話のなかに登場するザシキワラシの民俗にも深い関心を抱き、柳田國男の『遠野物語』(一九一〇)の成立の際に語り部となり、自らも『奥州のザシキワラシの話』(一九二〇)を著していた佐々木に面会に来たのです。賢治もまた晩年に、故郷が近い佐々木と交友を持ちました。賢治の発表した童話「ざしき童子《ぼっこ》のはなし」(一九二六)を自著で紹介するために、佐々木が賢治に手紙を送ったのが始まりです。この「ざしき童子のはなし」という物語は、「ザシキワラシ」の説話を、「ぼくらの方の、ざしき童子《ぼっこ》のはなしです」として紹介し、まさに民俗的な説話のようにして語るスタイルで書かれたものでした。

ネフスキーや佐々木喜善らの媒介した民話的な説話世界と、賢治の物語世界の創造とが、おなじ源泉を持っていることをこうした逸話は示しています。それはなによりもまず、個人による独創的な表現である前に、集団的な物語の記憶と伝承の世界に根を持っていたのです。神話伝承の世界では、本来、生と死に本質的な区別はありませんでした。人間界と動物界、植物界のあいだにも、厳格な境界はなかったのです。それらはすべて「半影」のなかで万象が混淆し合う世界の産物でした。パスや賢治のいう「詩」とは、そのような集団的実践の方に、深く根をはっているのです。

賢治の童話「かしはばやしの夜」は、月の色や輝き具合の変容によって、柏の木による即興的な歌合戦の情景がつぎつぎと変異してゆく、説話風のお話でした。「桃色の大きな月はだん〳〵小さく青じろくなり、かしははみんなざわざわ言ひ、画描きは自分の靴の中に鉛筆を削つて変なメタルの歌をうたふ、たのしい「夏の踊りの第三夜」です」と賢治も『注文の多い料理店』の広告チラシに、この作品を解説して書いています。半影のなかで移ろい、色を変えてゆくような月の陰翳が、ここではまさに樹々や人々の集団的な感情を揺り動かし、説話的な物語を駆動してゆくのです。

究極の無垢に彩られた双子の星たち

私が先に、「宮沢賢治」なるものを私たちの「夢」として、あるいは私たちの心を象《かたど》る、永遠回帰する「神話的祖型」のようなものとしてとらえてみたい、といったのも、そこに夢か神話であるかのような、集団的思惟に根ざした不変の物語構造が感知されるからです。宗教学者ミルチャ・エリアーデが規定した「神話的祖型」とは、人類の集合的無意識に見いだせる共通のイメージのことであり、それらは神話・伝説・夢などのかたちをとって、わたしたちの共時的な意識を貫いています。それは、人間と物質、人間と動物とのあいだに起こる「ミメーシス」(=模倣)の発露をうながす、想像力の原形でもあります。賢治の詩や物語においては、歴史の時間や、出来事の因果関係に縛られることのない、いわば無時間の境で起こった出来事が、人間の心意のもっとも深いところにある構造を映し出しているのです。ですからそれを、深い意味で「夢」とか「神話」とか呼ぶことは、けっして的外れではないでしょう。事実、賢治も『春と修羅』のなかの「雲の信号」という短い詩作品で、こう一行書いていました。

みんな時間のないころのゆめをみてゐるのだ

(「雲の信号」『全集 1』三八頁)

そう、そこでは風も、ぴかぴかひかる農具も、山も、岩頸《がんけい》も、岩鐘《がんしょう》も、時間のないころの夢を見ています。すなわち歴史を超える、無時間の神話の世界です。賢治世界とは、そのような「時間のないころ」を夢見る物語なのです。生死の二元論からも自由になったその世界、すなわちイーハトーブという「平行世界」では、雲が信号を送り、風が物語を運び、銀河を鉄道がわたり、人々はパンを主食とし、愚者はだれのものでもない希望を宿し、石は霊魂になり胃になり肺になって、人間たちの意味世界を律する自然の理を知らせました。

であれば、おそらくは、血を吐くこともまた、個人の死のリアルな表象というだけではなく、集合的な神話性をかかえた出来事でもあるにちがいありません。「眼にて云ふ」のこんな箇所をもう一度思い出してみましょう。

だめでせう
とまりませんな
がぶがぶ湧いてゐるですからな
ゆふべからねむらず血も出つづけなもんですから
そこらは青くしんしんとして
どうも間もなく死にさうです
けれどもなんといゝ風でせう
もう清明が近いので
あんなに青ぞらからもりあがって湧くやうに
きれいな風が来るですな
（……）

（「眼にて云ふ」『全集 2』五〇六頁）

こうしたことばを、個人が死に臨むときの壮絶な情景として読むのではなく、一つの神話的な祖型を示す光景として読みとることは不可能でしょうか。吐血という肉体的苦痛だけでなく、清明な青空と透き通った風がここにはあります。血が生命の根幹に流れるもっとも重要な物質であるのなら、それが湧き出ることは悲劇ではなくむしろ豊饒の証しであってもいいはずです。

血が登場する神話といえば、人類学者クロード・レヴィ＝ストロースの大著『神話論理』（一九六四―一九七一）に、ブラジル内陸のカドゥヴェオ族が語る、鳥の色の起源をめぐるこんな興味深い神話が紹介されていました。

三人の子供たちがいつも小屋の前で真夜中過ぎまで遊んでいた。父親と母親はそのことを気にしていなかった。ある夜、子供たちが遊んでいると――とても遅くであった――土鍋が空から降りてきた。土鍋は飾り立ててあり、花がいっぱいに入っていた……。子供たちは花を見て、花を取ろうとしたが、腕を伸ばすやいなや、花は鍋の反対側に移動するのであった。そこで子供たちは花を取ろうとして土鍋の中に這い込んだ。土鍋は上昇しはじめる。母親はそれに気づくが、かろうじて子供のひとりの脚を摑まえただけである。脚が折れ、傷口から血が大量に流れ、その血に、ほとんどの鳥（当時はどの羽根もすべて白であった）が全身や身体の部分を浸し、今日見るようなさまざまな色の羽根になった。

（クロード・レヴィ＝ストロース『神話論理Ⅰ　生のものと火を通したもの』早水洋太郎訳、みすず書房、二〇〇六、四二一―四二二頁。原文改行省略）

これは、鳥の色の多様性の起源を説明する神話としてみなすことができます。鳥の多様性とはすなわち、動物界の秩序にかんする一つの不変の真理であり、この神話はそれがなにに由来するかを示したものといえるでしょう。ここでは、月の比喩のようにも思える土鍋に乗って天に昇ろうとする子供の脚から流れ出した血が、鳥の羽を無数の色に染めたとされています。同じ部族の神話の別ヴァージョンでは、脚をもぎ取られた子供の血が、乾季が到来する直前の最後の雨が降るときの空の特別な色の起源とされており、それはすなわち、雨季の最後の空に立つ虹の起源だと考えられているのです。

神話世界では、血はまさにこのような動物界や自然界の秩序を生み出す根源的な物質として語られています。「眼にて云ふ」における血の湧出に、個人の死を超越してそこに不意に出現する「風」や「青空」（そしてその延長線上にある「虹」）の由来としての神話性を求めることが、それほど荒唐無稽な考えではないことが了解されるのではないでしょうか。

神話は「虹」を、境目のない色というものの連続体・多様体、まさにカテゴリーの曖昧な「半影」を意味する象徴としてさまざまに語ってきましたが、賢治の「虹」といえば、『春と修羅』における「報告」という題のわずか二行のこの詩が、もっともよく知られているかもしれません。

さつき火事だとさわぎましたのは虹でございました
もう一時間もつづいてりんと張つて居ります

（「報告」『全集　1』一一〇頁）

この作品は、世俗世界では「火事」と呼ばれているものが、神話世界では「虹」と呼ばれるものに変容する、まさに神話的生成過程を語っている作品とさえ読むことが可能かもしれません。この虹の立つ空にはすきとおった風が吹き、鳥が川に沿って北を目指し、暗い目をしたよだかが星になろうとして虹の彼方をどこまでも高く上昇しているにちがいないのです。こうして考えてみると、カドゥヴェオ族の血の神話は、そのまま、虹色に変異する色を身にまとった天空の鳥たちの物語へと変容して地球を半周めぐり、次のような賢治の処女作童話「双子の星」(二二歳の賢治が家族の前で朗読したといわれる)の冒頭へと、なんの断絶もなく繋がっていきそうにさえ思えてくるのです。


天の川の西の岸に、すぎなの胞子ほどの小さな二つの星が見えます。あればチュンセ童子とポウセ童子といふ双子のお星さまの住んでゐる小さな水精《すゐしやう》のお宮です。(……)ポウセ童子が、まだ夢中で、半分眼をつぶったまま、銀笛を吹いてゐますので、チュンセ童子はお宮から下りて、沓《くつ》をはいて、ポウセ童子のお宮の段にのぼって、もう一度云《い》ひました。

「ポウセさん。もういゝでせう。東の空はまるで白く燃えてゐるやうですし、下では小さな鳥なんかもう目をさましてゐる様子です。今日は西の野原の泉へ行きませんか。そして、風《かざ》車《ぐるま》で霧をこしらへて、小さな虹《にじ》を飛ばして遊ばうではありませんか。」

(「双子の星」『全集 5』二六―二七頁。改行一部省略)

この、虹を飛ばして遊ぶ無邪気な双子の星たち。チュンセとポウセの双子は、まちがいなく賢治ととし子の転位である兄妹を暗示している、という現世的解釈をただちに退けるつもりはありませんん。ですが、私はそうした賢治の個人としての伝記的な事実に依るよりも、むしろこの物語が、物語作家「賢治」のみずみずしいはじまり、すなわち神話的な「始原」の時空に位置する説話として、人の修羅としての惑いを徹底して浄化した、究極の無垢《イノセンス》の文法によって語られていることこそを受けとめたいと思うのです。賢治はあるいは、最初の物語を一つの無垢の夢として、すなわちこれから彼が書こうとするすべての物語の神話的な原型として語ろうとしたのではないか。そう考えると、「双子の星」にはどこかで、あのカドゥヴェオ族の神話の変異として、血の奔流のなかで昇天した虹色の鳥たちが生まれ変わる星の物語の語り直しであるような、不思議な万象同帰の輝きが生まれてはこないでしょうか。驚くべきことに、この星たちは「夢中」で、「半分眼をつぶっ」ており、まさに「半影」のなかで遊んでいるのです。

賢治の心象が夢見つづける「透きとおった空」。そこにはいつも、私たちに見えるか見えないかわからないとしても、詩の半影世界のはかなさと瞬間の光輝とを証す、ことばの「虹」がりんとして立っているにちがいありません。それが、私たちの、そしてあなたの「すきとほつたほんたうのたべもの」(『注文の多い料理店』序)としての七色のことばであると信じ、私はこの虹の立つ北の果ての平原を、風の声を頼りにいましばらくはそんなことばの可能性を探し求めて行こうと思うのです。

あとがき

賢治の淡い影をともなって、イーハトーブへの旅をくりかえしてきた。風景と心象とが交差し、いつのまにか混ざりあう、感覚と意識の深みを彷徨する旅だった。私たちの平板化された日常意識を、賢治が創造した夢幻世界の深い道理によって揺るがし、倫理的に問い直す思索行だった。現実という障壁の向こうに、あらたな自由の領土を望もうとする魂の巡礼でもあった。そんな「幻想紀行」を読者と共有できたとすれば、こんな嬉しいことはない。

「幻想紀行」と言ったが、賢治世界では「幻想」こそがほんとうの世界に近づくための方法だった。ファンタジー（幻想）はファンタスム（幽霊）に由来する言葉で、それは想像力をつうじて見えないものが出現し、顕わになることである。現実から見ればそれは幽霊のような不分明な影かもしれないが、幻想の側からいえば「現実」などうわべを取り繕った虚構にすぎないともいえる。現実の底の浅さを暴きたてにやってくる、厳しくも優しい表情をした幻想《ファンタジー》＝幽霊。とすれば、幻想の方にこそ真実があるということもできる。イーハトーブへの幻想紀行とは、もっとも奥深い真実へのあらたな探索の旅なのかもしれない。

「幻想」はまた「死」といいかえることもできる。それは現世の命が終焉する宿命としての死《タナトス》ではなく、生の裏側、生の対蹠地にひろがる無時間で無辺際の理想郷《ユートピア》のことだった。時間と空間のなかに生命を与えられた私たち生者が、その霧のかかった領土を望むことはとても難しいため、それには通常「死」という名が与えられてしまう。けれどもまさに外界と内面とのはざまで、すなわち実体とイメージ、実体と言語のあいだのごく狭い秘密の通路において、この「幻想＝死」の領土を一瞬垣間見ることはできる。それこそが、〈デクノボー〉の叡知を宿す、特別の視力を持った賢治のような詩人の特権であった。

それは死というよりは、むしろ永劫の生の領土にほかならない。そこではどんなことでも起こりうる。生物種のあいだの差異はおろか、生物と無生物の断絶もそこにはない。言語理性がとらえることのできない世界だが、しかしその世界の実在を知覚するためには「ことば」の可能性を極限まで探索するほかはない。死の世界と鋭く接触する、ことばなるものが消失し、再生する臨界域への道行きである。賢治はそんな困難で、かつ魅惑的な道に踏み出した先人であった。

私はあらためていま、〈ベーリング行き〉と書かれた深夜の列車に乗りこむ。幻想と、幽霊と、死とユートピアの領土をめざす銀河鉄道。客車の窓はもう水族館の水槽に変容しようとしている。ガラスの向こうで、あるいはこちら側で、あの夢の魚たちが青黝《あおぐろ》い水のなかを閃くように泳いでいる。星が流れ、暗い北上川のきらめくさざ波がそれを追いかけているように見える。賢治のものらしき声が、時空の彼方から聴こえてくる。「流れたり　流れたり　水いろなせる屍と　人とをのせて水いろの　水ははてなく流れたり」（「文語詩稿」より）。生者と死者とが、ここで長い苦難と愛惜の歴史を負いながら、水色の流れに沿って手を取り合い進んでいくのが見える。

本書は、この北へと向かう流れに沿った幻想の鉄道に連なろうとした。この銀河鉄道は、列島の東北部の夜闇のなかに延びる現実の鉄路として鈍く光りながらも、深い真実へといたるための意識と言葉のファンタジーの軌道へと、どの瞬間にも飛翔しようと身構えている。どこかで私たちは、意識のなかに引かれた非常線を越え、向こう側へと渡るのだろう。時間も空間もない、あの至高の夢幻王国へと。誰も私有することのできない、いまだ発見されていない希望の王国へと。

最後に謝辞を。本書を構成するテクストの種子が生まれ、芽吹き、それが一書のかたちをとって上梓されるまでには多くの方々の支援と尽力があった。この思索的幻想紀行のかけがえなき同行者として、すべての方々に心から感謝したい。火山礫の恩寵をめぐる最初の思考の発火を促してくれた清田央軌さん。執筆の構想段階で深い理解を示してくれた河野通和さん。『新潮』誌での連載に道を拓いてくれた矢野優さん。隔月での連載原稿を丹念に読み周到に編集してくれた杉山達哉さん。書籍化のアレンジメントに心を砕き、完成まで誠心誠意伴走してくれた亀﨑美穂さん。賢治から始まる、時を超えた、不可視の、そして可視的ないくつもの心あるバトンパスによって本書が生まれた。いまはあらたな読者に、もう一枚の〈ベーリング行き〉の切符を、読者それぞれの意思と希求を実現するための固有の旅のはなむけとして、そっと手渡そうと思う。

二〇一九年七月二八日　　著者識

参考文献

『宮沢賢治全集』ちくま文庫、1985〜1995
『新校本宮澤賢治全集』筑摩書房、1995〜2009
宮沢賢治『新編　銀河鉄道の夜』新潮文庫、1989
宮沢賢治『注文の多い料理店』新潮文庫、1990
宮沢賢治『新編　宮沢賢治詩集』天沢退二郎編、新潮文庫、1991
宮沢賢治『ポラーノの広場』新潮文庫、1995

川原仁左衛門編『宮沢賢治とその周辺』宮沢賢治とその周辺刊行会、1972
天澤退二郎『《宮澤賢治》論』筑摩書房、1976
見田宗介『宮沢賢治　存在の祭りの中へ』岩波書店、1984
谷川雁『賢治初期童話考』潮出版社、1985
吉本隆明『宮沢賢治』筑摩書房、1989
堀尾青史『年譜　宮澤賢治伝』中公文庫、1991
西成彦『森のゲリラ宮沢賢治』岩波書店、1997

『宮沢賢治「銀河鉄道の夜」の原稿のすべて』入沢康夫監修・解説、宮沢賢治記念館、1997
原子朗『定本　宮澤賢治語彙辞典』筑摩書房、2013
グレゴリー・ガリー『宮澤賢治とディープエコロジー』佐復秀樹訳、平凡社ライブラリー、2014
ウィリアム・フォークナー「熊」『フォークナー全集　16　行け、モーセ』大橋健三郎訳、冨山房、1973
ヴァルター・ベンヤミン「模倣の能力について」『ベンヤミン・コレクション　2：エッセイの思想』浅井健二郎編訳、ちくま学芸文庫、1996
井上有一『日々の絶筆』芸術新聞社、1989
ロイ・バスカー『科学と実在論』式部信訳、法政大学出版局、2009
石牟礼道子『魂の秘境から』朝日新聞出版、2018
ロジェ・カイヨワ『石が書く』岡谷公二訳、新潮社、1975
Octavio Paz, *Obra Poética 1935-1988*, Barcelona: Seix Barral, 1990.
Octavio Paz, *Ladera Este*, México: Joaquin Mortiz, 1969.
ヴァルター・ベンヤミン「一九〇〇年頃のベルリンの幼年時代」『ベンヤミン・コレクション　3：記憶への旅』浅井健二郎編訳、ちくま学芸文庫、1997
ジョルジョ・アガンベン『幼児期と歴史』上村忠男訳、岩波書店、2007
ヴァルター・ベンヤミン「カフカについての手紙」『ベンヤミン・コレクション　4：批評の瞬間』浅井健二郎編訳、ちくま学芸文庫、2007

フランツ・カフカ「街道の子どもたち」『カフカ・セレクションII』柴田翔訳、ちくま文庫、2008
『あたらしいどうとく　1』(平成31年度小学校道徳科用 文部科学省検定済教科書) 東京書籍、2018
柳田国男『雪国の春』角川ソフィア文庫、2011
ポール・ゴーガン『ノアノア』前川堅市訳、岩波文庫、1960
ホルヘ・ルイス・ボルヘス『伝奇集』鼓直訳、岩波文庫、1993
ホルヘ・ルイス・ボルヘス『エル・アレフ』木村榮一訳、平凡社ライブラリー、2005
ジョージ・オーウェル「象を撃つ」『新装版　オーウェル評論集　1』井上摩耶子訳、川端康雄編、平凡社ライブラリー、2009
ウィリアム・モリス『民衆の芸術』中橋一夫訳、岩波文庫、1953
ウィリアム・モリス『ユートピアだより』川端康雄訳、晶文社、2003
William Morris, *News From Nowhere and Other Writings*, London: Penguin Books, 1993.
壽岳文章『モリス論集』沖積舎、1993
ジョン・ラスキン『ヴェネツィアの石』井上義夫編訳、みすず書房、2019
堀井梁歩『野人ソロー』不二屋書房、1935
堀井梁歩『大道無學』平凡社、1926
江渡狄嶺『或る百姓の家』総文館、1922
H・D・ソロー『市民の反抗』飯田実訳、岩波文庫、1997
チャールズ・ダーウィン『種の起原(上下)』八杉龍一訳、岩波文庫、1990
エルンスト・ヘッケル『生命の不可思議(上下)』後藤格次訳、岩波文庫、1928

オクタビオ・パス『弓と竪琴』牛島信明訳、岩波文庫、2011
クロード・レヴィ＝ストロース『神話論理Ⅰ　生のものと火を通したもの』早水洋太郎訳、みすず書房、2006

初出
・序　「人は火山礫とともに生きてきた」『すばる』2015年10月号
・I〜X　「新しい宮沢賢治」『新潮』2017年10月号、12月号、2018年2月号、4月号、6月号、8月号、10月号、12月号、2019年2月号、4月号

新潮選書

宮《みや》沢《ざわ》賢《けん》治《じ》 デクノボーの叡《えい》知《ち》

著　者………………今《いま》福《ふく》龍《りゅう》太《た》

発　行………………2019年9月25日
3　刷………………2020年8月30日

発行者………………佐藤隆信
発行所………………株式会社新潮社
〒162-8711 東京都新宿区矢来町71
電話　編集部 03-3266-5411
読者係 03-3266-5111
https://www.shinchosha.co.jp
印刷所………………大日本印刷株式会社
製本所………………株式会社大進堂

乱丁・落丁本は、ご面倒ですが小社読者係宛お送り下さい。送料小社負担にてお取替えいたします。価格はカバーに表示してあります。

ISBN978-4-10-603846-4 C0395